少年曹操
Shao nian Cao Cao

涂晓晴 著

图书在版编目(CIP)数据

少年曹操/涂晓晴著. —北京:人民文学出版社,2016
ISBN 978-7-02-013048-1

Ⅰ.①少… Ⅱ.①涂… Ⅲ.①长篇小说—中国—当代 Ⅳ.①I247.5

中国版本图书馆 CIP 数据核字(2017)第 166952 号


责任编辑　安　静
装帧设计　陶　雷
责任印制　王景林


出版发行　人民文学出版社
社　　址　北京市朝内大街 166 号
邮政编码　100705
网　　址　http://www.rw-cn.com

印　　刷　三河市鑫金马印装有限公司
经　　销　全国新华书店等

字　　数　178 千字
开　　本　880 毫米×1230 毫米　1/32
印　　张　9.875　插页 3
印　　数　1—10000
版　　次　2017 年 10 月北京第 1 版
印　　次　2017 年 10 月第 1 次印刷

书　　号　978-7-02-013048-1
定　　价　33.00 元


如有印装质量问题,请与本社图书销售中心调换。电话:010-65233595

# 目　　录

## 第一章　太监养孙

尽管曹操名流千古,可祖父却是一介太监。他虽曾求学于太学,官至丞相,最终异姓封王,有着令人羡慕的"挥手风雷荡,举动填山海"的光辉历程,却始终无法避开尴尬的身世。究竟是怎样的一位太监,令曹操数次为维护他的名声而大开杀戒?

## 第二章　意气少年

三年守孝期满,曹嵩时来运转,曹操随父亲从故乡回到洛阳。他那带着野花香的裤管和沾满泥土的鞋子,能否适应洛阳的等级森严与势利虚伪? 太监们滥杀无辜的鲜血染红了洛阳,废弛了太学。曹操和同学们成为"被废掉的一代",荒芜了学业。他究竟荒诞到了什么样子,闹到了被迫退学的地步?

出点花样,可不是件简单的事。但若请来技艺最精湛的雕刻师,拿出最好的工具,结果会怎样?

大学毕业,曹操外出壮游,真正看到了皇城以外的天下。人们可以将天堂描述得无限美好,也能把地狱比喻得骇人听闻。当初出校门的高官子弟踏入真实的人间地狱,又将会经历怎样的磨难?

# 序:分享曹操

朱苏进

闲时瞎想:我们曾有过那么多朝代,哪个住着最舒服?可能是贞观,因为它太平。哪个住着最危险?可能是三国,因为它最乱。

但从审美角度看,最危险的事物往往最漂亮。最太平的时代往往暗藏祸乱。

最乱的三国,迸放出多少精彩故事奇妙性灵灿烂生死啊。感觉那时的人,个个都活在极限。感觉那时的麦子,颗颗锋利如刃。感觉那时的江河,流淌血红的岩浆。感觉那时的牡丹一碰就炸,感觉那时的美酒滴滴是鸩,感觉那时的晚风吹来饱满的诡计,感觉那时如想要做个好人,必须比恶者更熟知大恶大毒……那个时代不好过啊,但是好看!所以我们一直把它像虎那样关在笼子里(舞台影视小说画卷,都是美丽的笼子),这样才方便我们喜歌悲泣,惊梦怀春,方便我们激情大发,做一回世外散仙。

审美是安全的,但人们一般不愿意做被他审美的那个人,

1

并且真的活在那时候。所以,我们总爱把意境搁在遥远,把身子放在尽可能舒服的地方。

在三国所有生灵中(包括山川草木鸟兽虫鱼),我最喜欢曹操。你说他是个人吧,好像既委屈了他又亵渎了人,他老是涨破人的规范。意境上,他像颗钻石,有48个剖面,面面发光,聚焦着最杰出的恶、善、智、毒、狠、义……以及我想象力不及的形容。只要稍微转动一下,你就看见另一个曹操。一个生灵,能把这么多水火不容的品质聚集一体,而且还活得云朵般从容,星辰般耀眼,火焰般烫手。这是什么生灵?留待后世考究。

曹操既可取天下为己用,又可以弃天下为己用。天下者,牛耳。

曹操自个儿不做皇帝,却喜欢圈养皇帝和造就皇帝(刘协与曹丕)。皇帝者,须臾。

曹操爱才如命。阵前遥指天敌孙权感叹"生子当如孙仲谋",须知当时亲生儿子就在旁边呀。曹操对待关羽、赵云之喜爱就更不用说了。我觉得那是心灵至爱,超出敌我是非正误善恶。一种爱如果超出世俗那么远,意味着至纯。可能与梁祝一般,日后也要化蝶吧,双翅各有一副五花脸。

曹操好酒,因为酒是生命的倒影。对酒当歌,人生几何。尤其是那"几何"二字,让我既爱又痛。

曹操好色,但除原配之外,他最爱的都是别人老婆。因为别人的老婆往往最有女人滋味。临终前，最后一札写与那十几个女人，让她们选择自由出嫁或者贵养天年，根本不曾有贞操殡葬之类的念头。

曹操好诡计，但由于他高出身边人太多因而完全不须做态，只亲切说"借你脑袋使使。你放心，自今日起，你儿子就是我儿子，你父母就是我父母。他们跟着我过，比跟你过更好哇"。残酷的意思说得这般动人，你还好意思活么？而且人家说得在理。

在曹操身边做人，真是善恶两难忠奸两难贤愚两难……这么难，他身边还偏偏聚集了天下最多的人才，鸡鸣狗盗之徒能成长为开国元勋。

我感觉，关羽张飞等辈，用兵器杀人。刘备等辈，用仁义杀人。曹操哪，用目光杀人。

对待帝王一类，真的不好做道德评判。因为他们总是山峰那样冲天而起，刺破几乎所有的世俗规则，并且拖拽着身下大片土地与子民，一起去！

无奈中，我们只能审美地看帝王，而且似看非看，看久了容易迷失。他们像黑洞，周边很亮很迷人，引你步步靠拢。可你只要伸出一根手指头，整个命就被拽进去了。

于是留给我等俗人一个莫大苦恼：他们究竟创造得多些还是毁灭得多些？凡大疑问，看上去都像是无解无聊之问。

我们都渴望太平盛世，但历史屡屡暗示，过于太平的日子里，创造力都在打瞌睡。真正决定性的创造往往是逼出来的，它们老是生长在危机甚至杀机四伏时。而逼人最甚处，就是乱世。

一个万载不灭的隐痛再度浮现：如何才能既过上太平日子，又激发真正杰出的创造力呢？好像到目前为止，人们只能探索，永无定论。

感谢涂晓晴女士的作品《少年曹操》，让我享受阅读并激发联想。与杰出创造相匹配的，最好是杰出的欣赏。

2017年夏

# 第一章　太监养孙

尽管曹操名流千古，可祖父却是一介太监。他虽曾求学于太学，官至丞相，最终异姓封王，有着令人羡慕的"挥手风雷荡，举动填山海"的光辉历程，却始终无法避开尴尬的身世。究竟是怎样的一位太监，令曹操数次为维护他的名声而大开杀戒？

## 魂归故乡难安息

公元160年正月二十三，蜡梅开得快要尽了，从洛阳前往谯郡的路上，雪花纷飞，四下白茫茫一片，大有将旅人困顿在路上的势头。这样的寒冷天气，连飞鸟都宅在窝里。没有车辙、没有脚印的官道上，护送曹腾棺椁回乡的一行人，只能冒着风雪，推着笨重的马车艰难前行。

这是曹家三代男人第一次集体回乡。祖辈曹腾已于正月初八逝去,曾经有很多机会衣锦荣归,总以公务繁忙未能成行,却以这样的方式奔赴故乡的怀抱。

子辈曹嵩,自从四岁时被父亲曹朗以五千钱的代价过继给四叔父曹腾后,第一次回乡。好像当曹腾养子的使命,就是为了将他的棺椁带回去安葬。这其间他也曾无数次思念过生身父母,多少次梦回他熟悉的田间地头。曾经想要做官一展宏图的他,却被识人准确、用人出彩、权倾朝野的曹腾执意安排"吃文饭",让他远离朝政,能为曹家延续香火,便是作为养子的他最大的责任。曹嵩可不这么想,借守孝契机,毅然辞去经学院博,除了"太监养子"糟糕的身份外一无所有。

孙辈曹操,第一次踏上回乡路。祖父生前一再告诉他这样那样的道理,可惜年纪太小,只能依稀记得片段:为人可以没有本事,没有显赫的地位,但一定要诚实……你要好好读书,不读书的人就如同身体健全的瞎子、聋子、瘸子。你要学习的不是同辈人,而是过去的人和事。他们就活在历史书里,他们很乐意你去拜访……自古于国于民皆有利的人,就该谋国之兴盛,求民之福祉……

整个送葬队伍二十来人三辆车。有十二三人专门推扶装运棺椁的平板马车,另外数人掌管曹操和他的继母(母亲已于三年前去世)所乘篷车,一辆摆放竹简、生活用具、食物、杂物等的斗车。

郊野飞雪漫天，连雪松都冻得收起了新绿，缩紧了脖子。落光叶子的树们却一副豁出去的样子，敞开四肢任凭风吹雪打。曹嵩及所有赶路的脚力们穿着芒鞋或皮革鞋。泥水渗进鞋子，风雪灌进领口和袖口，冰凉彻骨。所有人素服、衰麻、面带哀容，人头、车头、马头皆绑扎着孝帽、纸幡，和着漫天飞雪，组成一幅天地同哀图。

曹嵩扶着拉棺椁的马车，招呼车夫和苦力们小心，不要使棺材颠簸、摇晃。这也难怪，马车上停放着的阔大而结实的黑漆楠木棺材，用来装曹腾那瘦小干瘪的躯体，实在显得浪费而多余。曹嵩担心的是，若遗体来回晃荡，撞碎了那件由顺帝监督制作，并赏给曹腾，只有劳苦功高的侯位才配享有的银缕玉衣。

孝子贤孙扶棺椁回乡，必须徒步前行。曹操年纪还小，又逢风雪当途，只在经过亭子与关口或诸侯国地界，才下车跪拜路神、土地神等诸般神灵。

众人脚踩湿滑泥地发出的吧唧声让曹操裹在被子里进入梦乡。突然几声马的嘶鸣，把他从睡梦中惊醒。爬起来掀开帘子，马儿昂头鸣叫，口鼻中喷出白气。圆得像个不倒翁的父亲被泥泞的道路折腾成了泥人，正在和众人奋力将马车弄出凹坑。

曹腾一直觉得圆乎乎的养子不像曹家的子孙，由于没有见过其生母，甚至怀疑三哥当初拿其他人家的孩子冒充亲生子过继给他。

自小看惯了他人脸色的曹嵩想说话之前，必须先小心、快速地观察一下对方的神色。这一动作，已经像穿衣吃饭一样习以为常。

曹嵩猛回头看见曹操正掀着帘子朝外面张望，当他的目光射向曹操，表示出想要说几句的神情时，曹操已经一拉舌头，"唰"地将帘子放下。听到曹嵩含混不清地喊：……他娘，管着他点，别让阿瞒受了风寒。

"他娘"是继母邹氏，拿着纺锤正在纺麻线。听到曹嵩叫喊，抬头看了眼挥舞桃木剑的曹操：细长眼睛，高鼻梁，嘴角上翘，皮肤偏黑，六岁了至多只有四岁半的孩子大小。恐怕这孩子不但眉眼像极了祖父，身段也会如此。

自古就有"隔代像"一说。曹操从血缘关系上，要算曹腾的侄孙。从生物遗传来看，容貌相像完全有可能。直到曹操出生，曹腾才打消三哥作假的疑虑。

风雪像顽皮的孩子挤进车内，邹氏帮曹操戴上棉帽，他又偷偷掀开帘子朝外面看。邹氏并不十分管束他，俗话说后娘难做，对于出身平平的她，能嫁到曹家当补房，就已经烧了高香。用贤惠、忍让修行，稳固地位还来不及，哪里还敢为难被公爹曹腾视为眼珠子的孙子。

　　车终于出了泥坑。曹嵩仰望天空,硕大密集的雪花,将天地模糊成一个整体。那么,父亲的人生呢?会像这漫天大雪一样,等到春天到来时,消失得了无痕迹?

　　曹腾的一生,最艰难的要算他跟随废太子刘保在洛阳金乌巷九号藏身的那段岁月。最值得大书特书的,就是他联合其他太监和朝中士大夫,成功帮刘保夺回皇位。他跟刘保的感情,深到可以被后者称为"阿兄"。饱尝荣辱的年轻皇帝不幸早逝,临去之前,将家事国事全盘相托。新皇帝上位后,曹腾不惧大将军梁冀霸道,挺身保护百官,为朝廷举荐贤能。

　　直到退休之前,他像片曾经给江河注水,又为庄稼灌溉的云彩,从宫廷的上空黯然退位,临别前想见一面一心维护辅佐的在任皇帝刘志都没能如愿。

　　自古"立威于子,怀慈于孙"。曹腾对于曹嵩,始终都如高耸入云的陡峭山峰,使他又敬又怕。曹嵩对好像跟宫廷长在一起了的曹腾只略知一二。曹腾久居深宫,职业准则被要求嘴严,宫中大小事务从不透露半点。加上曹腾一直以公事为念,在他的生命里,好像充满纷争与阴谋的皇宫才是他的家,那群只把他当作卑微奴隶的人才是他的亲人。从业近半个世纪,简直"劳模"到了极致,只在临去世前和家人过了唯一一个春节。

　　曹操的降生,让曹腾这座山巅,融化成一泓清泉。曹腾几乎在曹操听不懂人话时就给他讲故事,将他和顺帝刘保的往事,以"小藤子"和小皇子的身份,不厌其烦地讲给曹操听。没想到,这段永载史册的宫廷争斗,却成了祖父对曹操的启蒙教育的绝版教材。"小藤子"是曹腾陪伴太子刘保读书时期,刘保的顺嘴叫法,曹腾要他一定要像"小藤子"那样,长大为皇帝效劳,为曹家争光,不要让他在地下蒙羞。

在曹嵩看来,曹腾给曹操讲故事,是在怀念故去的刘保,重温往昔相濡以沫的点点滴滴。而这位老太监的胸中丘壑,何止万水千山。

邹氏前年嫁到曹家,对这父子俩最深刻的印象就是曹操像只八哥鸟,整天有说不完的话,越发衬得曹嵩沉默得像尊菩萨。曹操可以爬到祖父的头上玩耍,曹嵩却连正眼也不敢看曹腾,走路都得低眉顺眼,毕恭毕敬。

曹操把玩着悬在车厢壁上的豆蔻香包,又想起问邹氏有没有见过"小藤子",得到的回答一概是摇头。

所有人都在风雪中艰难前行,只有车轮碾压路面时发出的声音,和马蹄声、偶尔一两声马的鸣叫在旷野里回响。原本就不爱多话的"曹书蠹"显得更加沉默。

曹嵩看看黑漆棺材,父亲的音容犹在,却阴阳两隔。忍不住再次悲情难抑,泪湿双目。凡事皆由父亲做主的他,如同屋顶坍塌,未来的人生,恐怕只能守着谯郡数百亩土地几十户食邑苦度光阴。这点雨后积水般的小池子,又怎么能酬得了他堂堂太学优等生的志愿？对于为何非让曹嵩远离朝政，曹腾一直没跟他解释。也更不可能知道躺在棺木中的曹腾对他的担忧：性格懦弱，资质平平。经历多了如同季节更替般频繁发生的政变厮杀，让曹腾变得小心翼翼。身处乱世，亲身经历很多重大时局，连自己都数次置身于刀剑重围，惹下杀身之祸，九死一生。哪方面都不突出的养子，想要在暗礁林立的宦海航行，他曹腾绝后只在早晚。对于宦官的人生理想而言，传宗接代才是他最想要的果实。

## 此生最大的胜利

曹腾跟前任皇帝刘保患难与共，却得罪了现任皇帝刘志（桓帝）。因大将军梁冀是刘保的小舅子，梁皇后的胞弟。曹腾忠于故主，对梁冀隐忍、宽容，因而得罪刘志，落得晚景落寞。刘志仍然当朝，曹腾为曹嵩的前途早作安排，将仅有的子嗣保护起来才是上策。

不能从仕只可行文的曹嵩，却在传宗接代这件事上令曹腾狠狠失望了一把，以为真遭了天谴。长在太监之家的曹嵩，有着这样那样的缺陷。结婚数年，妻子的肚皮毫无动静。可叹曹嵩圣贤之书读了八车，对于生儿育女这样的人伦之事，还是经由宫内王太医亲口授意，才惊异得大张嘴巴，满面涨红。

黍穗金黄时节，曹腾得知儿媳终于怀孕，打开顺帝赏给他的古井贡酒，父子俩对干了好几轮。吩咐家仆多种些"益母草""奶水草"，备给产妇使用。那晚，古井酒的香气，和着曹家父子的欢愉，弥漫了整条金乌巷。

行走在风雪里的曹嵩，看了看曹操所在的篷车，不觉两颊发烫。为当初理解生孩子就是男女简单地睡在一张席子上，害得曹腾眼巴巴盼望了六年感到抱歉。

公元155年2月，丁佩怀孕数月。司隶、冀州发生大范围饥荒，大量难民死亡。洛阳的日子也好过不到哪儿去，宫中连续几个月不发俸禄。小官员家快穷得揭不开锅了，就连曹家也捉襟见肘。

曹嵩小心扶着棺椁，前面不远就会有荥阳驿，他们可以到那里投宿。曹腾曾经告诉他：父母是自己的前世，祖辈是前世的前世，所以必须敬畏。孩子是自己的来生，孙子是来生的来生。不生孩子，就等于没有下辈子，是人生最大的失败，所以无论如何都应该生育。

曹腾躺在棺木里，一定是满足的。身为太监，不光有资格收养儿子，还能有孙子，孙子将来还有孙子，子子孙孙，生生不息。香火不断，祭祀有人。作为普通百姓，能像动植物那样一代代繁衍生息，还有什么比这更值得希冀？

六岁的曹操虽记忆力还没有发育完好，但他永远忘不了曹腾那致命的一摔。曹腾退休的那天傍晚，凌寒初开的蜡梅花香气脉脉，晚霞在西天接着落日的光线俯瞰帝都。穿得笨拙的曹操早就等在街口的歪脖子老槐树下，见到祖父归来，非要像往常一样骑在他的肩头。进门时，曹腾只关心肩上的曹操是否会被门框撞到，忘了脚下的门槛。祖孙俩一起向前扑去。即将倒地的刹那，曹腾双肘顶地，手臂往后撑起。只听到右臂发出"咔嚓"一声。那一跤摔得太重，加上离开被他当作第一层皮肤的皇宫心情落寞，竟一病不起。虽摔断的右臂被接上，但还是肿得厉害。勉强熬过了大年，临去世前一天晚上，给曹嵩留下四条遗言：第一，金乌巷九号必须世代保留；第二，要将曹操教育成才；第三，切不可跟当红的人靠近；第四，多生子嗣，旺曹家香火。还有一句他临离开皇宫时没能亲口告诉皇帝的话，必须设法传达。

正月初八早晨，一生充满陷害、非难、艰辛、困顿的曹腾，没能回避死神的呼唤，于睡梦中被带向另一个世界。

曹嵩照例端来热水伺候父亲，才发现为皇家活了一生的老太监，已经与世长辞。还没来得及告诉曹操"小藤子"是谁，就去跟把他当作"吾兄"的顺帝刘保的魂灵相聚。

必须当面传达的那句话，比曹腾突然离世还要令曹嵩烦恼。他这前经学院博士，无品无级，怎么能够得上高高在上的皇帝？

## 忠仆良言传递难

灵幡飘扬，纸马垂立，曹家举丧。原本只准备接待数十人的简单葬礼，却来了上千人。全金乌巷和临近的巷弄前来凭吊的人络绎不绝。令人感到意外的是，曹腾的同行倒是少见，只有几个退休还健在的老太监上门哭祭，宫内门生部下集体回避，大大出乎所有人意料的情景发生了，前来吊唁的官员们至少有数百位。去世的可是太监，双方早就争斗得跟啄掉了毛的乌眼鸡似的，向来自恃非凡的士大夫们有没有搞错？

狭窄蜿蜒得像龙身的金乌巷，根本容纳不下这么多人，官员们所乘之车只能停放在其他街道，步行前来。其中显赫的就有太尉赵戒、司空胡广、司徒袁汤，三公齐聚吊丧，全帝国配享此等殊荣者少之又少。不仅如此，还联合一百多名士大夫拟定悼词，由曾被曹腾举荐的赵戒在其遗体前宣读：曹公腾，随太子，保皇帝，荐贤能，忧苍生……士大夫最感激的，是曹腾辅佐顺帝刘保执政二十年，"三权"出现少有的平静。

大臣们纷纷请假前往吊唁不来上朝，刘志这才听说曹腾亡故，向来用稀奇事和突发事打发冬日无聊时光的他，竟沉默不语。宫中新晋五个常侍是曹腾的直接属下,却因为扳倒曹腾保护的梁冀而撕破脸皮,恨不得他早死,故不准任何人前往。受排挤的曹腾的得意门生中常侍曹节乘机禀告:曹大长秋临退前曾来辞行,见陛下正在忙碌,未敢惊扰。

刘保没有子嗣,从诸侯国挑选上来的继任者刘志一声叹息,想起过去种种,最让他记忆深刻的,莫过于曹腾提醒他请求太后归权,这样的大恩不亚于"五侯"铲除梁冀。越想越觉得亏待这位服侍了六朝皇帝从无过差的忠仆,希望能见上最后一面。

曹家正紧赶慢赶地准备远行用物,突然接到皇帝要前来吊丧的圣旨。曹嵩顿时如同遭受惊吓的母鹿般瞪大眼睛,好像没听懂传旨太监在说什么。

曹嵩兴奋紧张到无法入睡,在曹腾灵位前拜了又拜,看来是先父显灵了。问题是,皇帝身边前呼后拥,他该如何寻机将那句非同小可的话转告?

第二天,全金乌巷每家每户都被勒令戒严,并用黄绫子将沿途街巷蒙了个严严实实。清道后,数百禁卫军鱼贯进入金乌巷。一个多时辰过去,才听见皇帝坐着十六个人推拉的龙辇旖旎而来。

曹家及所有帮忙治丧的人全部下跪,迎接皇帝。

尽管历代太监千人万面,但凡修炼到了一定火候,总显得深沉而谦卑，皇帝身边多是这般贪财怕死心理变态的妖孽。袍子上吊着四五个香囊的唐衡却"妖"得特别，每走一步都散发出好闻的气味。动作熟练地伺候穿狐皮大氅、半截脸埋进狐狸毛中、握着青铜暖手炉的主子走下龙辇。

唐衡对曹嵩说：你父亲生前有功于朝廷，陛下特来送送。

此人就是日后曹操的军国支柱荀或如假包换的岳父，年幼的曹操能记住他，是因为他身上的奇香。

曹嵩跪地哭得伤心：小民谢陛下隆恩和众位侯爷盛情。

刘志和唐衡等人问了些曹腾生前情况，曹嵩小心应答，寻找机会想将曹腾遗言顺利转告。脑子在飞速打转，因为那句话，太监们绝对不愿意听到。弄不好，他全家的姓名会继曹腾之后成为墓碑上的名字。

刘志吊唁却另有原因，想来看看传说中曹腾跟先帝刘保落难时的谪居地，问曹嵩：先帝生前为废太子时隐居的屋子在哪？带寡人去看看。

漫天乌云竟然能挤进一丝阳光，曹嵩欣喜若狂。脑子一转跪地禀告，意思是曹腾在世有言，顺帝曾经说过，他落难住过的屋子，除了曹家人，不准任何人进去。

唐衡等人立刻反驳：什么曹家人？陛下还跟先帝是一家人呢。

刘志感念刘保身世艰难，既然是先帝的意思，谁也不敢违背。但不想白跑一趟，提出由曹嵩带他带前往缅怀一番。

唐衡等人气得变了脸色，恶狠狠地看着曹嵩引刘志前往。

曹府所在地金乌巷环境极其一般，房子间数也不多，可建造的级别很高。当时是刘保下令责成将作大匠刘舫亲自指导：设计、施工、用料皆有皇家风范。

大小十八间三个院落，小瓦盖脊青瓦溜檐，木窗砖墙雕花门楼，回廊轩窗室室相连。曹腾的起居间最为讲究，图纸为刘保亲率工匠绘制，卧室、阅读室、会客室、藏书房一应俱全。曹腾虽曾贵极人臣，院内普通人家的生活气息很是浓郁。东院有水井凉台，石磨、舂臼一应俱全。厨房窗户上挂着一串串红椒、蒜头，及竹制生活器具，篮子、筲箕、匾子、簸箕等物。中院一棵桂花树年年飘香八月，西园栽着几棵石榴，岁岁九月开口笑。

院子西南角那两间一厢一门脸四间房就是曹腾当年和先帝刘保贬谪居住之地，是他生前的心灵之所，临去世的前一段日子就居住在此。平日门窗紧锁，每次回到金乌巷的家中，第一件事就是拿着一块白布和拂尘，先将那几间屋子仔细擦拭一遍。每到有纪念意义的日子，比如刘保的生日、登基日、忌辰，曹腾都会独自在里面坐上几个时辰。

曹嵩拿钥匙打开门，侧身贴在门后让刘志进去。刘志一踏进门，便以为走错了地方，这里显然更像藏书库。门边、屋角、过道，到处堆满竹简，且每一卷都缀着一小木牌，说明书名、作者和主要内容。刘志紧掖住大氅，才能勉强通过几处被竹简挤得狭窄的通道，颇为失望地看完那几间房屋，盯着墙上挂的刘保的画像看了几眼，摸了摸书架上的书简，竟然被曹腾保护得没有一丝灰尘。刘志朝四周扫视一番，正要转身离开，被曹嵩吓一跳。曹嵩跪在两侧高高摞着竹简的过道间，将曹腾的遗言禀告。

## 爱贤者的墓志铭

刘志真担心两旁的竹简倒下来砸着跪地的曹嵩，当他听到曹嵩说的曹腾恳请他"重用士大夫"，怔了怔，背转过身去。看着不大的窗口，沉默了会儿。

唐衡、徐璜等候在门口，只见刘志走出来时面色冷峻，献媚而期待地问看见什么了，里面怎么样。刘志径直走向龙辇，顺嘴回答"几间破屋，并无特别"便登上龙辇。唐衡嘱咐放下些许赏赐，簇拥着皇帝起驾回宫。

正月二十二，不是个好天气，灰云低垂，可能会下雪。当天夜里，果然下了场世所罕见的大春雪。棺椁定了程，如同活人要出门，日子不能更改，曹嵩按时辰率队出洛阳向东往谯郡进发。孝子贤孙历时一个半月，从朔雪纷飞走到柳芽初上，才把曹腾送到他安歇的地方。

曹腾老家沛国谯郡忙碌异常,由于事发突然,由官府协助曹氏家族,将曹腾的墓穴抓紧完工,再在旁边建造七八间守丧用的草屋。

一直被众太监认为"脑袋不开化"的曹腾离开了政治舞台,就像撤掉圈禁宦官这群嗜血猛兽的围栏。"五侯"势力迅速扩大,党羽遍及朝野内外。官员委任、罢免;百姓加租减息、赈灾放粮;皇帝过生日、病愈,都成了他们敛财的好渠道。

刘志从曹腾丧礼回宫后,总是若有所思,闷闷不乐。原本就对曹腾持有根本性敌意的唐衡、单超等猜测,肯定曹嵩那个贱人向他说了什么。刘志能当上皇帝,绝不仅仅靠运气。即使再与"贤明之君"这样的褒扬之词有仇,至少想要让他的皇位坐得更久、更舒服。这几天一直在想曹嵩跪地说的那五个字,辗转反侧,权衡再三。不能把任何一方势力彻底清除,这是当权者的铁律。可他这么多年一直打压士大夫在朝中的势力已不是什么秘密。当初的王位竞争者清河王刘蒜早已自杀;跋扈专权的梁冀也被扳倒;庞大的帝国总不能任由三五个太监掌控。曹腾的建议好是好,可为了说服众太监,总得找个由头。

公元160年正月末,刘志以安抚被梁冀打压的士大夫为借口,下诏大赦天下,寻找李固后人。太监们起初使尽浑身解数,连恐吓、污蔑这些都用上了,刘志仍旧一意孤行。太监不惜以死相逼，但见他执意如此，只好同意。特赦令颁发，朝野欢腾。连被太监当作首恶的李固都被安抚，何况其他人等？看来皇帝终于觉醒，士大大们受到极大鼓舞。

躺在棺木中的曹腾，也许听到了从洛阳出发的二百匹快马，将寻找李固后人的诏书送达沿途驿站的声音。他当年推荐李固从仕，干看着国之贤臣蒙冤入狱身首异处，却爱莫能助，却因一句遗言为他雪耻。若他俩泉下有知，满可以流着热泪对饮数杯。

地方官府召集数百乡民举行入土仪式，时年三十二岁的曹嵩，正是该步入仕途阶梯的飞扬年华，却要开始三年守丧时光。无比悲戚地住进墓地边新修的草屋，只留两个小厮侍候。免荤腥戒女色的守丧规定，向来是读书的好时光，带回的书简将是他这段时间的良伴。

刘志起用士大夫计划进行得轰轰烈烈，可一时还真不知道该擢升谁。既然是曹腾建议，首先想起那个被他推荐，又诬告过他的种暠，一纸诏书将战功卓著的他从西北边陲调到洛阳任大司农。旁边有大臣告诉他曹腾当年受到他的诬告，不但没有加害，反而替他说好话，表扬他。曾经恩威远播西北诸番的辅弼良臣，竟然捧着印绶，羞惭难当。

延熹四年（161年），皇帝又擢升和番有功的种暠成为司徒。以"孝"和"信"立身扬名的他终于忍不住，想要还恩人一个公道,在朝会上毫不掩饰地对同僚说:我今天能登上三公之位,主要是曹太仆的功劳。

曹腾尸骨已寒,其诸多好处仍能被朝臣们记起,只要能将众人利益和福祉放在心上,太监一样可以受人敬仰。若要给曹腾拟一道墓志铭,大可以这样颂扬:爱贤之人,贤自爱之。

## 尴尬身世岂容羞

曹嵩一行回到故乡,数不清的梧桐树像伫立田野间美丽的少女,树头举着一束束灰褐色花苞,翘首期盼"春风"这个聚少离多的梦里郎。曹嵩和两个仆人守候在曹腾墓旁,各项事务暂时托付给兄长们处理。曹操处于爱玩爱闹的年纪,为了让他莫要扰乱墓地清净,将他和继母安顿在夏侯巷东边的曹庄故宅。

守丧的曹嵩过着清修徒的生活,每天早晚在曹腾坟前点三炷香,上两餐饭,跪地等会儿,才把祭饭收回去,作为下一顿自己的食物,给亡魂新做。

从洛阳到谯郡,从都市到乡村,使得曹操的生活轨迹发生重大转变。这段时间的他以"放养"为主,除了吃饭睡觉便不见踪影。每日跟曹洪为首的七八个小男孩玩闹在一起。还时常去姑祖母家,初识表兄弟夏侯渊、夏侯惇等。

　　阳春三月，与春风热恋的桃花激情盛开，连云霞都当它们是定居凡间的知己。池塘倒映着蓝天，白云在河水中游曳。一年四季的鲜花，在这片中原大地上次第绽放，太阳照耀下的郊野五彩斑斓，对正是幻想年纪的曹操来说，谯郡乡村就像一片巨大无垠的花毡，散发出各种新鲜浓郁的香气。他最喜欢跟着孩子们在田埂上猛跑，隔着麦田追击、阻击。虽是儿时游戏，却应了即将到来的乱世之景。其中大多数孩子和他们的子孙，日后都跟随他踏上统一帝国的战场。

　　一年下来，他的口音褪尽洛阳官味，满口地道的谯郡方言，每句话的末尾音调都上扬。穿着、动作、身形也逐渐跟村民的孩子们相同，脸上、手上、衣服上不时有泥污、绽线、破洞，头发披在脑后。刚开始，只是和玩伴们掏麻雀、捉蟋蟀、抓鱼。哪怕一只断尾的猫，也会引起他们的好奇。渐渐地痴迷跟在稍大的少年们后面走村串屋，遇到问死吊丧，结婚迁居这样的红白喜事，更是有事帮闹，无事帮闲。

　　曹嵩不在身边，邹氏不敢管，曹操如同五月蒿草般放纵地生长。一举手一投足间充满野性。跟随同伴们在田野里狂奔，跑过紫色的泡桐花树下，又跑过白芍花开，麦苗被严霜覆盖，于飞雪中迎来新岁。

　　公元160年除夕，当曹嵩从墓地回到曹庄，竟然没能从十来个大小不同的男孩子中认出儿子。还是曹操一声叫唤，曹嵩走上前蹲下身，为他整理被汗水贴在额头的乱发时，怒气横生。分别一年，且不论他吃些什么，过得怎样，就凭让他蜕变成一个彻头彻尾、野性十足的乡下娃，曹嵩断不肯原谅邹氏。临别时只冷冷地留下一句话：十五一过，就送阿瞒去学堂。

东汉贵族或官宦子弟，六岁开始学习生活规范、称呼、礼仪、洒扫、应对、进退等一系列复杂严格的基础知识。曹嵩决定送他去当地口碑甚好的卞家学堂，至少不让他继续野下去，还能学些礼仪。

卞先生名泽，字仲开，世代说唱，人到中年嗓音毁坏，开个学堂勉强谋生。他那极富说唱情趣的神态和动作，不光表现在给孩子们讲神话故事，教知识也是如此，这令爱听故事的曹操和孩子们着迷。曹嵩无意中选择的普通城镇学堂，却给了曹操一双想象的翅膀，遨游于四空八极，给了他一生离不开的精神滋养。

谯郡可不是洛阳金乌巷，人们对曹腾尊敬，从不在曹家人面前说起"太监""宦官"等敏感字眼。曹操入学没多久，当他跟其他小男孩一样，站在茅房里撒尿时，为首的男孩"砗子"抱住曹操撩开他的袍子，大喊"太监老公的孙子怎么会有鸡鸡"？！

曹操整好衣衫操起木棍，对着"砗子"的后脑勺猛打，打得人家鲜血淋漓颅骨裂缝。曹嵩被人叫去，先把"砗子"送到华家治疗，赔了两千八百钱、三石粟米才算了事。

"砗子"羞辱曹操，曹嵩没法训斥，只得暗自生气，落下病根。日后只要一听到曹操闯祸，胃就疼痛难忍。

曹嵩不敢送曹操去上学，免得再闯祸，同时很为他那副满不在乎的样子感到担忧。不把他带在身边管束，恐怕耽误教养。要离开熟悉的玩伴，曹操死活不肯，几乎像一头拉到集市上出售的小猪仔被拽到了墓地。可他只花了半个时辰熟悉环境，便把这儿当成了游乐场，或骑上石马背做驰骋状，或爬到石人的肩膀上坐着。原本死气沉沉的墓地虽不时传来曹嵩的责备和埋怨，倒有了几分生机。

戒律严格的守墓岁月苦过坐牢，对死者的悼念成为枯燥的形式。从洛阳带来的竹简已经看得差不多，对仕途担忧，如同柳芽初发越来越膨胀。他当初毅然辞去经学院博士，且声明不留位置，就是不想再回到那里。他自认被墓中那个长眠的魂灵管束了一辈子，也该为自己的前途做回"主"了。可官职紧缺得如同被一百个萝卜惦记着一个坑，一旦空出来就会被一堆萝卜争抢。等到三年孝期结束，谁还记得他？

## 且看"庸人"怎出招

七岁的曹操，很快就熟悉了墓地周围村庄的孩子们，只有两餐和睡觉的时间在家,简直野得不像样。要是回不了洛阳,把他的教育荒废了怎么办?曹嵩决定自己动手,解决他的启蒙教育。

农历七月十八,曹腾墓地旁边的守墓草庐内,只有一个先生一个学生的"父子学堂"开学了。没有任何幼教经验的曹嵩满肚经纶才学,但艰涩难懂的古语令年幼的曹操如听天书。课还没上几分钟,他就说要小便,这一去直到吃晚饭也没回来。曹嵩叹息:自古"夫不教妻,父不教子",今日一试,果然如此。

在大自然里,年幼的曹操却获得了真实的快乐。这段乡野生活或许是曹腾的刻意安排,没有在思维和想象力发育的关键时期,给他的脑袋缠上裹脚布,套上模具。

"科班"出身的曹嵩,竟然教不了儿子。将他教育成才,这是躺在地下的曹腾的遗愿,若无法完成,便犯下连自己也不能原谅的过错。为了曹操的未来,必须回洛阳。可是,洛阳虽在人间,恨无天梯相连。

要是曹腾生前能多点时间跟曹嵩相处,就不会有那么多的担忧和不安。当然,也怪曹嵩在父亲面前隐藏得太好,始终像个毫无主见没有想法的木偶,所以才导致曹腾不了解这个长得圆圆的不倒翁般的养子,比他想象的有头脑、有意志。

曹嵩资质尚浅,如何修得城府深厚?套用一句老话:那得看他是在谁身边长大的。曹嵩毕业,正是曹腾权力如日中天之时，连同学们都以为他做官就跟做顿饭似的容易。连比做官还难的仕途通行证"孝廉"都弄到手了，曹腾却一意孤行，非让他在经学院谋职。曹嵩永远忘不了同学们嘲笑他的百般形态，但他不怨恨历尽朝堂倾轧、血腥杀戮的父亲，也许这样安置对他来说是最安全的。可是，在他心里，不想只做个太监养子，他要光宗耀祖，活出个人样来。像父亲一样宁可在宦海中沉浮，也不要在岸上等老。

也许是老天爷刻意安排，给了外愚内智的曹嵩一个机会。大汉帝国的西北边陲遭遇外族入侵，边民损失惨重。

曹嵩觉得奇怪，虽朝中太监、士大夫、外戚换了一茬又一茬，相互杀红了眼，可都是内部矛盾，对于周边疆土的设防和打击能力，仍然为四周外民族别有用心者所忌惮。怎么这次败得这么惨？在经学院时听同事议论过专管太监克扣边关军饷，掣肘将领，看来是真的。

既然问题都能传到经学院，怎么皇帝竟然不知？若再由太监们孳狂下去，必将影响到大汉边防，朝廷安全。他要上一封奏折给皇帝，奏明此事。

下殡给曹腾祭拜时，曹嵩都没敢看墓碑，他知道曹腾一定会反对。曹腾曾经交代"笔下易生灾，刀下有横祸"。只有当心、口、笔、刀想法一致时才能做某个决定。

繁星缀满黑夜，旷野一片虫唱，扰乱着曹嵩的思绪。思想斗争到后半夜，觉得即使抛开自身安危，也要担负朝廷责任。他是太学生，是随时可以为帝国利益头断身碎的"帝之辅弼，国之栋梁"。起身点亮烛火照亮茅屋，星光退回到天上。学习成绩全年级第一的高才生曹嵩，写篇政论性文章比给女人画两道精致的眉黛还容易。打好腹稿，挑灯夜战写出《防务论》。

曹嵩选择的议题，很是考虑一番。不能说直话，不能说假话，不能说上面的人们不爱听的话，不能说皇帝和太监们跟前不能提的话。那就说好话，说顺话，说皆大欢喜的话，并巧妙地把问题的实质点出来。给草药里加蜜水，喝起来才不苦。

花两天刻好竹简，问题来了，他没进言资格，奏疏不能直接寄给皇帝。再者，皇帝每天忙于消遣的时间超过问政，即使递上去，也会被那帮御用文书在筛选时就刷下来。必须找一个可靠的人在上朝时呈给皇帝。找谁呢？他目送一朵落单的云，想到了曹腾曾经遭遇的打击，突然眼前一亮，选择了种暠。

若想要将来能回洛阳有一官半职，走种暠这条路很可能有些胜算。种暠曾任度辽将军，讨伐匈奴。羌胡与西域诸国感佩其正直、怀远，先后前来通献，至此边境安宁。年后又升任大司徒，享有特别举荐权，若能念及旧情，稍加提携，他这错过从仕好光景的书呆子便可成功入仕。曹嵩歪靠在门框上，看着墓地里的石人石马，惊得坐直了身子，为他能想到这个无二人选心跳不已。但他并不知道，远在京都洛阳的种暠，已经病得很重。

曹嵩将论文送到谯郡官方驿站,加上官署印章,标明直送大司徒种暠。官道两边的田里豆蔻欣荣,目送快马启程,带走希望,留下期盼和渴望。

此刻的朝廷怎么样? 皇帝和太监、大臣们在忙些什么? 曹嵩是否能实现他回到洛阳,重新踏入仕途的梦想?

## 临别解惑伤隔世

日过一日,快到一年,曹嵩想要等待的消息,始终没有出现。

难道是奏折没送到种暠手上? 写得不好? 朝中又出了什么大事件,种司徒根本没有机会向皇帝推荐自己的文章?

真后悔……曹嵩在不断的猜疑和懊恼的煎熬中等待着来自洛阳的消息。他已打定主意,为了曹操必须回洛阳。在谯郡这地方,会活得跟土地一样呆板,像草木一样颓然。

涡河上的龙舟赛,谯郡城北的祭祀坛的篝火,花样繁多的庙会……各种吃喝玩乐充满乡村气息的生活,已经使曹操活得悠游自在,早已忘了这世上还有个地方叫洛阳。春节的鞭炮响了三回,曹腾去世三周年,守孝期满,到了该离开谯郡之时。

正月里,曹嵩召集族人,在墓地举行了"脱孝"仪式。请道士前来超度，把守孝用的衣服、鞋帽和帷幔等在墓前烧个精光。想到曹腾即将独自长眠地下，还有长久的分别，前程的茫然，曹嵩哭得几度昏厥。参加仪式的人无不赞叹，纷纷说他虽是养子，比亲儿子还孝顺，当他的父亲真值。

结束守丧，他们就要启程去洛阳。可谯郡的每草每木，都刻进了曹操的记忆。尤其是漫天开放的泡桐花，连天空都被染成了粉紫，风里充满香气。再过一段时间又要开花，屋檐下的麻雀也该下蛋。河边芦苇荡中的野公鸭在不远的水面逗留且叫得警觉，说明母鸭正在抱雏儿，还有野雁生的需要用双手捧的蛋。哪个河滩有鸟，哪片树林有山猫，还有野獾子、狐狸、小刺猬，哪个洞里住着野猪一家子，他和小伙伴们再熟悉不过。

如今，就要作别了。

由于种暠杳无消息，曹嵩早已想好，到了洛阳先找谁后找谁不行还能求谁，必须谋个新路，誓死不回经学院，整日跟那些尘封的竹简，破旧的甲壳（甲骨文）、贝壳（贝叶书）耗日子。就在即将启程的前两天，"曹书蠹"的人生积雪被漫天艳阳融化。侍卫带着圣旨到达谯郡：恩准曹嵩世袭费亭侯，即刻启程回京任职。

"费亭侯"属于不可世袭爵位，只有子嗣功劳卓著，被统治者重新加封，才能承袭。他没流一滴汗水就能获此殊荣，真乃皇恩浩荡。竟然还要他回京任职，真是太激动人心了。天哪，难道上天听到了他的祈祷？

惊喜来得太快、太突然，曹嵩失聪了一般，脑中一片空白。还好见过世面，没演出一幕"范进中举"的悲喜剧来。拿着圣旨的手微微颤抖，跌跌撞撞地跑到曹腾的墓碑前，伏地跪拜禀告亡灵天大的好消息。

曹嵩突然平地飞升，族人大喜，连摆三天宴席，地方官绅、豪强都来祝贺。

就快离开谯郡，有一件事不能再拖。曹嵩把曹操带到曹腾墓前，告诉他曹腾和"小藤子"的联系，墓中的祖父就是你问了无数回的故事主人翁，所有故事都是真实发生的事。曹操突然止住笑意，紧闭嘴唇沉默不语。曹嵩看他瞪大双眼，停止呼吸，脸色煞白，怕他憋坏了，怎么拿话安慰都不行，这是他第一次领教曹操性格深处的"邪性"。

曹腾给他讲的故事像被大风吹起的落叶，变成了翩飞的蝴蝶，涌进他的脑海。他没想到所谓的"故事情节"竟然都是祖父的人生经历。"小藤子"一心追随被废的太子，陪他赴死、伴他苦读、教他做人，将他扶上皇位，力退阎皇后的兄弟阎显带来的数千叛兵……"小藤子"，他一直崇拜并苦苦寻求的故事人物竟是祖父。

曹嵩不住地抹泪，他知道这个结果对不足十岁的曹操来说，太过残酷。曹操突然站起来，朝着墓道往下跑，曹嵩赶紧起身追过去。见他跪在紧闭的石门前放声大哭，用力拍打，哭喊：

祖父,"小藤子",你出来呀,你出来,我要你出来……

坚硬冰冷的石门将一家三代隔在了两个世界。曹嵩抱住哭喊的曹操失声痛哭,倔强的曹操跪在石门口不肯离开,哭到声音沙哑。父子俩守在墓道投下的阴影里,陪伴曹腾度过了最后一个日落。

曹腾和"小藤子",从此住进曹操的灵魂之巅,成为其誓死捍卫的神灵。他虽逝去,对孙辈的教育却如大树结出的种子,将会带着他种植的"故事基因"乘风飞扬,开辟一段别样传奇。

曹嵩把曹腾的灵位用麻布包好斜挎在肩上,带着全家一早上路。早春的云层中饱含着离别的泪滴,淅淅沥沥地飘洒着。送行队伍来了百十号人,穿着缞衣,顶着斗篷。谯郡太守、文书吕廉(吕伯奢)及一套班子也在。送别曹操的十几个玩伴中有曹洪等曹家同辈男孩,还有夏侯家表兄弟们。

人们陆续冒雨赶来,侍卫催促曹嵩启程,天黑之前赶到许田驿。马车启动,浑身不自在的跟玩伴们逗闹的曹操,再次哭得撕心裂肺。

曹嵩从曹操一直面对曹腾墓地的方向读出了含义,轻拍胸前的布包:祖父在这呢,他跟我们一起回去。

曹操停住哭,看着父亲胸前鼓起来的灵位,非要他来抱着。曹嵩把包裹解下来,曹操抱进怀里,吃饭睡觉都不离手,直到洛阳。

骗过了曹操,曹嵩极目远望,树头上呈现出朦胧绿意。想到父亲从此就要孤单地在谯郡长眠,别意如春雨,濡湿了眼眶。

费亭侯曹嵩志满意得地奔赴洛阳,皇帝虽有了圣旨让他回京任职,跟曹腾作对的"五侯"还在位上,能有什么样的职位在等着他?

# 第二章　意气少年

三年守孝期满，曹嵩时来运转，曹操随父亲从故乡回到洛阳。他那带着野花香的裤管和沾满泥土的鞋子，能否适应洛阳的等级森严与势利虚伪？太监们滥杀无辜的鲜血染红了洛阳，废弛了太学。曹操和同学们成为"被废掉的一代"，荒芜了学业。他究竟荒诞到了什么样子，闹到了被迫退学的地步？

## 得报深恩斯人逝

重回洛阳，为曹嵩父子的人生掀开新的篇章。回洛阳的路上，曹嵩一直在揣摩没有一点消息的种暠，究竟出了什么事，这次圣旨跟他有没有关系？

公元163年正月，官至大司徒的种暠已病入膏肓。早在年前，就收到了曹嵩的《防务论》。曹嵩在奏折中引经据典，证明现代国防之重要。文章字字真切,句句切中当代国防时弊。有着西北戍边经验的种暠掩卷感慨,曹腾不愧是"文章太后"培养出来的"文章太监",由他教育出的儿子在文章上已然人风,若稍稍假以时运,不愁不能飞上青云端。

按种暠的性格,当年连举荐他的曹腾都敢冒犯,不太可能以恩报恩。可面对为朝廷举荐可用之才,他跟曹腾一样绝不怜惜溢美之词。种暠在病榻上给皇帝上奏推荐曹嵩,附上《防务论》:已故大长秋曹腾一生忠敬诚恳,相信他的儿子会像他一样心系朝廷。阅览曹嵩奏疏多遍,以其能力和见地,定能胜任帝国边防及皇城防务。

沉湎于色、恼于政务的刘志,要不是种暠拖着病体挂着拐杖当朝上奏,早已忘了在金乌巷九号,跪地传达给他曹腾遗言的曹嵩。种暠还特意挑选了皇帝三年前去曹家的同一天,经种暠提起,令刘志唏嘘不已,时光真快,转眼间三年过去了。

算算曹嵩应该已在回来的路上,种暠深感支持不了多久,三月底再次拖着病体上朝,力谏曹嵩任司隶校尉,刘志这才勉强给种暠面子,要朝臣们讨论讨论,没想到意外发生:反对曹嵩任职的是曹腾曾经的部下和对手,徐璜、唐衡等太监们。同意的竟然是文武官员,且群情激越,好像不让曹嵩任职,就如同端了他们的饭碗。

之所以出现这样的局面,与这几点有关:第一,举荐人种暠官至人司徒，是上大夫们的"自己人"；第二，直到现在，朝中还有超过四成的官员，曾经直接或间接得到曹腾的举荐；第三，曹嵩虽出身太监之门，但毕业于太学，参与表决的官员至少有六七成都出自那里。

局面一冷一热，刘志却不会左右为难。他才真正因为感激曹腾旧恩，给了种暠顺水人情。

种暠从下朝回家便卧榻不起，家人问他为何要为一个无名小辈颇费心思。种暠没有解释，他在思念曹腾。虽已被世人公认为德行完满之人，但自比曹腾，仍有很大差距。其在大司徒任上，为朝廷推荐一大批人才，其中就有名将段颎、文武双全的皇甫规以及对曹操的人生起着至关重要作用的桥玄。榜样的力量可以至极发挥，受过厚恩的他，选择了最好的报答方式，决心将曹腾的美好品质贯彻到底。

推荐完曹嵩，得报曹腾大恩，不再有遗憾。四月初，安安稳稳当了三年大司徒的种暠离世，享年六十一岁。历史记载，由于种暠做官清正，为人贤良，不但全洛阳为之举哀。他曾经工作过的并州、凉州的老百姓听说他去世，家家戴孝，人人含悲。匈奴更是为他举行国祭，单于亲自遥祭哭丧。每次入朝觐见皇帝，都要去西郊拜祭他的墓地，且都哭得声泪俱下。

唉，人臣如种暠，则国无忧，民可安矣。

有得到就会有失去，曹嵩当初因为借机告诉刘志父亲留下的遗言,拒绝太监们入顺帝故居探看,却因此埋下了祸根。

## 鸠占鹊巢怎奈何

到达洛阳的曹嵩本来要回金乌巷九号居住,没想到此地已经成为工地,四周被木栅栏围挡。抬着木料拎着砖块的工匠不停出入,留下看家的两个老奴已不知去向。

历史虽沉闷,却也时常来点幽默,开几个玩笑:顺帝趁曹腾忙于他和皇后的婚事,偷偷派将作大匠刘舫将故居围起来修缮、扩建一番,给了三个月没回家的曹腾大大的惊喜;现任皇帝刘志乘曹嵩不在,将之据为己有。

皇帝赐给司隶校尉曹嵩一所新宅,地址在洛阳东街三十二号。大小三四十间房屋,四个院落布局严谨,瓦顶砖墙,回廊相连,青砖铺地,刮风下雨不会湿鞋不用打伞。

曹腾遗言第一条就是世代保留金乌巷九号,曹嵩连看都没看,也不愿要,辗转找到将作大将署。那些官员早就按照唐衡等人的授意准备好给他回话,既然朝廷给了新宅院,原先的金乌巷九号就必须收回,开辟成"顺帝故居",供官员缅怀瞻仰。

借口冠冕堂皇,曹嵩却不知道问题出在了哪里。被怀恨在心的唐衡带了一只眼的道士蛊惑刘志,说那里有帝王之气,不

能任凡人居住，刘志出生诸侯之家，自然看重天意，毫不犹豫地
霸占了去。

每年六月六晒书是曹家最忙碌的日子，甚至要请街坊当帮
手。如今，这一景象再也看不见了。那摆满四间屋子的书简总
共拉了二十八车到朝廷图书馆，把曹腾一生的学问和对顺帝的
悼念都拉走了。

曹嵩很沮丧，当晚，跪在寓所的席子上，对着曹腾的灵位，
说明不能坚守的理由。

等待了数日，曹嵩领着全家搬到粉刷平整一新的洛阳东街
三十二号。将曹腾的灵位放在大厅北墙前高出人头的神龛上，
带着全家祷祝一番，算是安定。洛阳东街全部用麻石铺成，整
齐而讲究，两边百年古木比比皆是。数十家官宅群聚于此，从
光武帝迁都洛阳近二百年来，多么高档的马车和多么闻名的官
员都经常出入这里。非官即贵的邻居对彼此还有另一层意义：
交替上演宦海悲喜。

三十二号的主人，前后历经了或权或贵的历史名臣十几
位。最近的是梁冀幕僚裴旃，他本人随同梁冀被腰斩弃市，家
人遭流放，此宅空置多年。宅子既大又讲究，美中不足的是坐
南朝北，是遭人厌弃的"背宅"。

曹嵩稍微安顿家人，得知有他今日全赖大司徒之功，凄惶
赶往西郊墓地祭拜，跪地捶胸而泣。

朝会上，打扮一新的曹嵩面见皇帝刘志，跪地接过印绶，朝堂上响起赞叹和祝福。上任后熟悉工作，执掌一千多禁卫军，主管洛阳治安，和地方屯兵及边疆防务等工作。总的来说，很忙碌。年俸两千石，且不论折合多少斤粮食多少万钱。令他欣喜的是，曹操可以用他的官职级别入学，而不用搬出已故曹腾的名望撑门面，忝着脸硬挤进太学。曹嵩掌权，陆续有士大夫前来拜贺走动，但这并不能改变邻居对曹家门庭的看法。对门洛阳东街三十一号，便是太仆袁逢家。

袁逢名义上只有袁基和袁术两个儿子，实际上还有庶出子袁绍，因东汉法律庶出男子不能担任正职，就想办法将他"死"继给五岁早夭的叔父袁成，洗刷庶出身份。这一歧视性规定，成了一部小妾和庶子们的血泪史。日后的公孙瓒、袁绍的儿子袁谭等，都在庶出问题上饱受屈辱。

侍女生的袁绍的身份"漂白"，却不能得到小他一岁的嫡出弟弟皇室公主生的儿子袁术的认可。袁术常找茬欺负"小娘养的"异母兄长，不惜一切时机地在其同学和朋友那揭穿他的身世，两兄弟为此闹得水火不容。

袁家世代根基深厚，和弘农杨家并为旺门大族，数百年来有"两多"：官吏多、驸马多。本就娶了皇家宗室之女的袁逢被太监袁安结援，认了同宗，官运亨通，名利双收。

这位新邻居不像金乌巷的居民们那么友好，且咄咄逼人，袁逢再三告诫袁绍、袁术等：千万不要跟对门来往。

由于出身带来的羞辱，将会给初回洛阳的曹操怎样的见面礼？

## 天子门生今朝始

曹操初次见到袁绍，是他和另外两个兄弟一起去上学。绫罗绸缎，穿着得体，拎着小木箱子，端坐在讲究阔气的马车上。对衣着打扮品位还未开窍的他，并不能体会袁绍眼睛中透露出的忧愁和傲气，只觉得这家孩子们的敞开式马车很气派，令他羡慕。

袁绍在后排坐定，很自然地朝对门站着的曹操看去：齐膝蓝布上衫，土色吊脚裤，灰土布鞋；看身高至少比他小三岁（实际小一岁）；皮肤黧黑，似乎还带着牛粪的薰气和野蜜蜂的嗡嗡声；小眼睛眯缝，越发衬托得鼻梁高挺；最土的要算他头上两个小丫髻，跟女孩一般，时下京都男孩早已流行垂苏髻；目光浅显，充满野性，要是端一盆鹿肉从他面前走过，一定会看到他饿狼一样流着口水。

袁绍很为他的想法开心一笑，来一句：乡下野孩子。

袁术和袁基相继坐在马车前排位置。令曹操惊讶的是，这俩兄弟穿着更讲究。那高大的花骢马,还有恭敬端坐的马车夫,令他脑袋一热,笑嘻嘻地抬脚边跑边问:你们上哪?带上俺!

曹操说的每句话末尾音调上扬,中间含混不清。

人多有难以自制的恶习,哪怕他生长在颇有教养的家庭中。袁术从他的口音中就能分辨,这是个可以欺负的可怜虫,便毫不客气地对即将跨上马车的曹操怒斥:滚远点,小太监,别惊了我家的马!

坐在他身旁的袁基觉得袁术太过分,小声说:三弟,别这样……

袁基的话被袁术粗暴地打断:再说一遍,你该叫我二弟!(眼睛朝后面坐着的袁绍斜了一下,竖起右手拇指直往后戳)后面那个是外人,懂吗?

袁绍气得翻白眼,胸脯起伏地把头偏向一边。

转头说话的袁术丝毫没有防备,被曹操揪住就打。他们虽同年,但吃喝良好,体格健壮的袁术,怎么会容曹操占上风。二人扭打在一起,从马车里打得滚落到地上。袁基慌忙拉架,袁绍却在一边看热闹,还会在袁术挨打时喊几声好。

曹操和袁术一架打出两家长辈,曹嵩千赔不是万道歉地把曹操拖回家。袁逢鄙夷地目送他们父子穿过当街,再次告诫三兄弟:看见了?这就是太监的子孙——野蛮、粗俗。

袁绍不失时机地告袁术的状：是三郎（袁术乳名）先叫人家"小太监"的。

袁逢并不相信袁绍的话，转而看向袁基，袁基点头。袁逢最爱长得像极了他的袁术，对之偏袒有加：好了，下次别叫了，上学去吧。

被曹嵩责骂得满面愤恨的曹操站在家门口，眼看着三兄弟的马车远去，坐在后排的袁绍竟然转过身来朝他招手，这令他纳闷。

四月将尽，曹嵩的生活和工作都已落实，该送曹操入学。

洛阳太学是汉帝国的最高学府，地方属国人口超过十万方可设立大学。如刘表的父亲在鲁国设立"鲁国大学"，曹操的家乡有"沛国大学"，这些学校差不多都是贵族子弟接受教育的专享场所，也是为朝廷输送人才的重要途径。

郡县可以有乡学，最低等级也是最自由的是私学。由于开门授课者多为世之名儒，受到民间没资格上公学的士子们的追捧。私学学子们也有做官入仕的，但多半是因被某个官员看中，光凭实力实现做官梦想的凤毛麟角。各地都有游历于民间私学之间的"游子"，奔波游历于各地，借此拜师学艺扬名留声。

洛阳太学分小学和大学两个阶段，小学需从十岁入学，十五岁毕业。大学从十六岁开始，到二十岁结束，这就是所谓的"十年寒窗"。根据官家子弟的特殊原因，需要随祖辈、父辈迁居到任上所在地,也可以提前结束学业。太学课程采取片段式教学,如学完《论语》再学《尚书》,可以根据自己的兴趣爱好和个人掌握情况有选择地学习。或挑选喜欢的课程多学几位先生的课程,成为某一领域的专家,对某一门学问有特殊研究和建树。

东汉的学年从正月十六开始,到腊月十五结束,春夏秋冬四季都有假期,每个假期平均半月。具体放假日期是三、六、九、十二月的后半月,加上春节半个月共有五个假期。频繁的假期,是教育者赠给少年学子们的最好礼物,尤其是春秋两假,相约交游、探秘、行侠、访友……无比惬意。

曹操的身份从前经学院博士的儿子,跳跃到司隶校尉家的公子。身份地位的突然改变,能为他洗刷身世耻辱吗?

## 生子因何不如己

时值五月,曹操九岁,不够入小学,倒可以进学前班"幼教院"待上一年。类似于幼儿园,没什么正规课程,听先生讲故事,做游戏,学些礼仪、简单的算术、书法等日常生活技能。

马车在幼教院门口停下,曹嵩拽着曹操的手臂前去办公署,跟先生和总长打招呼,总长看着比实际年龄矮小的曹操,狐疑地对曹嵩说"令郎年纪还小，不适合入学"。曹嵩尴尬地介绍曹操的实际年龄，才被允许交了四两黄金作学费。

洛阳太学的执行总长可以是高官或大儒，但正式的总长却是皇帝本人，有资格进入太学的学生便成了"天子门生"。

父子俩往里走之前，曹操身上穿着的新做的酱色罩衫显然不太合身，带"鞋山"的鞋子也有点大，走起路来一掉一掉的。曹嵩低头小声交代：记住，无论他们说你什么，都不许打人。

曹操像一头就要进入奇异世界的小兽，瞪大眼睛左看右瞧，根本没听清父亲唠叨些什么，新奇又激动地点点头。

曹嵩离开，先生将以曾用名"曹瞒"字"吉利"的曹操带到教室里。孩子们每人坐在席子上，面前有一张矮几案，案上齐齐地放着笔墨纸砚。门口整齐摆放着十几双鞋子，曹操将鞋子脱下，怯生生地往教室里走，没想到一眼看到袁术，双方同时一愣，像两只结怨很深的猫狗，身体僵直。

袁术回过神来，又使出好揭人老底的功夫，得意地指着曹操跟同学说：你们看，他就是我家对门那个太监的孙子，嘿嘿……哈哈。

曹操再次受到无端的羞辱，没人告诉他应该用高贵的隐忍姿态与对手抗衡，或者用牧师般的容忍使对方自惭形秽。按照他的反应度和理解力，只有武力是解决问题的关键。在任何人毫无戒备的情况下，曹操跨过几个学生，冲过去就把跪坐的袁术压倒，骑在他身上边喊"打死你！打死你！"边挥起拳头将袁术一阵暴打。

袁术被压在身下，无力还手，只得抱着头大叫：太监的孙子打人了！救命啊，救命！

曹操被先生拉到一边，像斗得正酣的小公鸡，胸口起伏，大口喘着粗气敌视袁术。袁术捂着痛处咬牙切齿地瞪着曹操：有种放学别跑！

曹操不甘示弱，用谯郡口音大叫：跑的就是龟儿子！

先生很气愤地将袁术和曹操都教训了一番，把他安排在离袁术较远的位置入座。

曹操在幼教院的第一堂课正式开始，同学中有几位日后闻名，跟他同年的袁术，比他小半岁的泰山人胡母班和东平寿张人张邈。

其他几个日后跟曹操有关联的人物，也在洛阳太学读书：袁绍比袁术长一岁，正在小学部一年级。日后同朝为官的，大多数不是同学就是校友。山阳高平人刘表，从鲁国大学毕业，正在太学的大学部深造。大学一年级的刘璋，就是日后的益州牧，弘农华阴人杨彪，已经在太学毕业，刚被举为议郎。

下课的钟声敲响，孩子们伏在席子上，拜谢先生。

待先生走出教室，屋内顿时炸开了锅。学生们像变戏法一样从袖口里、包包里、前襟里、席子下面、屁股底下拿出各式玩具。叠纸飞鸟、十八连环、解玲珑、泥偶、面塑、六子棋、跳跳棋、回型棋、泥做的蛤蟆，一拉底部的线就会发出响声的"拉喵"……初来乍到的人还以为到了洛阳西门城墙根下的玩具集市。

曹操看着各式玩具，激动得眼冒星光，好似落单多年后找到组织，禁不住一阵眩晕，激动得小心脏怦怦怦地跳跃。原来大都市里的孩子们玩得更高级、更有创意，不像在谯郡整天只能跟大自然厮混在一起，玩物多是鸟兽虫鱼。曹操并不知道，城里的孩子也会对他的"玩具"流下羡慕的口水。

放学后，袁术纠集袁基和袁绍三兄弟一起打他，曹操自然不服输。袁绍不想打又不敢不打，不然就会遭受袁术欺压，还会找袁逢告状，外加怨恨整个学期。

洛阳东西中轴线大街上火神寺门前，三对一群殴进行得如火如荼。曹嵩正好驾车经过，看到小孩打架，先没在意，忽然听到曹操那熟悉的谯郡口音，慌忙要车夫勒马下车。看见袁家三兄弟将曹操摁在地上狂扁，大喝上前阻止。三兄弟不敢恋战，放开曹操。谁知曹操死活拽住袁术，一昂头狠狠地咬住他的左手食指，疼得他号叫不止。曹操就跟老鳖一样咬住不放，任袁术怎么甩也甩不掉。

曹嵩狠命掰开曹操的嘴巴，带着深深血印的袁术跟着其他兄弟爬上马车落荒而去。曹嵩帮他整理好散乱的头发，拍掉灰土坐车回家。一路上都在痛骂，主要内容是："你独子一个怎么拼得过他家三个，你要是有个好歹，我们曹家可就绝后了！"

问题太严重，曹嵩让曹操跪在祖父灵前好好反省。上次被叫"太监孙子"的仇还没报，今天又在班上被他当众羞辱，放学还被痛揍一顿，曹操哪里咽得下这口气，倔驴一般跪地一言不发。天色将晚，情愿跪着，拒不认错。袁逢带着袁术前来理论，曹嵩点头哈腰地赔不是，曹操从灵位前起身跑出来指着袁逢大叫：我要杀了他！

袁逢没怎么听得懂谯郡方言，曹操转身跑到厨房拿出菜刀。袁逢这下明白了，吓得带着袁术灰溜溜地跑出去，从此两家断了往来。

在幼教院内，公子可没有公子待遇。不听话不好好学习，照样受体罚。从谯郡来的曹操这只颇有个性的"野鸟"，身体隔三岔五就会跟先生的惩罚工具猛烈接触。

他像条从小溪游进大湖的鱼，一下子失去方向，对什么都充满好奇。假期不用上课，便跟小伙伴们去东市看人贩子卖奴隶，去西市买稀罕玩意儿，拿外国卖艺人逗乐，看稀奇的单峰骆驼，去老街买吃货。到小巷内招狗斗猫掏鸟蛋、和邻街孩子们巷战。去城北皇亲国戚居住地溜达，捉弄小贩，偷东西……

由于袁术的"揭穿"，并时常不断地提醒暗示其他同学。顶着尴尬身份的曹操，羞辱像层看不见的薄膜，包裹得他透不过气来,只能用一贯的调皮捣蛋怀念谯郡的平等自在。幼教院一共有五个等级二十四种惩罚方式,统称"二十四式"。曹操用大半年,几乎全部尝遍。先生每次惩罚他,他总是面带嬉笑,因此成为全院有名的"双厚"生。恨得先生下决心研究等级更高,惩罚力度更大的第"二十五式",专门用来对付上课不听讲,下课鬼点子多的他。

如同切开一块质地上乘的玉石,露出的却是劣等石材。幼教院的先生有的曾教过曹嵩,他们因曹操而烦恼时,总要提起他的父亲。曹嵩很守规矩,功课也用功,成绩好得没话说,怎么生出这样的儿子?

曹操会假作疑惑地回答:谁知道呢,也许我是捡来的。

幼教院把情况反映给曹嵩,曹嵩直叹气,人生憾事——生子不如己。曹操让他如此头疼,邹氏乘势羞涩地问:要不,再生一个?

三年守孝生涯,几乎让他断绝欲念。按说正常男子结束孝期应该干柴烈火才是,他反而一直萎顿下去。邹氏不提这事,都快忘了男人本分,丈夫责任。他飞速地看一眼邹氏,好像没什么大怨,自然地岔到别的话题,到晚依旧分席而卧。辗转难眠的邹氏彻底认为他"那方面"出了问题。

新官上任,各项事务庞杂,没多少心思考虑曹操的教育问题。曹嵩并不担心,有那么严格的先生,还怕教育不出好学生来？

他想错了。

一场潜伏在宫廷和朝廷之间的暗流，即将涌出地面，卷进数百无辜者。越是与权力中心靠得近的官员，越是受到干扰。

这场政治风暴，对曹操的小学时代造成了怎样的伤害，又是如何"成就"他早年纨绔、浪荡、不务正业之名？

## 是谁搅动这场风云变幻

圣人云"不在其位，不谋其政"，这句话在当时失效得厉害。

刘志统治时期，天地失序，纲常大乱。百官像太监，对国事无法过问。太监像百官，左右朝廷大事。

公元163年秋，心胸狭窄不能容人的刘志以为坐稳了天下，便纵贯太监大肆打击当初不同意选他当皇帝的那帮士大夫。

刘志借助太监扳倒大将军梁冀，为了报恩纵容他们。太监的宗族、门客也乘势巧取豪夺，强征暴敛。就连兄弟、对食（太监名义上的女人）们的哥舅，都去郡县当掌管，危害乡里，用朝廷征收为借口，强要不来的东西就明抢，成了有官衔、有组织的流氓黑帮。地方人民被他们毒害，勉强偷生，实在撑不下去就入草为寇。

若曹腾活到现在，一定会扼腕叹息：当年由他一手调教的那个能辞会赋，双目不离书简的少年刘志已死。权势一旦被擅报睚眦之怨的人掌握，就像将屠刀交到魔鬼手里。以李膺为代表肩负朝廷命运前途的士大夫们看不明白问题的症结，以为只是宦官作乱，积极吹响迎战太监集团的号角，希望皇帝能够听到。

尚书令硃穆预备后事弹劾太监，事情不成反被诬陷。硃穆生性刚烈，没多久，背上长毒疮悲愤离世。

管子《法法》云"曹党起而乱贼作"。结党营私在汉朝被看作阴谋叛乱，跟朝廷分庭抗礼的重罪。"曹党"不但挑战皇帝权威，还蛊惑士子百姓，产生恶劣影响，导致赏罚不从、政令不行、战争不胜等后果。历朝历代都不允许除朝廷和皇帝之外的"曹党"出现，在刘志这朝，将这条上古明训执行到了极致，甚至成为杀人的理由。

硃穆虽死，成百上千的士大夫还会站起来，和宦官之间的风云对决在所难免，只不过缺少爆发的机会。即将到来的一场名冠历史长达十余年之久的"党锢之祸"，将这幕官场惨剧演绎得淋漓尽致，成为汉民族历史上著名的戕害士人阶层的政治事件。

将士大夫阵营和太监集团的对峙推到台前的，源于一个人的葬礼。公元164年二月，硃穆的继任黄琼去世，短短时间死了两位尚书令，天下想要靠正常途径做官入仕的士子们感到绝望。众人将对前途的无望和对朝廷未来的忧虑化成对逝者的尊崇，争相赶来吊丧，四方远近名士六七千人齐聚丧礼。这么大场面震惊心怀不轨的太监，派人打扮成送葬者，前去探听消息。探子们将士大夫们的言行添油加醋地渲染一番，指责他们暗中结党营私，有可能会造反。

刘志也知道，朝廷并不能只依靠太监治理。他打开香薰，拿出唐衡炮制的香饼深深吸一口，无比沉醉地闭上眼睛，发出轻轻一哼。而后半睁右眼：福，你们享着。累，他们受着，不挺好吗？结党营私？造反？没证据的话不要妄加揣测。

七八个分列两边跪坐的太监瞬间交换眼色。长着倒八字眉的徐璜想辩驳，被上唇厚下唇薄的赵忠用眼神制止。赵忠原本是木匠，手艺极佳，因一相面奇人说他下眼白太多难有善终，便愤而自宫改行当太监。整日跟锦衣玉食作伴，该不会有事了吧。

皇帝竟然袒护官员，他们必须拿出证据，但又不想让士大夫们嗅出味道。"五侯"们费尽心思琢磨出一条阴险对策，无声无息地凌空撒下一张夺命大网。

公元166年，遭逢日食，太监们建议皇帝选拔一批人才，以平天怨。皇帝下诏给三公、九卿、年俸两千石的校尉，举荐符合要求的贤才忠臣给朝廷。其实这是太监们想要掌握他们的人脉,究竟谁和谁有瓜葛。建立名册,摸清底细,再一网打尽。

士子、学子们并不知道这是太监们请他们入瓮,还以为属于他们的春天已经到来,呼朋唤友奔走相告。他们深深感叹不但皇帝,就连太监们也终于可以正确认识到他们对于朝廷的重要性。

人们爱看捕鱼者起网时,满网的鱼儿活蹦乱跳,那场景满含着丰收的意义。太监们也正在缓慢收网,准备看网中的士大夫们露出狰狞的表情。名冠世界的超级大都会洛阳,正酝酿着一场血雨腥风。

## 厄运将至祸患起

太学小学部跟大学部虽同属一个学区,却属于分体建筑。中间有一条河流相隔,河水将小学部弯成半岛形状,十几座汉代典型建筑错落居此。古人认为,小学生还要跟家人相连,对于他们的教育,应由学校和家人共同承担。大学才是四面环水的"雍丘"之地,唯有一座独木桥通过,大学生才能在四面与世隔绝的天地中,专心学习圣贤理论,完善自我修养,获得治世知识。

十二岁的曹操在小学二年级学习,课程内容有《诗经》《小雅》《孔子》《孟子》等教材的"故事版"。另外学习历法、算术、基本手工编织、写字、刻简。

曹操进入小学部学习,虽课业加重,纨绔习气也跟着升级,玩的项目更高级,更有技术含量。比如骑马、射箭、投壶、细狗猎兔、鹞鹰捉鼠等。

曹操的辞赋水平可不是生而有之,实乃经历酷暑寒冬,是修炼所得。由于竹简是流通书写的载体,很费时间也很沉重,运输、保存极为不便。学生必须学会不说废话,不写长文。"赋"一般以四字为主,高度凝练,在提高学生艺术修养的同时,也是提高他们的专业水准。如公文、奏表、书信、祭文等都采取赋的形式。教课先生几乎在每节课上都要求学生作赋,名为"每日一赋"。大规模的强化训练,别说学生,就连猴子也会吼叫得有韵有律。

这段时期的曹操,将玩乐当作生活的主旋律。虽跟袁术有隙,但男孩子就这么回事,把恩怨看得没那么重要,也会时常玩在一处。

太监们铆足了劲想要跟士大夫们大干一场,曹操年纪尚小,是否能避开即将到来的巨大灾难?

又一届大学生毕业,寻找门路做官做事的他们,多年来被压抑的情绪转化为做官报国的激情,将他们及偶像推向风暴中心。

　　文才武备二者俱佳的李膺出身名门,其秉性和身材一样宽直板硬。他任城门校尉还是曹腾举荐,坚决打击贪赃枉法的太监,将徐璜等人的履历弄个一清二楚。致使太监连放假也不敢出宫联络亲旧,生怕被他抓住把柄,曾一度被世人称颂为"太监克星"。

　　太尉陈蕃为了营救忠良,多次被免官。王畅出身显贵,其父王龚,位至太尉,为人清直雅俊,执法不偏不阿。

　　学者郭泰、贾彪只喝了半杯下午茶,就为弘扬三人美誉编出一句口号:"天下模楷李元礼(李膺);天下俊秀王叔茂(王畅),不畏强御陈仲举(陈蕃)。"

　　这几句话很快便在学生当中流传开来,加上各方士子推波助澜,相互跟风,将三人的名望推高到"领袖"级别。向来担忧皇位不稳的刘志,最恨有人跟他争名声。太监一番添油加醋的话传到他耳朵里,他当即掀掉几案,盘子碟子及肉、菜抛撒一地。"天下"? 在我的疆域里,这帮竖子竟然敢称"天下"?

　　太监们跟刘志日夜厮磨,自然知道他最忌讳什么,怎么说才能刺痛这个心眼比油菜籽大不了多少的皇帝的神经。赵忠趁机重提黄琼丧礼,凭什么一介退休官员死了能聚集六七千人? 六七千哪,简直比皇城守卫还多数倍,要是他们借口集会,手里拿着武器,大汉帝国的天下就得改姓了。

　　一句话如同点穴术般点得刘志身体僵直,两眼瞪大,直视了太监们数秒钟。这还了得。老天送给他的天下怎能任旁人贼视？下令彻查李膺、陈蕃、王畅及其同党，若证据确凿，便以其罪治之。

太尉陈蕃果然不畏强权，坚决要将这件案子挡住，理由是此案所牵连的都是海内著名人士，且都忧国忧民、尽忠皇帝。若将他们法办，没有明确的罪名，恐怕难以服众。

陈蕃认为只要他不签字，太监们就不好去州郡抓人，这就完全跟皇帝站在了对立面。他不知道，皇帝要办的就是这帮海内名人。

太监、外戚、士大夫争斗得如火如荼，"党争"向来是削弱皇权的祸根，毫无经验的刘志并未意识到其中风险，反而亲自操刀。"是人想吃饭，是士想做官"，至于他们忠心不忠心，大汉有的是忠心的顺民。你陈蕃不签字，寡人我一样可以抓人。必须让你知道，天下谁说了才算！


## 本性莽撞少年郎


陈蕃的阻挠，就像用竹篱笆挡住愤怒的雄狮及一帮别有用心的豺狼们的去路一般。刘志绕过司法程序，亲自签署逮捕令，将李膺等人押解到北门黄寺狱。同时下发的名单中有太仆杜密、御史中丞陈翔及陈寔、范滂等，共二百多人。

震惊全国的大搜捕行动，身为司隶校尉的曹嵩首当其冲，连夜集合二百六十人的抓捕队伍执行任务。

曹嵩和李膺是同事，知道李膺等人被捕纯属无辜。当初他上任司隶校尉时，得到士大夫们的帮助与鼓励，是该报恩的时候了，便寻机拖延时间，虚张声势，给无辜受牵连的士大夫们逃跑的机会。

曹嵩这个命定要跟故纸堆打交道一辈子的经学院博士，一转身成了手握上百人生杀大权的重臣，迫不得已带着部下大摇大摆地冲开一扇扇门户，将卷入政治旋涡的无辜者带走。并见识了各种各样的藏身之处：地道、阁楼、间壁、密室……完全可以写一本"隐蔽建筑大观"。山雨压城，曹嵩再三告诫不成器的调皮鬼儿子，除了学院哪儿也不能去，免得被误抓。

皇帝和太监发起的这场血腥政变，使得全洛阳如同一座受惊的鸟笼，凄厉的喊冤叫屈声不绝于路。市民们常常在夜间被一阵阵急促混乱的脚步声惊得起身危坐，静听动静，吓得抱着妻儿瑟瑟发抖。

曹操背着太监养孙的卑微之名，若是能出一两个好的教师，也算幸运。可学校的先生们大多在朝为官，有的身兼数职，难免卷入这场绞杀。一天清晨，他刚抱着藤条书箱走到学校门口，看见官兵将七八个教员用铁链锁住颈脖，像拖牲口般呼喝打骂。

为首被打得遍体鳞伤的何颙乃当世名儒,时任小学部总长,兼职议郎、参议国事。全院师生不敢上前解救,默默地看着他们被官兵羁押。

飞鹰走狗少年郎,向来无事帮闲,有事忙闹的曹操,见到打架和不平的事习惯性地兴奋,热血一涌,甩掉书箱就冲上前去揪住官兵们锁何颙的铁链子喊道:放开总长,他是好人!

官兵抬脚猛踹曹操,骂道:哪儿来的小杂毛?给老子滚开!

何颙痛心疾首地大喝:不要打学生,我跟你们走!

曹操被踹得跌进花坛,顾不得疼痛,快速爬起来喊道:放开先生们,他们是好人!

另一个官兵抡起军棍挥打曹操,他身材瘦小,躲闪及时,官兵一棍打空,反被曹操抓住棍子,跟官兵撕扯在一起,朝走廊里的师生们乘势喊道:快来呀,打人啦!

先生们眼看事态不好,赶紧从窗后面跑到走廊上,以防事态有变。

几个官兵冲上来,意欲围攻曹操,眼看曹操要吃亏,几个站在走廊里的先生快速冲过来。小学院的学生们看先生们冲过来,跟着冲出教室,朝官兵们涌来,上百人扭打在一起,全院数百师生聚集堵住大门,声称不许带走何颙等人。

一官兵抽身挤出人群,到大街上召集同事增援。

师生虽然跟官兵"混战"一场,但何颙等人还是被带走了,曹操等师生被带到负责皇城治安的城门校尉府问话。

同为司隶校尉的东片区治安负责人曹嵩闻讯赶来,少不得赔礼道歉,花了不少钱,说了一连串犬子不成气候的话,打通数道关节,才被允许前往黄寺狱提人。曹嵩害怕独子受苦,急匆匆地下到气味难闻的地牢,以为他会害怕得哭得稀里哗啦贴着木栅眼巴巴地等着他来拯救。没想到他正坐在十几个被关押的师生们中间吹牛:我父亲是司隶校尉,我保管不出三日,他们就会放我走,到时候要我父亲把你们一起……噫,父亲,你怎么来啦?

曹操发现曹嵩冷面站在木栅外,赶紧起身跑来,其他犯人也围拢过来,狱卒拿出钥匙打开铁链,曹操要他把所有人一起保释。曹嵩只说了句"跟我走",就拽着他往外走,谁知他死拽住木栅,非要曹嵩将其他师生一起带着,他才肯走,还说他们有约定,他不能先走。

曹嵩被气得七窍生烟,抡圆了一个巴掌打上去,打得他趔趄了几下。在师生们的注目礼里,他被连喝带骂,像只被别住了翅膀的小公鸡般,垂头丧气地挣扎着由曹嵩拎出地牢。

曹操在众人跟前丢了脸,面色阴沉地坐在车上,抑制住愤怒听曹嵩数落了一路,那心火蹿的,就差揭开炉盖子,能燎得曹嵩眉毛胡须一根不剩。到家后,脸色铁青的曹嵩连邹氏都不理,拎着他的后衣领就到了祖父的灵位前,摁着他的脖子要他跪下。

曹操扑通跪倒,不满地大叫:我错在哪里,凭什么罚跪?

谁知曹嵩也一下子跪倒在曹腾灵位前,像曹腾活着时那样回话:父亲大人,儿子不孝,没有管好阿瞒。他今天不但带头聚众滋事,还险些酿下大祸。

曹操也对着曹腾的灵位陈述,好像曹腾真还活着似的:祖父您不知道,何总长他们是好人。我那叫拔刀相助。

曹嵩又在曹腾的灵位前上演武行,一巴掌打在他后脑勺上:你还嘴硬,你会被当作"党人"抓起来的,你知道吗?

曹操反而皱眉,转脸对跪着的曹嵩呵笑:那就请父亲把我抓起来吧,连好先生都是"党人",我这坏学生肯定也是"党人"。

曹嵩低声喝骂:你还有脸笑? 你这样做很危险你知不知道!

曹操嬉皮赖脸地看着曹嵩:那乱抓好人危不危险?

危险,非常危险。胡乱杀戮忠良,不但对帝国的现在,乃至以后都会是巨大的危险。曹操的问话像突然扔出的炸弹,炸得曹嵩灰头土脸。在他眼中,比他那匹驾车的马聪明不了多少,一向不用大脑生活的混账儿子,竟然提出这样的问题。早就习惯了否定儿子的一切的他,该如何回答?

## 乱世何能辨是非

父子之间的争端,往往从一个眼神开始,何况还是这么个大是大非的问题。才十二岁的曹操竟然敢用质问的口气跟他对话,他拎着曹操的后衣领来到书房。

根据经验,曹操已经知道谈话的结果,最终会被骂出去,反而觉得轻松,一副准备听老和尚念经的疲沓相。曹嵩却如同绣娘寻找下针之处察看曹操的神色,他要找一个合适的谈话方式。

可无论曹嵩怎么说,少不更事的曹操如同石头雕成的笛子,腮帮子都快鼓炸了,就是吹不响。

曹嵩只好改用接地气的方式:为父我是在工作,工作,懂吗? 就是不去抓人,会拿不到工资,我们家会没钱吃饭,你也没钱上学。

曹嵩自认为这样的解释已经很直白了,简单得傻子都能听明白,却被曹操报以鄙夷的冷笑:哦,原来我上学、家里做饭、你拿工资,都要靠抓人换取。那,这得要多大的代价,我们吃的饭里会有无数好人的哭喊,我的学费里是不是还有很多受冤者们的性命?

曹操这番强词夺理的话，说得曹嵩震惊。他一直认为曹操除了是个传宗接代的男孩外，一身的缺点毛病。他居然能说出这样的话，令他愕然，也令他惊诧。灾难就像神奇的化学试剂，总能在瞬间改变一个人的本质。就连他的毛头小子，好像顷刻之间也换了个人似的。

曹嵩无语，转而叹息：阿瞒哪，很多事情，等你长大了才能明白。

曹操戏谑地对他说：我看我长大了也未必能明白。

曹嵩纳闷：为何？

曹操哼了一声：父亲都这么大了，也没能分辨得清……

曹嵩不等他说完，站起来指着他道：越来越油嘴滑舌，总之，不要过问跟你无关的事，眼下最要紧的是太平，是学习。

曹嵩说完就走，走到门口才发现这是在自己书房，转身掩饰尴尬，朝曹操摆手：去去去，背诵课文去。

曹操常常被曹嵩无厘头的小过错逗得发笑，这次也不例外。他笑着神秘地对曹嵩说：父亲，我看你该多娶几个姨娘。

曹嵩低喝别瞎说，却眼睛一亮，来了兴致问曹操：为何？

曹操笑道：多生几个弟弟妹妹，你就不会这么烦扰我了。

曹嵩气得再次挥起袖子要打曹操，他已经蹦出好远，转身走开。曹嵩两眼放光地想刚才曹操让他纳妾的话，可又沮丧地摇摇头。

曹操出手救何颙这件事被小学部的教员们传开了。了解他的，都说他生性使然，不了解他的，反而觉得他是英雄出少年。

时局动荡，曹操鲁莽，曹嵩没办法，派阿才和另外两个小厮每天护送他上下学。书箱有人拎，饭盒也有人拿。在狂风席卷生命如落叶的时期，他却过上了有专职"保镖"的惬意日子。

恐怖的气氛继续笼罩着洛阳，大多名单涉及者都被抓捕。今天抓了这个，明天杀了那个。学校的先生们如惊弓之鸟，根本无心授课，整天聚在一起小声议论。不知朝野险恶，不担心帝国未来的懵懂学生们无所事事，不用考试，不需要交作业，还不会因为背诵出错被打板子，觉得这是前所未有的好时代，整日用打闹说笑消磨日子。

在风暴怒吼、黑浪翻滚的海上，永远会有坚强的军舰鸟搏击风浪的身姿。并不是每个人都害怕进入帝国最高级别监狱，有叫陈寔的，他不但没有逃跑，反而主动"投案"，说"我若不进牢房，众人（被捕的党人）没有依靠"，自己走进黄寺狱戴上枷锁，昂首走进大牢。令办案的太监和官员们惊诧得嘴巴能钻进一只猫，眼睛瞪得滴溜圆。

海内名士将会被搜杀殆尽，陈蕃不顾个人安危频繁上书皇帝呈情，数次当朝磕头将地板撞出声音响彻大殿，请求皇帝下旨罢手。刘志才不稀得看到陈蕃那张扭曲的老脸上的血污，反而责备他为罪人辩护,免其太尉之职。陈蕃被免,很多官员奋起反击,飞蛾扑火般地誓与被捕的人共患难。这其中就有种暠临终前推荐的名臣度辽将军皇甫规,他上书说"我曾经推荐过大司农张焕(已在狱中),我和他是一党。请求朝廷革我的职,办我的罪"。

刘志将皇甫规的奏表和一缕表明心迹的头发扔在一边:瞎凑什么热闹,要不是他担当西北边疆大任,寡人一样可以治他的罪!

皇帝和太监们要办的不是皇甫规这种埋头苦干的官员,而是在学生中名望日盛的那些人。越来越多的官员和名士投入到这场挽救大行动中,其中就有当朝窦皇后的父亲窦武。世代名门,一表人才,素有"论容貌,有窦少"之称。长女窦妙遗传了他的基因,悉心教导,才貌俱佳,于公元165年被封为皇后。他本人从不讨官邀赏,将大多家产赠予贫困学子及落魄文人。无论在学界、官界、民间,像窦武这样德高望重的国丈大人实属罕见。

士大夫们受到如此打击,贾彪等人求窦武帮忙。窦武给刘志上了个奏折求情,并附带侯爵印绶做担保。刘志根本不买账,将他贬为平民,收回槐里侯印绶。

窦武上书失败,士大夫们失去最后一根救命稻草,只能依靠自身向太监开战。李膺掌握的太监们的底细,在关键时刻派上了用场。在他的授意下,将太监给他们的莫须有的罪名,说成听从谁谁谁指使的。说出来的名单,大多跟太监的子孙和派系有关。太监们明知道这是李膺在背后搞鬼,根本不认账,反而对"党人"进行更加严厉的打击。所有刑具交替使用,"党人"们在狱中熬到六月,没能迎来大赦,却等到刘志生命垂危的消息。

刘志因吃下大量含汞、砷的丹丸,身体严重摧毁,病在榻上。想要用善举感动上苍,能再继上次给予他皇帝位置之后再眷顾他一回,保他长命百岁。不顾太监们反对,发诏大赦天下,包括"党人",改年号"永康"。太监们害怕释放的"党人"一有机会便想翻案,制定释放限制。所有"党人"都被遣回原籍,并在郡县、州府、朝廷三级备案,永不录用。这样一来等于将士大夫们从"斩立决"改为"无期徒刑"。宫廷制度令太监们身体残缺,恶人出损招设立"党锢",让士人们饱受精神摧残。

刘志病危之时,竟然没把江山交给日夜伺候他的太监们,而是要人将贬黜在家的国丈窦武叫来,归还槐里侯印绶。还要他将奏折中举荐的朱寓、苑康、杨乔、边韶等人都重用,希望他们能尽心治理朝廷。

公元167年12月,刘志崩于德阳前殿,谥号"桓帝"。虽有两个女儿却没儿子。没了可以依靠的台柱子,看似识趣的太监们暂时靠边站。从恶魔恢复成人形,只忙乎些分内杂务,打理先帝丧事，其他国政概不过问。朝政似乎又回到外戚和士大夫们的手中。士大夫们可以扬眉吐气了，为了感谢窦武舍身相救，联名上书尊窦皇后为皇太后，代替先帝临朝执政。

深陷后宫争斗，早已怨气累积的窦太后刚上任即"不负众望"，国事不问，先报私仇，把皇帝宠幸的采女田圣、贵人邓猛等以陪葬为由杀掉。

窦武以国丈身份主持立嗣，百官参与议政，全朝上下一片忙碌。从各地诸侯国按条件呈上来的候选人有十几个，经过筛选剩下两名，其中一个便是曾在河间任职的侍御史刘鯈，另一位是年仅十二岁的解渎亭侯河间人刘宏。窦武等命二人作赋，年少的刘宏幸运地以《皇羲赋》胜出。此少年虽出身皇族，家境却贫寒，时常靠借钱买米，过节能买半边猪肺炖汤就不错了。他已经去世的父亲颇有学问，以祖上流传的藏书教他熟读典籍，写辞作赋。关键是刘宏年纪刚好，还可以有时间对之进行培养和打造，有望成为合格君主。

可天愿又岂能随人意左右？这个辞赋尚佳的少年前途如何，他的卑微出身熬就的极端性格，就像潜伏于人体中的癌细胞，条件合适，便会发作。

## 曙光重现祸患生

窦太后将刘鯈封为光禄大夫,窦武和"五侯"时期备受排挤的曹腾门生中常侍曹节随行,持节带领中黄门、虎贲士、御林军近千人兼程三千里到河间,奉迎刘宏来洛阳。

皇帝人选落实,时机成熟,窦武率队回朝后,将"五侯"为首的唐衡等太监革职的革职,查办的查办,被"五侯"和党羽们侵占的财富再次回归帝国财政。

自古"德一才二",这个从河间接来的羸弱少年,能否当皇帝还要过好几道关。陈蕃、胡广等重臣,展开对他的考察。

刘宏除了瘦弱些,目光中时不时透露出忧郁与谦逊,这正是自恃前辈的窦武和陈蕃等人看重的。他的禀赋实在出乎所有人意料,十二岁就出口成章,逢物可赋。给他任何物件和题目,他都能迅速赋词一首。长篇更是没问题,才思如泉,千古少见。对于"德"的考验,关键要听话顺从。这方面得益于曹节对他的尽心教导,有了曹腾的辅政功夫垫底,窦武选中曹节侍奉刘宏,看中的恰恰是他和曹腾的师生、师徒关系。曹节不负众望,教化得刘宏温、良、恭、俭、让一样不缺,尤其是对窦太后,更是比亲儿子还亲,整日跪地"母后、母后"地叫个不停,此举甚得众心。

百官们忙着新皇帝登基大事,太学却依旧凋零惨败。

"党锢之难"导致小学部很多先生被抓,只剩下不到三分之一的教员。曹操比刘宏大一岁。一个已经是皇帝接班人,一个还是学业无人问津,整日游手好闲的愚顽少年。

刘宏必须认先帝刘志为父皇,以太子身份入主东宫。国事暂由太后跟国丈窦武主持。春节前夕,窦武、陈蕃、胡广等甚为忙碌,他们要对刘宏进行突击培训。培训内容包括礼仪、百官名称、一般行政流程、宫内部门设置、朝中百官职业描述、朝廷大概情况等。

公元168年正月,刘宏顺利通过皇位继承人考核,住在夏门亭等候登基。太后遣大将军窦武持节驾驶帝王专乘的青盖车来接时,曹节还在伺候他读书,众大臣无不交口称赞。少年天子这般敏而好学,实乃苍生大幸。

窦武和众臣将刘宏迎入大殿登皇帝位,改号"建宁"。

小皇帝刘宏果然好命,上位不久边疆就传来好消息。段颖率领一万多军队,带着十五天粮食,从彭阳直指高平,与先零诸种战于逢义山。斩首八千余级,获牲口二十八万头。窦太后下诏赐段颖二十万钱,增加军费,拜破羌将军。

窦太后执政,窦武掌权。饱受打击的陈蕃、胡广们成为朝政中坚。窦武等人看中曹腾教育出来的太监,选派熟读经典,为人谨慎的曹节等十来个人打理小皇帝的日常事务。曹节知道,陈蕃和胡广都是曹腾的旧交,时时处处把他老人家抬出来,动不动"恩师在世时教导我们如何如何"。陈蕃等人感觉他就像脱了一层壳的甲虫,活脱脱的另一个曹腾在世,对他赞赏不已。

曹节,这颗太监界政治新星继曹腾之后冉冉升起。

作为曹腾的得意门生,曹节也手持拂尘,袖含抹布,随时检查宫内家具什物上有无灰尘。持续不断的努力和隐忍,终于获得空前成功。跟曹腾当初和刘保的患难之交一样,拥有了刘宏对他的绝对信赖。

穷人的孩子早当家,年纪尚轻主见却已生成的刘宏出身贫困,之所以奋发读书就是想光耀门庭。没想到"光耀"得把自己都吓住了,曾多少回清醒时咬舌头,想要证明这是不是梦境。原本想努力奋斗为一颗星星,却突然间撞上大运变成了太阳,于天地间光芒万丈。已经贵为皇帝,就该封荫祖上。上朝时,当廷向窦武提出想法。窦武有十二分不情愿,但按常理确实不好驳回。

满朝文武照授意上书,"请求"追尊刘宏的祖父为孝元皇,祖母夏氏为孝元后,已经去世的父亲为孝仁皇,母亲董氏只为慎园贵人。原因是有窦太后在。

一心想要母凭子贵的刘宏忘记了跪拜窦太后时叫"母后"

是何等的亲切,当廷勃然大怒,责斥窦武等人善待死者,苛刻活人。他有他的志愿,自幼跟寡母相依为命,母亲跪地送别他的情景,令他感怀伤心。怎么能让她只得了低于皇太后好几等的空号贵人,且还只能留在河间老家,不得入宫随住。

三朝后,刘宏忆苦哭得涕泪横流,曹节开导他,既然你已经认先帝和太后为父母,就不能有两个太后。刘宏不管那么多,一心行孝,再次当廷提出,想要把生母接来皇宫居住,窦武等考虑再三最终拒绝。从小受惯了张三李四的欺凌的刘宏,如今位加天尊,有资本对窦武等人的欺压怀恨在心,并有能力导演一场血腥风暴。

毁灭的黑云已从天边涌起,还缺一股风力。大权在握,朝野第一人的窦武,正陶醉在广阔的前景里,可没空闲揣摩只会作赋,看人低眉顺眼的十二岁少年的心思。相反认为是曹节等人对国事横加干涉,挑唆皇帝,已经没当初起用他时顺从,实在令人反感。新皇帝登基,桓帝刘志下葬,窦武全族、满朝文武封的封,赏的赏,诸事落定,下一步该当铲除监患。

外戚联合士大夫跟太监血斗,太监们想要保住性命,双方的斗争以一浪高过一浪的态势拉开"党锢之祸"的第二场序幕。

窦武终于为天边那卷黑云送去了狂风,乘日食劝说太后,将太监们诛杀废放,肃清朝廷,以谢天恩。

窦太后当初跟邓猛决斗得到过太监们的帮助,坚决不同意窦武的建议，并作壁上观，对双方争斗不闻不问。包括窦武在内的人都不明白，为何自己的亲人会对太监们宽宥。因为他们不知道后宫的漫长日月，派系林立，只有太监们愿意听她们的絮语哭诉，陪伴更漏残照。

忠臣炼就，除了需要忧国忧民的心愿，还要有无数人的头颅和澎湃的热血。经历"党锢之祸"，年已耄耋的陈蕃不想把不能为无辜"党人"报仇的遗憾带进坟墓。即使失去窦太后支撑，有些事也必须做，奉上自己及全族性命，上书皇帝陈述太监种种罪行。

陈蕃的极端言行，导致窦太后不但不同意杀太监，反而倾向于太监。曹节彻底被陈蕃的上书激怒，在生死之间只能选择绝地反击。

窦武和陈蕃积极做准备，在上次"党锢之祸"中"卖力"抓捕的司隶校尉曹嵩实乃太监爪牙，必须剪除。窦武本想杀了曹嵩全家，曾经受过曹腾举荐的陈蕃念其无后，求窦武留着曹嵩性命给老太监祭祀烧纸。窦武想了想，让曹嵩依旧回经学院谋生，不许踏入官场。拔掉曹嵩换上阵营明确的朱寓，又着铁杆故旧刘祐为河南尹、虞祁为洛阳令，算是组成了以窦武为中心的洛阳及周边防务体系。

撤职令发布当天晚上，"百事通"袁术就从父亲袁逢那儿得到消息，对袁家人算是大快人心，终于把这户不友好的邻居盼走了。第二天到学校,袁术跟同学们宣布了曹嵩被削职的消息。

逃过一死的曹操竟然还感到不平,心中纳闷:为何上头要抓人,父亲就抓人。上头要巡防,父亲整日整夜不归家。怎么还说不要他就不要他?

曹操越想越气愤,在同学们奚落和鄙夷声中走出教室,走出学校。一路小跑,来到大将军府,说要见窦武。窦武正好带着随从出门,未改一贯亲民作风,见有小学生来找自己,好奇地问什么事。

当曹操知道面前站着的这个高大威武、官气十足的人就是窦大将军后,把他准备了一路的话全部说了出来。然后像尾羽未长全的小公鸡,仰头歪脑地盯着窦武。

这恰恰是窦武要打击曹嵩的原因,怎么能跟乳臭小儿解释朝中大事,只冷冷地说了句:荒唐,缺乏家教,不知厚薄。

曹操愤怒地冲上前,一拳打在窦武背上。窦武转身抓住他的两只还未发育的小细胳膊,冷冷地又说了句:尔再无礼,小心性命。

曹操昂头大叫:好啊,杀我吧,我曹瞒才不是怕死鬼!

窦武愣了一下,眉头一动:你就是那个救何伯求(何颙)的?

曹操愤怒地回答:是又怎样?

窦武嘴角泛起微笑,想了想,缓慢地挥手,示意放了曹操:

回去告诉你父亲,让他好好在经学院待着,别添什么乱子。

窦武耀武扬威地率八十御林军登车离去,曹操既羡慕又失落。这就是当朝第一重臣,可自己这辈子,恐怕只有望其脚后跟的份儿。

曹操像庄稼遭洪水湮灭了的老农般,无比愤懑地回到家。未能挽回父亲的败局,也根本不敢说窦武交代的话。曹嵩辛苦努力好几年,一夜回到发迹前,依旧去经学院修理、编撰上百年没人问津的散佚坟典。一家人被赶出洛阳东街,曹嵩只好在洛阳南斜巷租了个破落小院居住。曹操的身份从司隶校尉的公子变成闲职人员的儿子。

变得有时间教育儿子的曹嵩,反而没了心情。他在上次搜捕大行动中暗暗帮助了不少士人,没曾想却遭打击。熟读经典的曹嵩不需要有谁告诉他,自己劝自己"这就是世道",能保住小命就不错了。前途受阻,命运无常,不知道还会有什么不测在前面等待着他?

## 流星划过生哀婉

日月消逝,吃饭不管事的曹操可有的是心情,他正忙着锻炼身体,石锁、石鼓、石凳、石担、石哑铃放满井台边的空地。他想,要是自己足够强壮,上次就不会被窦武死死钳住他甘蔗似的双臂,动弹不得。

曹嵩为他的不务正业深感忧虑,即使锻炼出一身横肉,也只配给人当个看门的,或是打手,离做官领俸相差得不是一般的远。于是他没好气地给了曹操一盆冷水:别老在我眼前晃悠,你需要锻炼的是你的脑子。

曹操白了一眼,继续用石制哑铃锻炼肱二头肌。

大多宗教的宗旨与人性的罪恶为敌,但终归收效甚微。缺乏信仰的东汉帝国皇宫内外,太监们内心的恶魔像没拴铁链子的虎狼,只要他们想,随时都可以肆无忌惮地制造血腥事件。

窦武正忙着建立忠诚于他的权力体系,却没想到他想要杀太监的名单被太监朱瑀偷去。名字在列的太监曹节、王甫等十七人必须为生存而战,歃血为盟,誓与窦武不共戴天。曹节先将皇帝控制到德阳前殿,召集宫女、女官们,都发给她们刀剑,伪造诏书,拜说话结巴的王甫为黄门令,持节到北寺狱收正在断案的尹勋、山冰。

这二人根本不相信王甫带来的圣旨是真的,王甫口舌不利索懒得跟他们争论,竟将二人杀掉,从牢中救出太监郑飒。又去劫掠太后,夺走玺绶。令掌管宫中事务的中谒者守南宫,闭门将道路隔绝。派遣郑飒等持节和侍御史、中谒者逮捕窦武。

窦武决不受命,骑快马到步兵营,与侄儿窦绍率部前往皇宫靖难。陈蕃带领太学师生八十余人支援窦武，拔剑突入承明门到尚书门，振臂向城上大喊：大将军忠以卫国，是太监们想要谋反！

史载王甫正好跟陈蕃相遇，听到这番话，气不打一处来，结巴的毛病也好了：先帝新弃天下，陵墓还没修好，窦武有什么功劳，兄弟父子都封侯？还有，先皇尸骨未寒，他却在宫中宴饮取乐，还让宫女跳舞陪酒，这符合天道吗？你作为三公，应该懂得如何辅助皇上，却跟窦武相互勾结，朋党比奸罪该当诛！

王甫说完才发现，自己说了这么多句话，竟然没有结巴，下意识地看看左右，随从们一片赞叹、附和。

太监陈述窦武罪状，陈蕃羞愧得无言以对，被押送到北寺狱杀死。

曹节和王甫还在和窦武对峙，正好匈奴中郎将张温率部还京。曹节假发诏书，让少府周靖行车骑将军、假节，与张温率领前、后、左、右、中五营士兵讨伐窦武。子夜时分，王甫率领虎贲、羽林等差不多千余人，出屯朱雀掖门，与张温率领的三千善战将士里应外合夹击窦武所部。窦武和窦绍终究不敌，仓促出逃至都亭，双双自杀。

昨日座上宾，今成断魂人。富贵不长在，无常是根本。

扳倒窦武，大肆杀戮，这只不过是在底层挣扎长大的刘宏的性格小露了一下锋芒。"睚眦之怨"连匹夫都要报，何况九五之尊。

王甫将他二人的头吊在城门上，供市民参观。全城震动，好多受到窦武打压的官员及家属争相前去谩骂侮辱。曹操和同学们混在人群中遥看已经被风吹得发黑的人头，打了窦武一拳的那幕不断闪现。窦武率领御林军背影里的马蹄声还很清晰，人却成了鬼魂，且下场这么凄惨。和平与争斗像白天与黑夜般变换频繁，世人所知的外戚和太监、士大夫之间的残杀，到窦武这拨已经是第五轮。昨日高高在上的大将军，怎么今天就成了这般光景？窦武的时代流星般结束了，未懂人事的曹操，竟然生出许多哀婉，转身闷闷不乐地离开躁动的人群。

这件事对他的打击很大，可以用"残酷"形容。他开始痛恨残杀和倾轧，为何除了你死我活之外不去寻找另一种方式解决问题，难道不带着恨意活着就会生不如死？为什么"善"鲜有问津者，"恶"却能对人性产生难以抗拒的诱惑？为何就不能像圣人们期望的那样，用礼、义、廉、耻作人生的标杆？

太监取得了决定性胜利，将窦太后迁到南宫监视居住。自公卿以下曾经被陈蕃、窦武举荐过的门生故吏都被免官，再次遭到州、郡、县三级禁锢，终身不得从仕。这场由外戚和士大夫联手的诛灭太监集团的战斗，以完败告终。随着太监们将大部分官员逮捕，很多人被灭族，几乎曾被窦武提拔和重用的官员都受到了打击。

那么,被窦武打压回经学院的曹嵩的境遇将会怎样?

## 祸兮福兮谁能料

曹嵩在官场的尴尬身份,类似蝙蝠,既不是士大夫阵营也不算太监那边的。但他很现实,暗中相助受难者是因为士大夫们给了他职位。于夹缝里求生毕竟很被动,哪边不待见了都能叫他卷铺盖走人。

政坛混乱,先生和教务人员被抓走大半,留下的也是人心惶惶,课已经没什么好上的了,学业荒废,学生们处于"放养"状态。遭受打击的曹嵩更没心思过问曹操的学业,想想小兔崽子曾说他"乱抓好人",看来真是遭了报应了。

身着布衣在经学院高大的书架间,跟三四个同僚整理数十卷散落的竹简。受到窦武排挤的曹嵩这块石头,还未彻底落地。他故意给"党人"制造逃跑机会,好几次做得很明显。太监执政,会不会重翻旧账?

曹嵩正在走神,忽然听到书库门口人声嘈杂,随行太监高声告示所有人:曹侯(曹节)到。

曹侯?不就是大太监曹节嘛。所有正在书架间忙碌的工作人员都愣住了,当今炙手可热、权倾朝野的他怎么会到经学院来？众人用目光征询对方，一个个像被捆的鸡鸭，明知有危险，却也只能待在原地。前呼后拥的曹节所到之处，职员们纷纷跪地迎接，战战兢兢。

曹节挥手让其他人等退下，说明只见曹博士。曹嵩知道曹节是曹腾的得意门生，心情却越加忐忑，这个素未见面的当红太监，连曹腾过世都没吊丧，怎么会突然来找他？

曹节细看跪得极其标准的曹嵩，身形圆得跟削过一般，果真不像曹腾干瘦小巧，再一思量，嗨，养子嘛。他顿了顿说：曹校尉，久违了。

曹嵩慌忙伏地：侯爷见笑，小人已不再是……

曹节打量曹嵩：布衣上沾满灰尘，手指老茧清晰可见，头发凌乱。昔日光滑圆润的不倒翁像是被放在架子上尘封数年，变得又旧又破。曹节轻轻叹息，逆境如刀催人老。

曹节见经学院人多，且好像在忙着手中诸事，耳朵却都调整对准了他们的方向，便说要去跪拜恩师灵位。当权太监要去他那寒舍，经学院同事们怎么看，领导们怎么想，若士大夫们翻了身，夺了他这碗饭也未可知。曹嵩惶恐，可曹节理由正当，又不便拒绝。曹嵩转身要去收拾修理竹简的工具箱，曹节摇摇头，要曹嵩跟他走。

曹节精明持重，得拜曹腾为师，是否出自同宗，已无从可考。略比曹嵩小一两岁，身处宫中，想要做点事，必须有"外援"

才行。太监袁安跟袁绍的父亲袁逢相互勾结，内外使劲，赚得盆满钵满，这是朝中公开的秘密。大多时候担任闲职的袁逢竟然能在老家汝南购买几千亩良田，盖了上百间豪宅，袁安贪污所得必定更多。

曹节冷眼旁观了数年，也没找到恰当人选。曹嵩倒是合适，不过，士大夫当朝力挺他任职，让曹节不敢靠近。没想到竟被窦武踢出队伍，看来友善官员，只是曹嵩的一厢情愿。曹嵩落魄潦倒若置身汪洋，谁扔给他一块破木板，都会成为他毕生忘不掉的恩人。当然，就算酬谢曹腾昔日对他的栽培之恩，也理所应当。曹节似躲在暗中观察猎物的猎人，终于等到了开弓上箭的最佳时机，就等看曹嵩是否情愿中箭。

南斜巷破落的曹家租住地，曹节进门就对着曹腾灵位下拜，说到情深处，热泪盈眶，惹得曹嵩跟着唏嘘泪落。

拜祭完曹腾，二人对坐，说起往事如在昨日。曹节像是特来"叙旧"，恩师若他再造父母，教他做人做事，如何学习……没有恩师，绝没有他的今天。恩师去世，"五侯"不准他们出宫。他未能脱身前往吊唁，至今痛心不已。

曹节递给曹嵩一块丝帛手帕擦泪：兄长，恩师后人就剩你我，我们兄弟该好好相惜。

曹节说出这句话，如同终于射出了端在手里多时的箭。将本意说了出来，要跟曹嵩结拜，扶持他，以报曹腾在天之灵。

曹嵩真就中箭般浑身哆嗦,吓得跪地顿首,直言不敢当。

曹嵩非常抗拒,先不论这事对未来是好是坏。当了半辈子"太监养子"早已厌倦,绝不想再当太监的结拜兄长。

曹嵩执意拒绝,这令曹节感到意外,看来是他忽略了。曹腾教育出来的儿子,怎么会是个软骨头。曹嵩越这样,受不善巴结奉迎困扰的曹节,倒感觉有几分自己人般的亲切。他们"老曹家"的男子不都是这样的吗——男人的骨头,山上的石头。

曹节面露喜色,双手一拍,激动得声音越发尖细了:哎哟,瞧我都忙得糊涂了。旧日老干爹当我是他的干儿子,兄长是他的亲儿子,那我们自然就是亲干兄弟,哪儿还用得着拜呀。

什么叫"亲干兄弟",曹嵩一时算不过账来,跟被点了穴似的怔怔地看着曹节。结不结拜,都成定局,看来这支箭是拔不出来了。

二人说了会儿闲话,曹节将曹操曾找窦武理论的事告诉曹嵩,说他虽喜欢曹操这样的血性,但兄长要好好教养,免得长大了野得不成样,想管也管不了了。

曹嵩直如五雷轰顶,像被人死死卡住了脖子,连呼吸都困难。曹节下面说了什么,他是一点都没听进去。

曹节看看窗外道:兄长暂时就不要去经学院了,在家等着。时候不早,皇帝也该下学了,小弟这就回宫。

曹节走后,曹嵩与其说是呆坐,还不如用"瘫痪"描述更为准确。这件事令他吓出一身冷汗,小天煞实在胆大,窦武不杀了曹家,已经开了大恩。看到井台旁放着的石锁石鼓,干脆全给他砸碎了,让他好好开化开化脑子。曹嵩费力地举起来摔了好几下,才砸裂了石锁的把手。曹操恰巧踏进院门,曹操夺过石锁,父子俩一阵猛吵。

曹操喊道:是,我是去找他了,可他冤枉你!

曹嵩丧气地指着石锁:我看你啊,空长身子不长脑子。练壮了身体像头牛,没脑子也只能跟猪一样死路一条!

曹操大叫:我强壮了就能保护父亲。

曹嵩却哭成了泪人,痛苦地捂着突然疼痛的胃部,丢下一句狠话:我哪有福分要你保护我,你不害得全家身首异处就不错了。

曹节来访,令曹嵩思绪翻滚,如满月下的大海,浪花阵阵。

曹腾在世行事正直,不拉帮结派,自然也没什么铁杆兄弟。即使靠曹腾的荫庇搭上种暠,可惜归了西天。无依无靠,本想讨好士大夫,却被无情抛弃。曹腾去世,他像大海孤舟,风浪一会儿朝东,一会儿向西。想要做一名合格的水手,想要不翻船,就该不断调换方向。

官场大多时候一片黑暗,根本无法看清一臂之外的态势。曹节把拐杖伸给了他,他却又感到害怕。怎么办?曹嵩又惊恐又后怕，带着七八种复杂的情绪翻来覆去。这将是个对他无比重要的深夜，他也会永远记得打更人传来的三声梆子，声声震动他的每根脆弱的神经。这几年的经历，已经让他尝到了风霜滋味。即使想往士大夫那边贴，身上的太监底子也会令他如踩钢丝。若不投靠曹节，连搏一把的机会都没有。曹节为人儒雅沉着，谈吐不俗，且才华在一般官员之上，大有曹腾当日之风。曹嵩在黑暗中摩挲着手上老茧，若过经学院这样重复无趣的日子，还不如去死。曹节的到来，也许是父亲在天之灵的刻意安排，眼下也没更好的出路，不妨试试。

第二天上午，一夜未合眼的曹嵩将自己的生辰八字写好，着家仆送往曹节处。曹节只瞭了一眼生辰帖便知曹嵩已同意结拜，随便抛在一边，嘴角露出笑意。

功劳卓著的曹节很快便爬上长乐卫尉、大长秋的位子，还被封了育阳侯，荣耀堪比昔日曹腾，且耗时短，手段狠。历史轮回，朝廷和宫中继曹腾和顺帝刘保之后，再次出现"曹刘配"。曹节让"把兄弟"王甫升中常侍兼黄门令，掌管皇宫治安。两大太监一个捏住太后的自由，一个握住皇帝的命脉，开始执掌长达数十年的"宦政"。

"巴结"士大夫遭贬，转而把"宝"押在太监身上的曹嵩，能从中捞到好处吗？

## 强势逆袭风生水起

太监得志，士大夫丧气。继"五侯"之后，原本级别低的太监，这次"拥护皇帝"建功封侯，曹节、王甫等六人皆为列侯，另十一人为关内侯。太监们又像一群穿官服举斧钺的猴子，登上了帝国的政治舞台。留下没被杀头、流放、禁锢的官员推说身体不行，不愿上朝伺候。被曹节糊弄的张温升任为九卿之一的"大鸿胪"，希望有边界工作经验的他，能在掌管诸侯国及外交诸事上发挥作用，并论功封侯。张温懊恼受曹节蒙骗，致使窦武自杀，坚辞不就。

太监们"唱戏"，张温等一帮官员不肯捧场。那有什么，门外有的是拿票等着入场的。大鸿胪位置空缺，曹节乘机向小皇帝提及曹嵩，只说曹校尉曾被窦武打击丢官。小皇帝以"敌人打击的我们就要重用"为原则，当即拍板。

公元169年11月，"党锢之祸"还没结束，曹嵩却在"矛林箭雨"中逆势而动，当上大鸿胪。从毫无出头之日的穷博士，一跃成为二等官员。升迁如此之大，令曹嵩心中升起对曹节的感激之浪，足有十层楼那么高。他拿着印绶在油灯下看来看去时告诉自己，有这样的惊喜，曹节下一刻就让他去死，他也绝不会有一丝一毫的犹豫。

曹嵩坐着崭新的马车带着家眷重新住回洛阳东街三十二号。令对门袁家没想到，才送走"太监后人"没多久，迎来跟他们家平起平坐的大鸿胪一家子。

曹节上任还办了一件事，将太太上皇(顺帝刘保)的故居修缮一新。当曹嵩捧着曹腾灵牌带着曹节推开金乌巷九号的家门，里面早已空虚破败，昔日珍藏的竹简荡然无存，家具摆设也被私拿一空。曹嵩将曹腾灵位放在他去世的那间屋子，曹节听曹嵩控诉，说这件事由他来办，将曹家一切恢复照旧。曹嵩要做的就是列清单，画图纸。

曹节将此事跟刘宏一说，既然是太太上皇谪居地，理应恢复，立刻下旨拨款专办，曹家旧宅再次迎来至高荣耀。

杀退了士大夫，太监阵营也并非一团和气。同月，"五侯"唐衡、徐璜等余党在刘宏面前告状，说曹节、王甫竟然拘禁窦太后，将来就敢关皇帝你的禁闭。刘宏被挑唆得害怕，下诏拜曹节为车骑将军，除去长乐太仆之位，前去边关镇守。目的很明显，就是想把他从宫中拔除，离得越远越好。

曹节是连皇城都难得出的太监，哪里还会打仗？封"车骑将军"虽升职，不就是让他送死吗。再说，离了皇帝左右，徐璜等人也不会就此罢手，定会寻机加害。要是明着跟资深的唐衡他们对着干，胜算未卜。正在愁闷之时，曹嵩冒险捎去绝密书信，只有两个字："等"和"忍"。曹节恍然大悟，说突发重病，不能胜任，主动上缴印绶，退掉长乐太仆，降回中常侍，追随曹节的王甫等也纷纷表示隐退。

曹节以退为进，让皇帝觉得他不是唐衡那拨太监们所说的跟曹腾一样有野心、独揽后宫大权的人，反而心生愧疚，给曹节官复原位。经过这次患难，曹节更深信他没看错人。曹嵩虽显得愚钝，但其为官的智商绝不在曹腾之下。曹腾过去遇到这样的情况，只能像佛祖一般以身饲虎。他的养子懂得迂回，讲究策略，精于计策。

大权重新回到曹节手中，想要报答曹嵩，有什么事由呢？曹嵩当上大鸿胪，该衣锦还乡祭拜曹腾。时隔六年，墓地设施有的也该重新翻修。便拿出一万两银子，一定要曹嵩带回谯郡给曹腾的墓地修造加固，就算他尽的孝心。

曹腾墓地那点修缮，一千两都用不了。曹嵩再三推辞，只得勉强收下。他自然不是见钱眼开不懂事的，便借职务便利，返还给曹节差不多两万两银子。送一收二，看来这圆不溜丢的曹嵩，还是个八面玲珑的"全才"。曹节面上推却，心中欢喜，盘算着把更大的权利和好处委派给他操办。

身不由己的曹嵩在"贪腐之路"上越走越远。比起曹嵩那晚在灯下的誓言，帮曹节干这点小坏事又算什么。再说，淌水似的银子就堆在那，他不拿有人拿。

　　大权在握的曹节毕竟是"文章太监"，为了化解矛盾，转而规劝皇帝任用贤才，重用能吏。士大夫们纷纷得到起用，怨气逐渐平定。如同开败的月季，略施营养，剪枝后又一拨蓓蕾喷吐而出。真是几家欢喜几家悲，谁念荒郊冤魂苦。

　　曹嵩上任大鸿胪遇到第一件大事，就是跟西北驻军总司令段颍配合。曹嵩开赴前线，调配物资，调节各诸侯、外藩关系，为前军扫清障碍。段颍本就是常胜将军，加上朝中有曹节坐镇，积极调动各方优势力量，保障后勤供给。三人配合打了一场颇有震撼力的胜仗。段颍得胜还朝到达洛阳，曹嵩也在其中，曹操和同学们参加迎接典礼。

　　曹嵩骑在马背上，曹操在人群中手舞足蹈，还大声叫他，活像马戏团的小丑扯着一副小公鸭嗓子。曹嵩假装听不见，对于这等不懂规矩，没有教养，学习成绩糟透了的浪荡子，该给他安排怎样的未来？

## 雪上何故又添霜

　　曹操那副没正形的样子，让离家数月的曹嵩紧皱眉头，直到皇帝接见功臣时还未完全展开。

　　困扰曹嵩的，也是有识之士们记挂的。国事稳定，被荒废的教育，已经有人在操心。受种暠推荐的河南尹，新任少府桥玄早在一个月前就上书，建议朝廷着手抓教育。

曹节稍有空闲，要人把桥玄的奏折翻出来细看。桥玄给他最深刻的印象是两道眉毛末梢既长且硬，如同利箭，随时都会射出来伤人。不过此人正直，胸怀坦荡。同朝为官，避着他那几根猫胡子大抵不会出什么乱子。曹节看着奏折微微点头，这个由他安排当少府，没跟他说声感谢，看起来是个政商低下缺礼数没人情味的家伙，竟然知道关心教育，且颇有心得。

曹节禀报皇帝，请求恢复太学秩序，从诸侯国大学和私学选拔贤才补充师资。此举像一场东风，吹来帝国教育的春天。可像枯草般于三冬严寒中虚耗了好几年，学业荒废得连老天都不记得究竟交了多少次白卷的曹操，岂是春风一吹就能唤醒的？

曹嵩当了大鸿胪，又是助战功臣，按理应该得到尊重。可连街上的猫狗都知道他傍上了大太监曹节。曹嵩"太监养子"的出身牌旁，又多加了一块等级更低、评价更恶劣的"太监走狗"招牌。曹操自然就是太监走狗的儿子，和其他几个太监养子、养孙被同学孤立。先生们、教务长们对之放任自流，就连他们逃课、胡闹也无人过问，俨然成了只留个学籍在册的名义生。

士大夫们跟太监们血海深仇不共戴天，一旦稍微松口气，就想着要讨还公道。看不清本质的他们纷纷上书刘宏，要求惩治太监。刘宏才是一切事端的主谋,他怎么会惩治尽力帮他"伸张正义"的宦官们。可又不好说明,任由这两拨人马又掐在一起。严霜袭来,重振教育的事再次搁置。

性命攸关,他跟刘宏的关系比不上曹腾和刘保之间坚固,一旦涉及性命攸关的大事,该出手时绝不手软。曹节蛊惑少年皇帝,令只在海上风光不知水下暗流汹涌的天子,再次抽出杀人刀剑。这次规模更大,手段更彻底。不问是非,只要有所牵连,一律人头落地。既然没能力让百官和子民爱戴,就走向另一端。一句话"非要杀到你们怕",这是靠运气上位君主的一贯做法。

曹节是这样说服刘宏的,"自古乱国皆名士",若任由士大夫们养成气候,一旦拥立其他皇室宗族子弟,就能把刘宏赶下台。杀一轮,生一轮,乃治世之本。

失去皇位的巨大恐慌,迫使刘宏大开杀戒,像狂风摧折秀林之木,坚决铲除名声出众者。

在刘宏的默许下,曹节拟定名册,为首的个个名声如雷贯耳,皆当世名儒。如前任司空虞放、李膺、杜密,曾经取代曹嵩的朱寓,回乡受到千人驾车迎接的范滂等,都赫然在列。前朝历经数十年才积累起来的可贵人才,杀之实在可惜可叹。人才浩劫,乃朝廷之悲剧。又一场党锢灾难形成了,这是刘宏政权和太监曹节等欠下的又一桩血债。

只要谁有名声和名望，都被指定为"党人"，无幸遭到虐杀。还有平日跟太监们有过节的，也被指个"党人"罪名杀害。腥风血雨重新席卷东汉，一百多个"党人"被杀，妻子儿女都迁徙到边境管制居住，永世不得回到内地。

恶行传染至民间，只要相互有仇，就报告官府说对方是"党人"，将之构陷致死。相互有小仇小怨的，也被打入"党人"一列，遭到诛杀、迁徙、废黜、永不录用者达到三四千人。

党锢血案四起，曹嵩思前想后真是后怕。若没曹节庇护，还待在经学院，士大夫们肯定会乘机害死身背血债的他。可有了保护伞的曹嵩，不但能安稳行船，还活得如六月荷塘，鲜花怒放，一片繁盛。袁逢不再当面鄙视曹家，反而时常前来走动示好。因此袁绍、袁术、袁基等几个兄弟，和曹操从邻居成了好友，时常玩在一处。

海内名士被当作"党人"捕杀，满朝上下除了赵岐，找几个懂星象、懂历法、知道礼仪全典的人都难。血雨腥风，遮不住柳绿桃红。乌云压城，压不住满城春色。空前的人才断档期，在不远的将来，能否给踏上仕途的新生力量，尤其是曹操，带来前所未有的机遇？

# 荒诞不羁少年时

政局动荡，令日后登上帝国政坛，现在还处在小学时期的曹操等一批学生的学习状况混乱不堪。全班二十六个学生，有十一个因为父辈贬官、流放而退学。原本怨恨曹操出身的同学们，一个个遭到株连离校而去。同学胡母班因为伯父被贬官，回了泰山老家。

袁术在家里家外都是袁绍的克星，人前人后称呼袁绍"小娘养的"，并时常当着袁绍说"礼不下庶人"，唯有曹操不计较，跟长一年级的袁绍玩在一处，这更令袁术怀恨在心。时常带小混混找袁绍和曹操等人打架，加上在外面骑马遛狗、爬树越沟，超不过十天半月，不是头磕破了，就是肘弯流血了。

事业稳定的曹嵩，又打捞起被冷落的烦恼，老蚌磨珠般日夜思寐。曹操都十五岁了还是独子，曹嵩倒是很想纳妾，问题是……即使纳了也是白纳。曹家只有一子，曹操生成这样，曹嵩担心"绝后"。

还有一样担心的，是曹操的身高。正是长身体的年纪，个子却如三九天麦苗没什么动静。曹嵩不止一次这样地想，要不是曹腾确实是太监，街坊、同僚一定以为孙子是他"扒灰"生的。曹操的身高、貌相还有秉性，像极了曹腾。面色黧黑，矮小精干，总比同龄孩子的身高差两岁光景。

曹腾童年就被去了"势"，影响了发育。他的职业是太监，矮一点无所谓。曹操就不行了，骑马打仗够不着镫子，做官治世压不住气场。是什么原因让他这么矮？想了好久也想不通……突然将重复无数遍的想法戛然止住。"百思不如一作"，吹灯起身穿上鞋到院子里叫上阿才来到曹操房间。曹操已经迷糊睡去，猛地见两个黑影进来，吓得一骨碌坐起来，曹嵩还没等曹操明白过来，要阿才按住头，他按住脚，吓得曹操杀猪般喊叫：父亲，阿才，干嘛呀？俺这几天没胡闹腾，哎哟，妈呀……一着急，谯郡口音都出来了。

曹操的喊声小下来，情绪渐趋稳定。曹嵩和阿才是在拽他的身体，要给他抻抻长。虽被拽得生疼，要是能拽高点也好，省得袁术人前人后称他"大半截"。

国事平定，曹节又腾出手来搞教育，师资基本配齐，小学部又恢复往日秩序。

太学是大汉帝国的最高学府，所有课程从西汉到东汉，沿袭、改良了数百年。系统性强，安排有序，每科都有声名卓著的先生授课，有来自太学培养的学子，有地方经学佼佼者，还有各界名流，能到太子开办的太学任教，是他们渴望的荣誉。

比每天晚上抻长身高还痛苦的，是全部恢复的课程。永无尽头的死记硬背,常常使他把多篇典籍背诵得串了位,《论语》中有《礼记》,《道德经》中有《墨子》。这还不算最糟糕的,其中有很多错误教条,生涩难懂,弄得学生是非难辨。强调让学生全面发展的教育原则,设立的课程还有基本算数、历法、星象、云气;辞赋、郊游、初级野外生存训练;骑马、射箭、跑步、负重、涉水曹操倒很愿意学习。他更喜欢课外活动,项目丰富:掷铁球、搬石磨、举石锁、抱粮食、踢毽子、捉迷藏、找东西、猜谜语、变戏法、杂技等。

虽这些编排得当的课程帝国无二,却难以拴住曹操。背着糟糕出身的他,希望用自暴自弃来跟他周围人抗衡,用以抵制他们的蔑视和侮辱。他像个落水的人,越挣扎越下沉。以曹操为首的官宦子弟们,成为谈之色变的"魔兽"少年,足迹遍及洛阳的每个角落。打架、偷东西,帮闲又帮忙,谁家举丧就凑上去磕头。谁家办寿宴,就挤进去拜寿。找个地方坐下来吃饭,主人家虽看出端倪,并不敢得罪,如同要交"保护费"般自认倒霉赔上酒席,被坊间称为"甩席(混吃)帮"。

曹操早晨来上学时看到一户人家办丧事,顿时如同饿狗嗅到了肉香。来到学校跟袁术他们商量:中街有人家举丧,看起来是个大户,不如前往"甩"一顿。

丧宴上有免费吃喝,还有道士念经超度亡魂,亲人朋友哭丧吊唁,真是有得吃、有得玩、有得看,几个同学一拍即合。乘先生未来教室之前,赶去中街"吊丧",排场果然不小,纸马、花圈一直摆到街头。还有人陆续举着丧仪用物赶来,沿途停满车马,看样子官员不在少数。

早饷时间到了,仆人们忙碌着给各席端送饭菜,曹操和袁术、张邈几个,穿过花圈列阵,拜完死者,在主家引领下,寻找靠近道士念经的席位坐定,准备边吃边玩悠闲地度过这美好的一天。

曹操一行刚坐定,扭头逗了逗正好路过的一只黄毛家狐,突然看见曹嵩和其他官员坐在里席,吓得走也不是,不走也不是。对曹嵩知根知底的曹操打手势示意诸位镇定,见机行事。

曹嵩正在和同僚们边吃边小声说话,一抬头发现曹操在席,如同看见越狱的犯人:噫,你怎么来啦?

曹操表现得比曹嵩还意外:父亲,您不是让阿才告诉我一起来这儿的嘛?

曹嵩还想再问,身边几个同僚由衷赞叹:大鸿胪真是教子有方,吊唁还要带贵公子一同前来。

曹嵩面上打哈哈,心生疑虑。

这顿饭哪里还吃得下去,本来想要闹一闹灵堂,装一装鬼,这下没戏了,只得匆匆退出。太阳正在蓝天里炫耀它那件金色的光衣,鸟儿们正在田野里维持生计。时间还早,这会子去学校,一定进不了教室还挨骂,干脆去西市看杂技。西市上人来人往,这群穿着讲究的少年公子们一到,胡人打扮的伙计就远远招呼:小爷们,里面请。

曹操一伙大摇大摆地进去,表演正在进行。虽在丧主家吃得谨慎,但没少吃,饭后困得不行,又着腿躺在条凳上睡去两个。台上表演喷火,曹操喊道:这个前儿个看过了,没意思,换吞剑。

张邈等附和呐喊,可节目单上是"断舌重接",演员已经上场。演员在亮相,曹操等人在下面小声商量,频频点头,露出坏笑。

表演者是天竺人,卷发碧眼大嘴高鼻梁,右耳朵上缀着只大耳圈,把耳朵肉都拽出洞来。观众们看到他用刀把舌头血淋淋地割下来,吓得捂住嘴屏住气。

曹操等起哄:假的!假的!

曹操他们这么认为,台上伙计只得将断舌头放在托盘里,端下台来给观众鉴定真假。

大人孩子们都吓得浑身发颤,曹操和几个同学低声合计发出坏笑。舌头端到他们跟前,几个一起聚拢过来。伙计害怕被这几个少年识破是假舌头,故意将托盘猛地凑近吓唬他们。谁知曹操快速将舌头拿在手里,舌头早已冷却,鲜血是后涂上去的。根本就是一根猪舌头,或是狗舌头。

曹操拎着朝观众大叫:这是假的,他们糊弄人!

台上台下顿时大乱,从后台窜出几个天竺杂技演员,想抢回舌头。

谁知他们早有预谋,边打边退,闪出场子。跑到街上,一溜烟消失在小巷深处。看看身后没了人,才停下来喘气,曹操拎着舌头晃悠,抬头看看太阳位置:这会儿该午歇了,走,吓唬那帮书蠹去。

同学们一呼就应,鱼贯一般跑向学校,不一会儿就到了教室外面,时间稍有点早,先生正在讲《大戴礼记》。

一伙人来到走廊上,先生对这几个已经见怪不怪,可班上的学生被扰得无心上课。曹操把假舌头一半含在嘴里,一半耷拉在外面。

张邈和袁术等假作惊慌失措,扶着曹操走进教室:先生,曹瞒他快不行了。

班上的同学看到舌头,吓得纷纷惊叫,先生慌忙起身抱住曹操:曹瞒,你的舌头怎么啦?

曹操假作晕倒,舌头掉落下来,学生们更是一阵尖声惊叫,吓得先生慌忙喊:来人,快来人啊,曹瞒不行了!

是凡从事教育的人都有经验,那就是"越聪明的学生越不安分"。他的情绪像一叶轻舟,顺风疾驰。又像浪花,千变万化,毫无形状。他的淘气让人讨嫌,过失成堆,能做出这般恶作剧确属玩笑开过了头。

事情越闹越大，连总长都赶来，看他的舌头是怎么回事。当众人明白真相，教务主任秦晶震怒：我辈无能，要曹大鸿胪把他的儿子领回去自己管教！

已经忍了曹操八十回的秦晶，这回绝不打算再忍。世故圆滑的曹嵩，还正处于权力上升期，能否过得了这第八十一关？

## 教务长的疑问

曹嵩正在计划着晚上回家怎么教训阿才，没想到小学部来了教务人员。说教务长说的，要你去把儿子领回家，我们太学教不了他。

曹嵩是摸不着头脑，忙跟来人解释：怎么回事？哦，你说他不上课去吊唁啊？那，那是我要他去的，今天没的是一位至交的父亲，所以……那样……不至于要退他的学吧？

教务人员冷冷地看曹嵩，冷笑了一下：烦请大鸿胪去看看你那宝贝儿子的舌头……

曹嵩虽被曹操频频发生的过错弄得不甚其烦，但护犊之情流露无余：啊？舌头怎么啦？受伤了？谁？是谁弄的？

教务人员又一声冷笑，理都懒得搭理他。心想就你这般糊涂的父亲，能不教出那样捣乱的儿子吗？

若曹操有个什么三长两短,有违父亲遗愿是小,绝后事大。曹嵩恨不得脚踩风火轮,心急得火烧火燎的。一路驾马驱车前来,跑得两匹以速度见长的骏马大汗如雨。匆匆走进熟悉的校园,小学部秩序已经恢复正常。曹操被罚跪在偌大的麻灰石铺就的操场中间,其他几个同伙被罚站在操场边。那操场被太阳一晒,猪肉都能烤熟了。曹操见曹嵩快步跑来,没有半点愧疚,淋雨似的满头大汗,衣领都湿透了。

曹嵩顾不得心疼,慌忙蹲下身看他嘴角有血迹:阿瞒,阿瞒呀,快给为父看看,你的舌头怎么啦。

曹操跪着,全无半点受罚的羞耻,"扑哧"一笑,拉出舌头给曹嵩做个鬼脸:好好嗒。

曹嵩扒开他的嘴巴,再次确认舌头真的还在,一颗心总算落地,反而厉色喝问:说,怎么回事?

曹操双肩一耸:没什么,闹着玩而已。

曹操这么胡闹,最坏的打算就是被勒令退学。只要能离开这儿,想到哪个私学游逛就去哪个,还可以结交最有本事的游士,攀墙入地的真功夫,顺带学学刀枪不入,也不错。

曹操正在想象,被曹嵩猛戳脑门:就知道你怎么想的,想要退学去鬼混,告诉你,门都没有!

困兽般的曹操做梦都想逃脱这令他蒙受耻辱的笼子,满脸怨恨地看着曹嵩,大叫:这破烂学校有什么好的,只知道死记硬背羞辱人，我早受够了。

曹嵩曾经顶着太监养子的身份度过太学岁月，虽他在他和羞辱间筑了一道墙，拼命学习证明自己，但永远不会忘记所受的身世打击，曾如刀剑荆棘令他生死两难。曹嵩心生怜悯，嘱咐他好生跪着，转身去教务长办公室。

曹操当学习是笼子，曹嵩却当它是圣殿。这太学可是上达天子，下通人世的纯金阶梯，哭着喊着拼尽全力也得赖着不走，怎么能轻易离去。教务办公室的气氛，没有因为曹嵩一脸堆笑、点头哈腰地前来变得活跃。那空气仿佛化成了透明的玻璃，使他的好脸色处处碰壁。七八个先生死板板地盯了一眼曹嵩，继而轻蔑至极从他身上收回目光，俯身干手头工作，看来曹操的名声够大、够臭的了。

曹嵩忍住如潮汐般准确袭来的精神性胃痛，尴尬而艰难地寻找五十开外，有些谢顶，为数不多的头发缠绕成发髻悬空在头上的教学主管秦晶。曹嵩弯着腰在他面前跪坐，看到了放在几案上的那条舌头。

几年来，曹嵩想要看起来显得男人一点，便努力蓄须，可效果仍不理想，或许是女性荷尔蒙过多的缘故，那几丝了无生趣的胡须总让人觉得他偏女气。秦晶盯了盯曹嵩，怎么越发的圆了？当年那个白净男生也被时光催得圆熟。曹嵩清了清嗓子：那个，秦……

秦皛习惯性地摸摸发髻是否松散，板着脸抬手打断曹嵩：曹大鸿胪，我们实在教不了贵公子，请带回吧。按曹瞒这般资质，满可以另请高明。比如南门外小李庄的"李学"，还有陈南庄的"陈学"，我看那儿倒很适合他。

"李学"以杂耍艺人聚集而闻名，"陈学"以接纳为非作歹的学子出名。秦皛这话与其说是给曹嵩找路子，还不如说是羞辱人。

尽管曹嵩心生愤怒，可必须将微笑挂在脸上，求秦皛再给曹操一个机会，并说了一堆不能退学的理由。唠叨没能赢来同情，反而获得普遍鄙夷，认为曹操的纨绔气是这个庸俗无能的废物给惯的。

秦皛摇头，语重心长地说：曹瞒犯这种错误已经不是一次两次。我们有责任教化学生，但也不能容忍他一而再，再而三。我秦某替所有师生求您，让我们过几天清净日子。

话说到这份上，曹嵩抿着嘴唇沉默，还不死心地看着秦皛。

秦皛在小学部工作了将近三十年，知道曹嵩当年的美名，忍不住问：我们很难理解，像曹大鸿胪这样全太学数一数二的好学生，怎么会生出这样的儿子来，简直就不是一根藤上结出来的。

秦皛的话惹得教员们笑成什么样表情的都有，不过声音不敢太大，毕竟曹嵩还是当朝高官。

绵中带刺的话，加上取笑挖苦的比喻，像块臭气哄哄的抹布，堵得曹嵩语塞。心想要不是被抓走那么多先生，还轮不到你这个臭秃子编派我们父子。可眼前必须过了这关，面上非常虚心。想起教育曹操一幕幕画面，不觉悲从中来。用哀怨的口气倾诉：犬子他自幼失母，缺疼少暖，六岁随我回乡守丧，野惯了性情。加上学生我至今膝下仅有一子，看得过分精贵，不敢教育过严。就连我的胃……（低头看了看捂住胃部的手）都被他气坏了，每逢他闯祸，胃都疼得厉害……（又引得教员们窃笑）只要您愿意留他在校，我定会对他严加管教。

曹嵩一番有泪有痛的话，秦畾丝毫不为所动：我在小学部工作快三十年，还没见过像他这样上不信天，下不怕地，中间不惧先生的学生。若他不退学，我就辞职。

其他先生互使眼色，觉得秦畾这回动真格的了。

曹嵩面色渐冷，微笑变成沮丧，起身告辞。

秦畾抬下巴：太学清净之地，请将这腌臜之物带走。

秦畾这般决绝，曹嵩自认"冲关"失败，掂掂舌头，一阵恶心，但仍旧用帕子包好，放进袖子，一会儿还能派上用场。

曹嵩走出来，看到曹操还在大太阳地下跪着，两颊直冒油汗。又气又心疼，真是作孽，生这么个东西。

曹嵩捂着胃走到操场，没好气地呵斥：去，拿上书简用具。

曹操纳闷，仰头问：干嘛？

跟我回家!

## 有多少比学习还要重要

相对于斗败的曹嵩,曹操却如同被关押十年终逢大赦,无比轻松地走向教室,朝被罚站的张邈、袁术等做个握拳的手势。

曹嵩走到大门外直接上车等着曹操,曹操还没跨上,气得就要车夫启动。车夫一拽缰绳,双马起跑。打闹顽劣得颇有点功底的曹操只几步小跑就熟练地屁股一歪跃上马车,气定神闲地问曹嵩:父亲,您肚子又疼啦?

被勒令退学,就等于仕途断绝,一棵辛苦浇水施肥捉虫了十来年的松树被拦腰砍断。忧怒交加的曹嵩哪里还有心思理会曹操的好意,愠怒地一甩袖子:不用你管。

曹操撇撇嘴,转身站在马车的脚蹬上招摇过市。曹嵩愁眉难展,他儿子的情绪却如同卸了货的船仓,轻松而空洞,挥手舞脚地帮车夫吆喝马儿。那神情,恨不得取代了车夫。

沉默的曹嵩看着儿子,好像一块被他废弃多年的庄稼地,长满了杂草,堆放着乱石。曹腾有遗言在先,要将他教育成才,可怎么才能为这块抛荒日久的土地去除芜杂?曹操虽年纪增长,可还像包围在茧壳里的幼虫,不知道自己未来会长成什么样,该做什么。全心全意地随性生活,享受着无知无畏的乐趣,还整天充满不切实际的幻想。秦嫣的诘问在耳边,曹操这番资质,像曹腾吗,像他这当父亲的吗,抑或像他外婆家的人,都不像啊。究竟怎么回事?

曹嵩看着儿子一副浪迹形骸的样子,为他的前途担忧,总不能就让他脱离正途。若被迫退学,绝不是他一个人的耻辱。世间倘或能有一种良药专治顽劣,一定会花重金买了来,将他五花大绑,捏着他的鼻子也要灌进去。

回到家,曹嵩把他带到曹腾的灵位前,呵斥他跪下。

曹操满不在乎地跪倒,还不忘记笑看曹嵩一眼。曹操最初的启蒙来自于祖父,每当曹嵩对付他没了招数,就会拿曹腾的灵位和画像当救世主。曹嵩站在旁边:对着祖父,你必须说真话。

曹操咽了口唾沫,曹嵩看见他嗓子眼的喉结鼓了两下,嘴角隐约若现的胡须,还有变粗的音调,突然感觉那个调皮儿童已经变成十足的少年。尤其双臂的肌肉,还真被石锁、石墩练出点形状。这令曹嵩更加忧虑,再不管束,成人后真就来不及了。

曹嵩从袖子里拿出那根断舌头问从哪儿来的,曹操实话实说。曹嵩恨恨地骂他一根筋,杂技哪儿有真的,又问为何要吓唬先生。曹操说那先生只会要学生背死书,不如放他去有名的私学学点真本事。

曹嵩大怒：放肆，私学是专门糊弄那些没办法上学的人的。

曹操不以为然：祖父没上过太学，却是咱们家第一有知识的。

曹嵩悲情地看着曹腾画像，缅怀伟大领袖般：你祖父不但上过学，而且有全天下最好的先生教习。他曾伴读皇帝十五六年，你但凡有你祖父十分之一，我就不用整天为你操心受累了。再说，私学出来的能当官吗？出个小小的师爷都似坟头冒了青烟。

曹操挑挑眉毛：呵，官有什么好当的？连窦大将军的人头都被挂在亭子顶上示众，当个贪官更加遗臭万年。

曹嵩气得颤抖着手，这是在曹腾灵位前，不便发火，只气得低声骂道：反了你了，我看你真是被那些先生教坏了。

曹操噘嘴皱眉辩驳道：先生没教，是我自己想出来的。

曹嵩叹口气，绝不能让曹操去私学，会像一幅被画坏了的画，只能当废纸被丢弃。他耐住性子对儿子说：阿瞒，你已十五岁了，子云"君子不重则不威，学则不固"，你要……

曹操打断曹嵩：等我哪天当了万户侯，自然就又重又威了。

曹嵩愤恨：你拿什么让皇帝封赏，打架，还是不学习？

曹操还真没想好这个问题，只好结结巴巴地回答：我……我可以像段大人那样杀敌立功，要让所有人看得起我们曹家。

曹嵩像被一道难题纠结了很久的学生，终于找到了答案。曹操因为遭受歧视才要逃避，选择了跟他当年不同的方式。难道太监的养子养孙就该被诅咒？各种因素造成的结果，就该他们来承受？社会像一张无形的蛛网，他们父子包括全家都被粘在了网上，受戏谑、辱骂、打击和非难。他要保护亲人，要活得像个斗士。

曹嵩悲情地扶起曹操，几乎跪了半个时辰，曹操的腿脚已麻木。曹嵩扶他起来，又架着他缓慢挪动步子。曹嵩这般态度，照亮了将要落下的夜幕。最先闪烁的星子像曹操的眼睛，注满惊讶和暖意。

"太学七分贵"，只要提到某某是太学生，会让人肃然起敬，这在地方官府尤其好用。直到后半夜，曹嵩仍旧辗转反侧。不管怎么说，坚决不能离开，他可是踩不死打不败的曹巨高，必须迂回再战。

# 第三章 "曹操"诞生

凡事物极必反，曹操却不一样，他可以为了维护祖父的名誉一再出手，直至终身。回乡扫墓的曹嵩，还没被衣锦荣归的喜悦沁润彻底，就陷入曹操伤人致死的苦恼。这位"专办冤假错案"的老牌官僚，又将如何刀下留人，令独子安然重生？

## 峰回路转难上难

曹嵩这些天算是烦透了，虽决心"再战"，可他身为大鸿胪竟然会攻不破那个"秃子堡垒"，还能找谁出来说情？

以曹嵩跟曹节的铁交情，找他小事一桩，但曹嵩没有这么选择。顶着舆论压力，无论大事小情，尽量淡化他跟曹节的同盟。甚至让人感觉他们之间很陌生，没什么来往。曹节也觉得这样很好，更加便于他们暗中勾搭，一旦一方有闪失，也不至于连累另一方。

以曹操的学声之糟糕，教员们的神态给了曹嵩答案，找小学部的任何人都难以解决问题。曹嵩想来想去，有个人非常合适，带上礼物，驱车前往少府府。因为现任少府大人桥玄，跟太学总长郑麟既是同乡又是知交。"县官不如现管"求他跟郑麟打个招呼，胜算还是有的。

曹嵩一厢情愿，桥玄知道曹嵩靠曹节上位，对其成见不浅，坚决拒绝他将礼物放下，曹嵩只得让随从放回车上。

曹嵩感觉不妙，这桥玄是出了名的臭脾气，恐怕今天将无功而返。二人宾主坐下，来都来了，曹嵩只能试一试，点头哈腰说明来意。桥玄举双手推托：我桥某从不为任何人说情，这点你应该早就听说。

曹嵩当然知道，有办法也不走这步棋啊。他告诉自己必须改变战术，脑子一转，突然想到一招好棋。当他像个接受面试的人，用极其热切而诚恳的语气，讲述曹操如何出手救何颙，表明宝贝儿子是个正直，敢在危难之间为正义出手的好少年时，桥玄果然中招：令郎叫什么名字？

曹嵩暗地舒了口气：犬子名瞒字吉利，是他祖父取的，土点好养。

桥玄捋着胡子：哦，原来那个阿瞒是你的儿子。

桥玄那神态，就好像曹操是个柚子，却结在了他这棵金桔树上。

曹嵩得意他勘测人心的本事,却又要装作一副无意提起的样子:怎么,少府来京时间不长,竟然都听说了犬子诨名?惭愧呀惭愧,我忙于工作,他母亲早逝,所以……

桥玄听郑麟说过有个小学生出手相救过何颙,虽不知道这少年是谁,倒有八九分欢喜。今天听曹嵩提起,这才对上号。

当父亲当得焦头烂额的曹嵩,头一回尝到果实的甜味。桥玄一改冷漠,又是换座,又吩咐倒茶。不但主动承揽说情大任,还说曹嵩生了个好儿子,要他下次来时一定带着一起来。

从少府府辞别,曹嵩却变得疑惑。桥玄这么肯定曹操,是自己"养猪不见猪肥",还是桥玄的看人标准有问题。

桥玄是一座屹立在天地之间的巍峨峻岭,比他的个性更出名的是"相人"的本事。虽二人同属"九卿",他的经历和阅历,可不是曹嵩这种"土坡"能理解得了的。

隔天,从不送礼的桥玄竟然带着两包洛阳"九层酥"踏着午后云影来太学见郑麟。后者心生疑惑,多看了酥饼和桥玄几眼。桥玄可不喜欢兜圈子,刚坐下就把为曹操复课的正题说了出来,郑麟怔怔地看着他,好像对面坐着的是位陌生人。他说他很纳闷,曹嵩如何有面子请得动圈内出名的不替人说情的"桥大公子"肯屈尊来求他。

桥玄笑而不答,看着郑麟的嘴巴:最近还疼吗?

郑麟指着右边:前两天肿得厉害,刚消退了些。

桥玄边坐在席子上边微笑:郑大总长为何事如此上火?

郑麟叹气,给桥玄倒茶:嗨,连续三个月没发饷了,教员们闹着要罢课。

桥玄笑看郑麟:你让曹瞒复课,问题我来解决,怎样?

郑麟有点动心,愣了愣,还是否定了自己。他倾身问桥玄:是不是被曹嵩所难,怕他身后那个曹节?

桥玄大笑:曹节荐我任少府,我连感谢都没说过。曹瞒这事又让我怕从何来?

郑麟用牙缝吸口气:那,你这是存心为难我。

郑麟随手递给一卷小学部送来的清退曹操的说明:你自己看吧。

桥玄打开竹简,秦晶的笔迹:我部小学生曹瞒不思刻苦、寻衅滋事,已严重影响正常教学,特请清退该生,以正学风。

桥玄边看边感觉事情难办,看来这曹瞒确实顽皮太过。但又不能眼看着这棵本质不坏的小树苗被洪流连根拔起。

郑麟反过来劝桥玄:他父亲乃当今重臣,出个把纨绔子弟也还养得起。公祖啊,你就别操这份闲心啦。

桥玄将竹简放下:不,这份心我可是操定了,他虽顽劣,但至少比别的肯苦读听话的学生多一样东西。

郑麟苦笑:他除了家世,还能有什么东西可多的。劣根?

性恶？这帮官家子弟，不清除个把，不足以……

桥玄打断郑麟：可他有良知。

郑麟想了想：哦，你说他救何伯求，对吧。他那哪儿是救人，分明就是看见打架闹事心血来潮。简直瞎胡闹，还牵扯进十几个师生。

桥玄挖苦：云岘，你上月告诉我时，可不是这番态度哦。

郑麟尴尬而坚定地摇头：教育废弛，学生们已经放纵得不成样子。这次我要杀鸡儆猴，镇镇学风。

## 忧怀天下欲出手

桥玄笑道：镇风气有的是办法，何必杀鸡？再说，你要杀鸡，也不能让他跟着倒霉。他为何厌学，你该知道原因。他曾经的作为，不是每个人都能做到的。就当给他一次奖赏，如何？

郑麟半真半假地敲打桥玄：这还能置换，难道杀人犯曾经做过好事，就能免除一死？

桥玄见郑麟的火力比他的牙齿上的火蹿得还要猛烈，让人近前不得，只好搬出灭火器。他喝口茶，调整思路：云岘，我看你还是给足我面子比较好。省得更高职位的人来……会变成不顾友情、趋炎附势。

桥玄说完低头抬眼诡异地瞅着郑麟的反应,郑麟将漆器茶杯端在手中,思量桥玄的话。他当然知道曹嵩不会善罢甘休,若桥玄说不通,他可能会找传说中的同盟曹节给他施压。曹节是谁啊,操纵国政若玩骨牌,他小小太学总长的位置还不被碾成齑粉,不让曹瞒复学,总长位置就换人。若那样,还真如桥玄说的,既得罪了友情,又落得巴结太监的烂名。

郑麟暗自叹息,眉头紧锁:只要你桥大公子认准的事,没谁能拗得过你。

桥玄得意,往后一靠:我只是给你打个招呼,分析形势。

郑麟气得右手食指直点,开出让曹操复学条件:曹嵩自愿捐给太学五百石(约合四万斤)谷子,作为教职员工们的福利。

桥玄摇头:不,太少。再加五万钱,给教员们发工资。

郑麟表情复杂地看着桥玄:这,有点多了吧。

桥玄笑道:朝廷不给让他给。反正都是国库的,曹嵩有办法弄到。

二人会意欢笑,桥玄跟郑麟闲聊:像曹瞒这样的学生多吗?

郑麟反感地答道:多,基本每个班都有。

桥玄笑笑问郑麟:一个学生有问题是学生的错,三个学生有问题是先生的错。每个班都有问题学生,应该是谁的错?

郑麟不但不认为桥玄说是他这当太学总长的错,反而一肚子苦水:公祖啊,你也曾毕业于太学,应该不是不知道官家子弟

难教。"党锢"以米，教务人员损失过半，新补充的先生教导这帮
"官少"缺少经验。朝廷数月不发俸禄，先生们养家糊口都难。
就说我吧，堂堂副光禄勋，不知被谁使绊子调来当什么总长。
累死累活不算，还没钱没粮。如今的太学成了黄鼠狼的子孙，
比不得以往，谁来谁倒霉。

郑麟牢骚发完，桥玄皱眉：教育乃国之大计，朝廷不应
如此。

郑麟小心地看看外面，倾身压低声音对桥玄说：我看啊，都
是被"党锢"闹的，上头认为培养出能言善辩的士大夫，到头来
专跟他们作对，所以……

桥玄难以置信地看着郑麟，郑麟肯定地点点头。

桥玄从鼻孔里出了一口长长的气，摇头：教育跟朝政怎能
混为一谈？朝廷需要人才，教育怎能荒废。

郑麟上下打量桥玄：既然公祖这么忧国忧民，何不前来当
总长？

桥玄突然盯着郑麟，像解开了一道困扰很久的难题，看得
郑麟心里直发毛：我只是说说。

桥玄笑着点头：我看这主意不坏。如果能教育出一批批有
用之才，总比管几百匹马、几十辆车来得重要。

郑麟忙摆手：哎，你不会来真的吧，我都要着急离开呢。

桥玄爽朗大笑，隔着几案抓住郑麟的手臂：你我同时打报

告,怎么样?

郑麟纳闷:什么报告?

桥玄指着郑麟,再指自己:你请辞,我求任。

郑麟傻傻地看着桥玄,捂住疼痛的腮帮子,抽出手臂直摆手。

桥玄顺势按住郑麟乱摇的手,像吐露秘密般地告诉他:你知道吗?我曾经有过一年半的教学经历。只要肯努力,学生们会不断给你惊喜。做先生的感觉就像赌博,若能培养出令世人敬仰的学生,如同赢了大钱般狂喜。

郑麟摇头,桥玄坐直了身子:你不同意也行,我只先打求任报告。到时候由不得你不走,要是被撤换,还不如自己请辞来得体面。

郑麟叹气,再说无益,只能顺从。

复课条件达成,秦皛已有狠话在先,但看这"秃堡垒"怎么收场。再说,曹操复了课,他能珍惜机会,顿悟回转吗?


## 因何入轨这般难


五百石粮食,可不是一笔小数目,还有五万钱,姓郑的心眼真是太黑了,还非要说自愿捐赠。曹嵩觉得郑麟有意敲他竹杠，但不知道桥玄也跟着狠狠敲了他一把。可也没办法，谁让他生了给别人宰割由头的儿子？曹嵩忙着购买粮食，筹集钱财。曹操可不领情，只在家过了两天自在生活，第三天一早就被押送去上学。

曹操竟然能重新回到课堂，秦晶说到做到，立刻打辞职报告拿着平日用具甩袖走人。小学部一片哗然，跟秦晶相交的教员为了声援他，甚至闹到大学部。郑麟只好将秦晶调到大学部任生活监察，算是平息了此事。

曹嵩按计划执行，每天送曹操上学，下学来接，只要他出不了学校，还有什么办法胡闹。放假关在家禁闭，哪儿也不许去。就这样，曹操消停了一段日子。可曹嵩毕竟是大鸿胪，来自全国四面八方的事务和人情来往吃喝宴席，总不能老围着曹操转。因此只要曹嵩不在，曹操就蹿到对门，和几个玩友过着狂野不羁的逍遥生活。乘居民不注意，把锅端走藏起来，人家洗好米要做饭，回头一看锅没了，他们则躲在暗处哈哈大笑，凡此种种，乐此不疲。一日正在洛阳北区闲逛，看到一所花木幽深、戒备森严的宅院。

一旦有坏主意，出头受累的总是他。这次也不例外，身材瘦小、动作敏捷的曹操被推举为探路者，翻墙抱着一棵花开得云霞一般的合欢树溜进院中。曹操并不知道这是太监张让家，恰好本尊正在胡床上睡午觉，发现有人闯进来，吓得慌忙喊捉贼。

曹操飞身闪退爬上树，纵身一跃逃了出来。曹嵩半个月后才知道这事，简直吓得不轻。那张让可是当今叱咤政坛的十常侍之首，万一追究起来，后果都不堪设想。

曹嵩一回家就责问曹操：那件事是不是你干的？

曹操坦然承认，曹嵩气得都结巴了：那……那可是人家的……家呀，你怎么能说进去就进去呢？你这样要闯大祸的你知不知道？

曹操强辩：不就是看了看他家房子吗？

曹嵩懒得跟曹操解释：你那叫看吗？人家请你去了吗？若要抓住你，打死也是活该。

曹操申辩：我一不偷二不抢，他们凭什么打死我。

曹嵩气结难言：你，好，好。从今往后，我也不管你了。

从这天起，曹嵩再也不帮儿子抻长身体，以此表示对他的失望。

擅闯张让私宅事件没过多久，张让便知道是曹操干的，可碍着直接上司曹节不便深究，强压下一口气，以后有机会再说。

从全面管制到放任自流，曹嵩对曹操的态度转变彻底。采取控制零花钱的方式，无论他逃学还是游玩，回来过夜还是在外鬼混，每次少给钱，钱花完了就知道回来。只要他留着一条命，以后当个几千亩田地的地主，总还过得下去。重要的是，必须留着这条根，为曹家续香火。曹嵩开笼放鸟，曹操的顽劣生活又恢复如常。用他的话说,这段时间把一辈子的福都享了。

洛阳城外两三天路程以内一百华里左右,簇拥着数不清来自全国各地的能人、文人、艺人、投机客、商贩……大多以村落形式聚居。

那里没有皇都的沉闷与压抑,曹操等人出城后,游走在一个又一个有特色的村落间,看杂耍、学技艺。这里有杂技、魔术、幻术、弹棋、格五、六博、蹴鞠、说书,有村民肩头站只老鹰,手上还牵着一条细狗,撒开狗不到十分钟就能抓一只乱蹿乱踢的野兔。同时还有灯笼村、舞龙村、唱麒麟村、巫术村,以输送士兵为生活着落的村落,还有专门制作漆器、凉席、纺织、养蚕等特色农业村落。当然还有骑马、射箭、斗鸡、斗蟋蟀、斗狗、赏花、赏月等为主题的民俗风情节。

曹嵩克扣曹操的零花钱,这一招还真灵,不出三天,总能在零花钱花光后出现在家里。对此,曹嵩颇为得意。

曹操恢复学籍混蛋如常,曹嵩实在不忍心不管,郑重地告诫他:不要老跟不三不四的玩伴在一起,"与善人同处,日闻嘉训;与恶人从游,日生邪情"。你应该结交一些能让你有所提高的人,老跟那些坏人在一起,会学坏的。

曹操全身从头发到指甲都显出一副痞子相,眉毛一抬:父亲放心,你儿子我才是坏人。

曹嵩真想骂他"臭不要脸的",可还是忍住,气得直颤抖:你竟然说出这样的话,怎么不知道羞耻?你不小了,该懂得自律,若你祖父在世,他会……还有,改掉一说话就抬眉的臭毛病。

曹嵩说不出曹腾活着会如何,他一直听话懂事上进好学,根本没让父亲动过气。

曹操都不知道自己什么时候学会了抬眉毛,好像不光说话之前,就连看到新鲜事物和不认识的人都会习惯性地来一下:为何要自律,自律就是自虐,我这样不是很好嘛。

曹嵩打量着曹操,不知道他在外面都结交了些什么人,气得直哼哼。曹嵩哪里知道,即使曹操被学校勉强收留,可秦晶一闹,让他出了大名,教师不敢惹他,却用冷暴力待他。约好了似的,课堂不点名,作业不检查,连目光也会尽量避着他,当他是空气。这样的境遇,他若不逃避,就会被逼疯。

曹操的表现,越来越让曹嵩绝望,打算多置办点田庄给自己养老。

机会像个腼腆的女子,总喜欢姗姗来迟,一场怎样的变化即将抚慰曹嵩冷却的心?

## 又值三月“桃坛”时

曹节并不是光知道舞弄权势,早在恩师曹腾的教导下熟读典籍,从军界到政界,从防务到立法,从屯田到盐铁,可谓无所不通,其干政能力,倒越来越让士大夫们服气。

公元169年,太监集团对"党人"的打击接近尾声,换了一批没野心、不爱管闲事、能埋头苦干的士大夫担任朝廷要职,其中最具代表性的就是段颍和桥玄。段、桥二人成为政坛的耀眼新星。

然而就在桥玄的政声形势大好之时,他却写好一份辞职报告和请愿表,跟郑麟的辞职信一起呈给皇帝。两份报告弄得曹节等人很紧张。一个要走,一个要来,是不是相互串通好了?赶紧查查。尤其是桥玄,放着少府不做,难道就是为了给举荐他的曹节难堪?

桥玄出身名门,祖上世代为官,本人虽一再弃官辞职,可政声颇佳。在少府任上除了爱喝酒,容易得罪人,工作毫无过差。

郑麟辞职的理由:身体不好,难堪重任。

放着郑麟没有说服力的借口不谈,桥玄呢,为何要去太学?那里可是个擅长平衡的高手才能管理得平安无事的重地。桥玄太激进,又没经验,不能放其赴任。

等了好一阵子,还是没等来任命文书,桥玄便写了一篇长长的《国本论》,文章开头说明现今太学教学现状,用他独到的观点阐述教育事关朝廷强盛、民族未来的重要性。东汉帝国四面临敌,向来是多难之邦,若国中人等不能强盛,必将被外民族侵入和戕害。并以他的工作经验，列举诸多兴国强族之大计，论证教育为强国之本。

曹节着实将桥玄的奏折看了十多遍，来回踱步，沉思再三。太学荒疏十余年，局面混乱，也许让以肃风清源见长的桥玄去试试，是个不错的主意。他毕竟曾在那儿接受十年教育，知道内部情况。拿定了主意，便奏明刘宏。

没几日，刘宏特地在上书房召见桥玄，曹节在场。君臣三人相谈一番，没想到曹节如此广闻博记，将桥玄的千言《国本论》背诵出大半，且对教育关乎民生大计颇有见解。桥玄第一次带着审视的目光，正眼看了看这位举荐他任少府的太监。

桥玄不知道曹节为什么对他青睐。曹节在年少时期就总听曹腾边看桥玄的政论奏疏边念叨：这个桥公祖，好惹事，能成事。胸怀天下，兼济苍生，若加以打磨，是个不可多得的栋梁之才。

最后约定，只等新学期开始，桥玄就去太学上任。这段时间，人们发现"桥大公子"不再针对曹节大放厥词，但并不代表曹大太监乱搞"党锢"欠下的血债就能一笔勾销。

三月，正是外藩使臣来汉朝贺时节，身为大鸿胪的曹嵩上书朝廷，恢复传统文化。由于近年来连续打击"党人"，禁止聚众。为了弘扬洛阳作为帝都特有的学术氛围、烘托太平，有些传统不得不延续，比如庙会、踏青、斗草、开坛。"开坛"就是免费面对大众讲学，其间三教九流、士农工商，都可以不论等级、不问出身，围坐高坛，听名家大儒讲习经典。

最壮观的要数集体诵经场面，令参加者忘却尘嚣，抛开烦恼，倘徉于唱诵的声浪里。这是个既能教化众生，又能学到知识的好事情，令参加者向往、追随。

每个开坛季有十天、十五天之分，开坛的教授有高官、学者，还可以是皇帝本人。开坛工作通常由主办方（上到朝廷，下到地方政府）操持。还经常会发放一些小点心、小吃、书籍、生活用品，这让向来属于两个对立阵营的官民关系略显融洽。

洛阳的地点一般选在皇宫南门广场。

开坛的内容多是"四书""五经"或励志、历史、地理、人文，各地方坛种类更加多样，甚至还有鬼怪、神仙、传说、逸闻……

三月仲春，春之女神重回帝都。桃花怒放，数千人簇拥至广场，听德高望重的学者谈人生、讲道理、说故事……桃树枝头，有的还在含苞，有的微微飘落，落在专心听坛人们的身上、头发上……桃蕊的芬芳，似乎让人们忘记了冬日的严寒和并未走远的时局动荡。

从西汉伊始，官府和百姓几百年来都醉心于开坛、听坛，平民百姓可以跟圣贤学一点知识，懂一点人生。它的美、它的惬意、它的融合、它的智慧与风度，已经成为人们精神和文化生活的重要组成部分。

洛阳三月，正是各路外国、外族使节来京进献时节，大街上到处都能看到穿着奇装异服的人们。他们将土特产和手工艺品带来洛阳摆摊销售，拉开洛阳的购物季帷幕。很多奇异产品通过这种交流方式获得汉人的追捧，打开销路。

各地方开坛种类繁多，名称也五花八门，大多安排在风和日丽的春秋两季，且又是农闲时节：二月杏坛、三月桃坛、四月梨坛、八月桂坛、九月菊坛。

开坛的嘉宾们不是随便谁都能上的，要经过挑选和测试，还要有名望，能讲课，另外还要有学历、有资格、有经验。

一旦接到开坛的邀请函，被当作荣耀，任务重大。必须提前准备，拟定议题。"坛主"各具特色，一旦开成名坛，听坛者成千上万。开坛期间吃住在周围，一时间成为文人雅士聚集交流的好地方。如日后许劭便以他的"月旦评"出名，能成为开坛者也帮他聚集了不少人气。当代著名学者和官员大吏如陈蕃、胡广、李固、蔡邕等都曾登坛开讲，历练成为一流水准的广场演说家。

洛阳桃坛由谁来开第一讲，曹节点中桥玄。既然要任太学总长，就该让学子士人们先熟悉熟悉他。不过，还是不放心他那张臭嘴，别在坛上说出什么不该说的。开坛时间、地点、人数等请帖送到桥玄所在的少府府衙，旁边还附上一列文字：切勿涉及敏感话题。

前来送贴的太监传话:少府大人最好拟个初稿给上头审核。

桥玄把公文一推,直盯着太监:你懂什么叫开坛?要是先有初稿,我写好,你们找个嗓门大的去坛上念念不就行了。

比开坛名声小不了多少的,就是桥玄的脾气。曹节有意抬举,他竟然还是我行我素,照这样下去,是否还能当得了坛主?

## 谁在教育中犯了错

太监回去复命,曹节皱眉不语,要在别人,早死了六七回了。可桥玄就这么个人没大错有小过。跟他计较,反而落得害贤之名。过了半晌才发话:由桥少府自己拟定讲授内容。另外由黄门令王甫组织"便衣"监听,一旦说到不该说的,视情节轻重,当场阻止、打断或惩治。

桥玄既然要主持太学,讲授题目就该跟教育相关,因为教育关系国家和民族的命运。历史上多次出现危难时刻,无不是因为接受更高教育的人团结起来力挽狂澜。

他想把自己的心得成就跟大众分享,教育是照亮人生的那束光。如果不接受教育,就会永远走在黑暗里,生命充满蒙昧无知。但若不好好对待教育,施教的人会像不合格的驾车人,把学生带进深沟。那就谈谈关系每个人的前途和命运的"教育与人生"。

离开坛还有几天,南广场已经熙熙攘攘。由于当时没有扩音设备,很多人为了能占个离坛近的位置,提前半个月就在广场上支上帐篷占地。萍水相逢,机会难得。来自各地的文人士子在月光下吃喝谈笑,吟辞作赋,结交新友,无不心旷神怡。

三月十五是个好天气,云彩赶去远方布雨,将蓝天独自留在原地。穿着金线织就的袍子的太阳高踞天空,注视着人间难得的盛会。南广场上万人齐聚,人们终于看到桥玄身穿黑红二色博士服,头顶学士冠,腰佩青玄剑,一步步稳健地沿着台基登上高台坐定。褐色面孔沉着有力,每一条皱纹都蕴含着丰富的往昔,目光高尚而坚定,虽长期饱受倾轧,却已经把心灵搁在了纷争之箭射不到的高处。

全场肃静,等待开坛。曹操一伙推推搡搡地挤到场外就被镇住,天哪,上万人把广场挤得连石缝都看不见了。

桥玄俯瞰众生,挤满广场的人汇成湖水一般,场边盛开的桃花倒被冷落在岸边孤芳自赏。恍惚间好像回到年少时光,杏坛、桃坛、荷坛、桂坛、菊坛……一个都不舍得错过,听坛者的目光中透露出的虔诚深深感染了他。除了曾经毕业于太学和积累半生的经验,没比他们多什么。若他们能接受更多的教育,就不会显得卑微、恭谦,甚至可怜。统治者最大的暴行不是杀了多少人，多收了多少血汗税赋，而是令子民们始终生活在蒙昧的黑暗中，不普及教育，就像蒙住了智慧物种的双眼，夺走无数生命的灵魂。

曹操一伙挤进人群，亮出太学生腰牌，被场中负责治安的士兵领到前排专为他们预留的听众席。桥玄鄙夷的目光和周围其他听坛者不满的神色同时射向这几个放浪形骸的少年，真是浪费好位置。

这群少年站在位置上不忙坐定，而是目光四处乱瞅寻找熟人。面带嬉笑，勾肩搭背，看样子是来凑热闹的。桥玄似乎看到了年少时的他，整日招猫斗狗于大街小巷，认为这世上这不合理，那不人道，改变不了世界，也左右不了自己，轻狂苦闷无所事事，除了恶作剧、帮闹、帮闲、找乐子，不知道究竟要什么。

曹操远看端坐在约两米高的讲坛之上的桥玄，如同看到群山中最高的山峰，朝着青天嶙峋独立，轮廓分明。他并不知道能保留学籍是托了此人的福。

主持开坛的侍中刘丞介绍一番坛主信息，便宣布开始。桥玄年届六十，声音依旧洪亮，沉稳庄重：诸位，在下姓桥名玄字公祖，祖籍梁郡长于洛阳，绰号"桥大公子"。

这是时人送他的贬义称呼，竟然还有脸面拿出来说。曹操从未看过这般真实的高高在上者，连曹嵩跟他说话都是端着，他当着上万人却亲切如隔壁阿翁，且说话很沉静稳重，令曹操感觉圣人在世。桥玄继续说：鄙人字公祖，不是皇帝的女儿那个"公主"，是公事公办的公，光宗耀祖的祖。

台下又是一阵爆笑，并有人叫"好"。人群中的十几个便衣紧张地四处张望，看有没有乘乱闹事者。

桥玄继续说：到了我这把年纪，该犯的过错全都犯了，该走的弯路也都走了，今天能与诸位有幸相逢于此，听我讲述教育与人生的关系。我不是什么通晓经典的博士，也没有仔细研究过三坟五典，只想将我的人生经历跟教育的关系与诸位共享，但凡我能让你们得到一句对人生有用的话，就算你们和我都没白辛苦。当然，若什么也没听进去，就当跟上万个有缘人在这春日里相聚一场，足够诸位回忆到秋季来临的时候。

听众们鼓掌叫好，掌声次第响起，如暴雨毕至。

全场静默聆听。桥玄尽量用最大声量，一字一句地讲述：诸位，以我历经大半生的经验来看，无论出身贵贱，还是家境贫富，当官造福于民，还是仗剑行侠义于野，都应该尽可能学习更多的知识。可我们从来都只关注求学者的品德和态度，忽略教学者的才能和高低。

听众席纷纷点头。桥玄继续讲：俗话说"不会教学教内容，会教学教方法"。人的一生很容易遇到会教内容的先生，每天只知道教学生死记硬背。为何我们苦心给予的学习，学生们会抗拒？因为充满着乏味、刻板、冰冷、荒芜。再加上糟糕的先生,糟糕的讲课方式,就如同别住了鸟的翅膀,怎么能让学生们飞上蓝天,摘下知识的星辰?

曹操仰望着桥玄,礼佛一般的敬仰之情,融化进和煦的阳光。

桥玄讲:"玉不琢,不成器;人不学,不知义。"教学不是光指对学生的教育,还要加强对教学者的教育,没有好的教员,怎么能教育出好的学生? 没有好的教学方式,怎么能让学生爱上课堂? 没有好的教学能力,凭什么让学生枯坐时日。我奉劝那些妄自尊大,假装深沉的先生们撕开伪装,真诚地对待学生,和将要教授给他们的知识。

桥玄说得停住,台下鸦雀无声,突然有人喊:好!

继而掌声四起,经久不息。

有几个"便衣"相互递换眼色,不知道这算不算犯禁的内容。

桥玄继续讲:美味佳肴,不吃不知味道。优秀的文化和圣人思想,不学就不知道其中意义。根据我这大半生走来的经历,明白一个亘古不变的道理。学生只有学了以后,才知道自己的不足。先生只有教了以后,才知道其中的困惑。人,只有意识到不足,才能自我反省。教学相长,先生在教育学生时,也要自我学习和向学生们学习,才能进步。

在尊师超过孝亲的年代,桥玄竟然敢说出如此大逆不道的话,令所有听坛者振聋发聩,尤其是曹操。便衣们甚至准备冲向高坛将他架走。

桥玄高声疾呼:大多数教学者,只知道要学生们背诵,没有自己的观点和主见,也不能解决学生学习过程中遇到的问题。难道教育就是为了教学生几个字、几句话吗?要知道,学生们付出的是荒废生命的代价。若只知道死读书、读死书,会几首辞赋,做人、做事方面的知识一无所获,这将是施教者的过错。试问天下先生,为何非要纠结自己的职称,拿多少薪资,而不眺望远方,立足于高山之巅,高举双臂,做托起鸟儿的放飞者,激发他们对知识的渴望。而我们只需要引导学生爱上学习,放开手臂,让学子们乘风飞扬,蹁跹于蓝天与白云间,获取知识的甘露,强盛整个民族!

台下又是掌声,有先生模样的人竟然愤而离去。

桥玄起身振臂疾声高呼:诸位,我想告诉你们,我年少时被太学勒令退学过两次。之所以能站在这里,是因为我明白了知识的重要,坚持学习,不断努力。长路漫漫,只有一辈子都在学习的人,才能笑得最久、最灿烂!

掌声中,桥玄看见刚才还嘻嘻哈哈的几个少年静默而坐。尤其是曹操,如同被抽离了魂魄,目光涣散,不知道在反省,还是在追悔。他对桥玄的印象非常深刻,以后的日子,他把今天当作有生以来最值得记取的日子。接近他,充满说不出的幸福,仿佛周身涂满了安神油膏,又像在迷雾森林中跋涉得太久,终于看到了通向远方的路。相对于造物主的恩赐,没有什么比得上让一个少年的心灵产生飞越般的质变那么富有价值。人的一生很难碰到几次像这样的殊荣,而桥玄得到了。

桥玄的演讲,如同锉刀,一点点磨掉笼罩在曹操心灵上的硬壳,露出里面酥软美味的核桃。这颗种子知道除了被父亲安排未来,还可以自己生根发芽,拥抱自由天地,甚至也可以长成参天大树。在此刻以前,他度过了多么荒唐的日子。天性中散发的热情,却帮他成就了恶名。人只有学而知之,没有生而知之。他的心已皈依,目光里露出无上的虔诚,如石像般坐化。人潮散去,他还呆坐原地。

"个性"是上天播下的种子,发芽成长,需要后天的培育。

尽管桥玄已年届六十,是一只不折不扣的老年蜜蜂,给年方十五的曹操的心灵完成了第一次"授粉"。他将成为曹操人生中举足轻重的那个人。


## 儿郎何故遭牵绊


洛阳来了不少外民族客人,各方诸侯觐见汉天子,虽然说曹嵩忙得没时间睡觉有点夸张,但没时间吃饭,走路小跑,那是非常贴切。

幸亏今年开坛，整个春假曹操都"混迹"于坛中，没像往常一样折腾出是非，还能让曹嵩安心工作一阵子。更让他感到惊喜的是，曹节催促他回谯郡祭拜曹腾时透露大好消息，用不了多久，九卿中最"肥美"的位置——大司农，非他莫属。

大鸿胪为皇帝保存小金库，大司农总管全国财政税收，等同于掌管整个帝国的大金库。大司农位置可不是白给他的，曹嵩已经将大鸿胪的位置干得"风生水起"。曹节和王甫等借替皇帝办物品为由，让有内在联系的地方官员将物资和财宝以上缴财税名义，送到他们的秘密仓库。

其中膏脂只有曹嵩知道，物品也都造册，但不纳入总册，属于"私库"，丰富程度和等级超过国库。只要曹节等人看上的东西，什么玉石、黄金、锦缎、上等蚕丝等，不用找借口就可以支出去。

曹嵩给曹节、王甫他们办事，自己没敢拿一点。曹节和王甫商量，必须把他拉下水。曹节亲自操办，将拉到他家的珍玩，挑选了几十件上等的借曹嵩回乡祭祀的名义送过去。曹嵩认出那是经他挑选的国库珍藏，不禁犯难。不要，曹节这边过不了关。要，就是营私舞弊，触犯国法，倾家灭族掉脑袋。

已经上了贼船，贪海无边，哪能回头？

虽曹操生母逝去多年，曹嵩也已续弦，但对发妻丁佩的娘家仍情深意重。要远行数月,曹嵩带着曹操去大舅家辞行。第二天,大舅父就来曹家,要将长女蕙嫁给曹操。长他一岁的表姐,二八年华,容貌一般,勤奋节俭,性情要强,寡言少语。

曹操参加蕙的及笄礼时见过,语言不多,长相一般。相反倒觉得表妹香儿面色红润,爱说爱笑,模样可人。

丁佩难产时,曹嵩正在经学院同事家喝酒聊天,下着漫天大雨,小厮没能找到他。等他带着微醉撑着油纸伞回到家,看到冰冷略带柔软的丁佩,已经随腹中未产出的孩子一起离世。鲜血洇湿床褥,曹嵩悔恨交加,深深责怪自己。他对曹操的情感,恐怕也有这方面原因。曹嵩希望能跟丁家再结姻缘,减少遗憾。

谁知曹操不管曹嵩怎么说,就是不同意。母亲的娘家侄女又怎样,即使母亲活着,也不能逼我。

曹嵩倒被曹操说得没了词,丁佩生性贤良,一定不会强求儿子。但曹操下面的话,倒让他下定了决心:父亲干脆找两个婢女伺候我,让阿才干别的去。

曹嵩的担心没错,对门袁绍让贴身婢女怀孕一事果真带坏了曹操。学业未完婢妾成群,还领着几个儿女,令生长在太监之家的他怎么能接受:休想!我已经答应了你大舅父。"父母之命,媒妁之言",也就是告诉你一声。主,由不得你做!

曹操没想到一句试探性的话竟燃起曹嵩这么高火焰,撇嘴瞅了瞅曹嵩那张变了形的圆胖脸。对表姐蕙吧，交接不多，说不上喜欢还是讨厌：既然是母亲的侄女，父亲又喜欢，那就娶回家得了。

曹嵩哼了一声，没想到婚姻这么大的事，这浑小子竟然这么快低头，还真让他有点小痛快。第二天特别要贴身心腹回话给丁家，说等他们父子从谯郡回来就订婚。

丁家还是担心，曹操回谯郡，宗族故旧盼望他们回乡的脖子一定抻得比仙鹤还长，想要借婚姻攀附结贵的自然不在少数，曹嵩意软，一时应了其他亲事也有可能。坚持要求临走之前双方交换生辰八字，如同上了保险钩。

直到一行人走上回谯郡的官道，漫长旅途有的是时间检点过往疏漏。曹嵩才想起年长一岁的丁蕙属马，曹操属羊，二者相克。事已至此，无法挽回，只能希望属相之说纯属乌有。

这次回谯郡祭祖修墓，实则衣锦荣归。这么美好的旅途，却没他走刀尖、踩钢丝的仕途那么顺当。

## "逆子"赴死摧心肝

人在任何时候都不能昂首走路，脚下的路看似平坦，其实就像站在悬崖边，说不定哪一脚没踩好，就能摔个半身不遂。

曹嵩向朝廷告三个月假,带着曹操回谯郡祭祖。

四月初,春意正浓,连沐着和煦春风的蜗牛都知道,这正是远行的好时节。意气风发的大鸿胪曹嵩,不,是即将上任的大司农,带着情窦未开终身已定的十五岁少年公子和一大队随从,一路轻车快马、投宿早有精心迎候的官驿,乘着公费旅游般的快意,回到阔别将近六年的谯郡。

曹节催促曹嵩回乡,那简直太英明了。除了曹腾,曹嵩算是全沛国活着的最大的官,他的回乡,令富裕之国为之兴奋,想乘此机会攀结走门之徒大有人在。曹嵩回乡如同刮起一阵狂风,不玩飞沙走石,专卷宝货钱财。曹嵩又极会来事儿,至少相当于为曹节回了大半次乡。曹节送别曹嵩时,递给他一份名单,如同沛国政要的牌位。曹嵩坐在车里,看着名单,盘算得脑袋疼,抬眼看着喜好坐在车夫身旁兜风的曹操,很是感慨。六年前带走一个儿童,六年后带回一介少年。光阴和大地是怎样的一对"殷勤夫妻",哺育得生命成长如此迅速。而他自己,稀拉的胡须已有两寸许。韶华如离弦之箭,容不得细品滋味,已擦肩而过。

此次旅程还有个重要环节,根据曹节的嘱托,盖一座带机关暗室的豪宅,藏匿贪污来的财物。回到家乡,曹嵩出席了数不清的接风宴,收受的礼物不计其数,还要忙于私宅建造,没时间管束曹操。生性好热闹的他如同游鱼入海,故乡的熟悉气息,唤醒了时隔六年的野性。夏侯渊兄弟、曹洪等人特地跟学校请假回乡,专陪曹操玩闹。不过这回曹操跟着父亲水涨船高,由当年拖着鼻涕的跟屁虫跃升为"领袖",纠集数十个高矮不等岁数各异的少年儿童,拿谯郡的农庄当洛阳的街巷,不分昼夜地无事生非、疯耍玩闹。

邻村有个回乡祭祖的官家子崔钺,自然不甘被压了风头,纠集几个小混混收拾曹操。他们错把相貌酷似的夏侯渊当作曹操,冲上前一阵毒打。

当夏侯渊被打得遍体鳞伤的消息散播开来,崔钺才知道打错了。也难怪,虽夏侯渊小曹操两岁,但无论是个头、眉眼都很像。只不过夏侯渊白净些,嘴角没曹操那么上翘,就连跟他们一起玩的小伙伴也时常将表兄弟二人弄错。

曹操要为夏侯渊报仇,纠集数十个少年找崔钺一伙决战,结果伤了六个。有备而来的崔钺等人专挑曹操进攻,导致他伤得最重。

此事惊动曹嵩,颤抖着手不敢碰他那被打成烂桃一样的脸,心疼不已。独生儿子跟表外甥被人打成这样,怎么能咽得下这口气?且不论曹操恶习在先,再次滥用司隶校尉的"了难功底",让侍卫穿着便装,逐一痛揍那帮青年,崔钺因赴宴侥幸逃脱。

便装也掩盖不了侍卫们的专业格斗擒拿术,老子竟然帮儿子打架,很快在谯郡传开。有曹嵩掌势,曹操从此更是无法无天,就连离地三尺的神灵也不放在眼里,成了村民口中"专横跋扈的官家郎"。用四肢解决问题直接又痛快,日子过得惬意极了。曹操在夏侯家养伤,曹嵩以为平安无事。谁知端午节涡阳河边看龙船表演发生一起命案:官少崔钺被人踢打成重伤不治身亡。死者年方十六,父亲崔震,朝歌郡太守,族中伯叔多人在各地为官。

案情重大,谯郡太守卢韬连调研农田水利都免了,不敢怠慢。组织人手追查出是曹操干的。卢韬为难,崔家虽是大户,曹家势力更不可小觑。文书吕廉皱眉谏言,此案非同小可,得罪任何一方,都将殃及大人。

可案子不结,民愤难解。卢韬跟吕廉商议出一个稳妥之策,把烫手的山芋先递给曹嵩,不交出儿子,徇私枉法,交出儿子,纯属自愿。卢韬一番准备,前往曹庄禀报曹嵩。

曹嵩正在指挥施工,卢韬来访,躬身向曹嵩汇报案情经过。这事儿八成就是混账儿子干的,曹嵩的五内已经被这消息炸成了爆米花,面上还必须镇定,玉米粒般紧绷着表情,整顿了下思绪:卢兄,这是大事,本官乃奉朝廷之命回乡祭拜父祖,不想让犬子和意外搭上瓜葛。案子是不是他所做,容我纠察清楚再给卢兄回话,如何?

曹嵩开口就叫低几个等级的卢韬为"兄",这令后者嗅到了令人欣喜的味道。曹嵩看似不经意说的"意外"，便是解决此案的关键，不愧是在京都任职的高官。卢韬佩服加窃喜，连说：这便妥当了。

"妥当"，曹嵩当然知道卢韬已经在给出信号。他虽便出缓兵之计，但也庆幸卢韬懂事。真要是把曹操和其他几个少年往堂上一审，用不了几下就全都招供，那才叫回天乏力。

曹嵩送别卢韬，即刻命人驾车前往夏侯家。一进侧室就看见曹操正和夏侯渊、夏侯惇、曹洪、曹仁等四仰八叉地睡大觉，满屋子酒气，地上还有七八只歪倒的酒坛子和碗碟及几堆啃剩的兽骨。曹嵩高声大喝，曹操等人如同毛毛虫受了惊吓，迅速以各样姿态起身给曹嵩请安，目光惊惧游离不定。曹嵩已经肯定命案就是眼前这几个惹下的，曹操也爽快交代，是他一人所为，若伤得重可以给他医治。

曹嵩愤恨：可那人已经死了。

曹操觉得意外，愣了愣，感觉曹嵩的目光如同烈焰，足可以将他烧得面目全非，反而一副豁出去的姿态：既然死了，儿子给他抵命就是。

曹嵩急得眼泪都快崩出来，眼看独子性命遭绝，他岂能不肝胆俱裂，上前一个大嘴巴：抵命？还不如我去抵！

曹操咬住嘴唇，双目含怒，拒不认错。曹嵩只得问其他人当时究竟发生了什么，几人你一言我一语断断续续地说出实情。他们正在涡河岸边看赛龙舟，崔钺当着众多乡人指着曹操，说他是"太监养孙，辱没先人"。曹操二话不说，冲上去就把毫无防备的崔钺骑在身下，对准脑门一顿猛揍，其他同伴也上前帮凶，待打得崔钺不动弹了才逃走。

曹嵩感觉全身僵直，气得要吐血，怎么又因为此事？六年前打得"砰子"颅骨骨折，赔了一大笔钱，这回竟然闹出了人命，这可不是钱能解决的。他也知道曹操极其"护祖"，以为他那根倔筋早捋直了，没有疏导，想不到铸成大祸。

曹操脑门着地跪拜曹嵩：父亲不要烦恼，儿子这就去抵命，只求父亲将儿子跟祖父合葬。

曹操一言，说得曹嵩泪水崩落。曹操保护曹腾的名声，本身并无过错，只是后果太严重。他要陪葬，却成了夹住曹嵩心动脉的钳子。曹操长得非常像曹腾，曹嵩甚至恍惚间会把他当作父亲再生。他对曹操的情感，既有做父亲的舐犊情深又满含对亡父的追怀，还有说不出口的原因，无论如何都要托起这方塌下来的天。可对方实力相当，曹操难逃一死。悲情壮烈的曹嵩该如何刀下救子？

## 绝处接木施计难

曹嵩问明情况,凭他曾经的职业功底,已经知道该怎么处理。不过,有个重要环节需要求助他人,转身掀帘子出来,表兄夏侯恩满面忧虑地站在门口,显然已经知道全部。夏侯渊和夏侯惇参与其中,他这当父亲的难逃罪责,曹嵩示意他去后院相商。

院子里虽阳光充足,二人都感觉不到温暖,树头鹌鹑蛋大小的青涩柿子正默默地悬挂着。

曹嵩跟夏侯恩说了几句,说得夏侯恩发直,怔怔地站住,连连摇头。曹嵩跪了下来,泪水再次落下:表兄,我知道要妙才前去顶罪有所不妥。我是朝廷命官,若崔家知道是阿瞒所为,一定要求办他死罪,还会牵涉到我的前途。若让妙才去顶,我保证,卢韬那,不出十天我就能让他放人。

夏侯恩满面愁容,夏侯渊聪明细致,待人温和有礼,学习成绩也很好,他可是全家的指望。曹嵩见他犹豫,不得不打出一张绝牌:表兄,你应该已经知道了,我从守孝以后,就……就不能生育。

夏侯恩听曹嵩说出这种平常男人们之间绝不会说出的秘

密,惊愕不已,怪不得曹嵩总只有阿瞒一子,也不纳妾,原来没了能力。遭此大难,四舅(曹腾)家就要绝后,夏侯恩忧心忡忡地点点头。

曹嵩如释重负地朝夏侯恩坚定地点头。

夏侯恩为夏侯渊整理衣服,夏侯渊紧紧地跟在曹嵩身后,坐上马车前往郡衙。并留下四个侍卫看守捶胸顿足非要自己去服罪的曹操。曹嵩对生死诀别般的夏侯恩说:表兄放心,我把妙才带走,一定会再给你完好无缺地带回来。

曹嵩给出卢韬指导性办案方向:乡间龙舟赛人群密集,相互碰撞年年发生。崔钺系游玩误伤,加上人多踩踏,充其量就是个公共安全事故,并没什么实际犯案人。夏侯渊前来认罪,也只能治他一个无心之过。

卢韬照办,通报案情。崔家虽不依不饶,可案犯乃一介平民之子,要钱没有,要命没有理由。犹如伸出拳头打了空气,只好按卢韬斡旋,两家私了。

夏侯渊家,其实是曹嵩,赔了十万钱,夏侯渊被暂时收押,欠款到账,无罪释放。

曹嵩自是花去不少银钱给卢韬,又许其诸多好处。后来得知卢韬聪明之举乃文书吕廉的功劳,曹嵩觉得此人值得提携,日后多有照顾。

假期快结束,工地诸事也有了眉目。曹嵩为了感谢夏侯家救命之恩，承诺带夏侯渊赴洛阳，并送他去小学部。还安排在私学混日子，成绩不好，性格耿直的夏侯惇去沛国大学读书。夏侯恩欢喜不尽，仿佛看见了儿子们的未来，从此对曹家在家乡的事情尽忠尽职，好像十恩力谢的那个人应该是他。

官场老手曹嵩，能将曹操杀人案"冤办"得如此利落，可见其枉法功夫了得，真不知道他那司隶校尉是怎么当的。曹嵩把建设豪宅和修缮曹腾墓地等事务交给亲哥曹岳和表兄弟夏侯恩共同打理。自己带着曹操和夏侯渊、随从、车马队，以及谯郡乡绅官僚送来的金银财宝，浩浩荡荡驰上返京官道。

凭借曹嵩的实力和专业，使得儿子化险为夷，但老子纵儿子，孙子护祖父的"护短"大名还是在谯郡散播开来。崔家虽都是中低级官员，但其力量不可小觑，万一将来举孝廉、晋升等需要到谯郡考察曹操声誉，恐怕难逃此劫。即将上任的曹大司农，将如何让儿子远离"嫌疑"。

曹嵩没办法为曹操修改"太监养孙"之名，杀人嫌犯身份必须去除。可用什么办法呢，从此猫在家里，那还不如杀了那畜生。送到外地养活，恐怕闯祸更多。曹嵩烦恼了一路，不得好主意。回到洛阳，曹操暂时不能回校，待问题解决再说。

太学生员只能是够级别的官员血亲，如儿子、侄儿、侄孙等，日后入学的周瑜便托了其叔祖周景之福。曹嵩不能将夏侯渊以表外甥身份送进小学，便说是他的亲侄儿，他是曹腾从夏侯家抱养的。这一权宜之计,成为其来历的又一迷雾。

曹嵩一回京就带着大批礼物秘密去了曹节家,汇报曹腾墓地维修情况和宅子的基本建筑结构,看着分量超常、琳琅满目的珠宝珍玩,曹节颇为满意。

曹嵩把谯郡所得全部贡献给了曹节,又汇报一番此行状况,问这段日子朝中如何,好像听说张温等人闹得很凶,要为窦武、陈蕃翻案。

曹节嘴角微微一抬:愚弟知道是谁在搞鬼。

张让因跟张温同姓,背地认了同宗,想要弄垮曹节,抢班夺权。

看来曹嵩在谯郡遇到麻烦,曹节也被人从脚下使了绊子。曹嵩劝慰曹节小心,以不变应万变。曹节说他已经有一个多月不跟随皇帝上朝,学曹腾只专心管理后宫事务。相比儿子曹嵩,门生曹节的生涯和处事方式倒更得曹腾真传。

曹节抱歉地对曹嵩说:兄长你看,张温不依不饶隔三岔五就当朝参我,你动位置的事,恐怕得等一等了。

曹嵩哪里还顾得上动什么位置,只要保住眼前的就阿弥陀佛了。

谈话进行得差不多,曹嵩还是不好意思开口关于曹操在谯郡犯的事,倒是曹节见曹嵩多番难以开口,便说:阿瞒的事我都知道了,这都是兄长你平时太忙,顾不上对他的管束。

曹嵩赶紧俯在席子上：要不是念在孽障为的是维护先父的名誉，愚兄绝不姑息。

曹节手背冲外一挥：嗨，杀个把人又不是什么大事。我倒觉得阿瞒有骨气，像我们曹家子孙。

曹嵩松了口气：谢贤弟宽心，只是他太过顽劣，定要严加管教。

曹节又是摇头：嗯，不用。兄长应该明白，一代要比一代强的道理。我们都老了，要是他们比我们还怂，你我将来靠谁护着？

"怂"？或许是曹节身处逆境的缘故。这对"亲干兄弟"一个把着人事权，一个总管财权，举手人头落，呼吸霜成露，竟然生发如此感慨，真是低调得看官们都有意见了。曹嵩更是喜极而泣：这孩子，平日里牛筋着呢，就是容不得别人说他祖父。

曹节竖起右手食指：这就对了，想我老干爹真是有福。都故去多年了，还能有贤孙这么护着他。

曹嵩愁苦：那，不肖子犯下如此大罪，将来在名声考核这项上，恐怕通不过会耽误前程，怎么才能……

## 儿郎从此得相知

曹节看着曹嵩满面迷茫的样，竟然难得发出笑容：怎么办过无数案子的曹校尉连这点小事都解决不了？

傻愣愣的曹嵩确实找不到答案，只得给曹节抱拳，敬请赐教。

曹节只说了三个字：改名字。

曹嵩恍然大悟，在"行不改名，坐不改姓"的年代，名字是一个人的唯一身份证明。一旦名字更改，就可以跟过去曾用名所做的一切来个了断。曹嵩兴奋得连给曹节作了好几个揖。顺口要曹节给曹操赐名，曹节认为名字是大事，关乎终身，不能马马虎虎，必须找人测算才行。不过，有一人倒是在行。

曹节说的是桥玄。他除了"桥大公子"之名闻名京都，还有一项特长，就是会"相人"。他能从某人的相貌举止上看出这人将来运气如何，作为怎样，更以其典学功底深厚，给人取名最是一流。

曹节关照曹嵩，以后跟他多接近。曾经当过司隶校尉的曹嵩，职业敏感度终生不会消逝，曹节这是要他借机掌握桥玄的思想动向。

曹嵩想了个理由,上次请求桥玄为曹操说情复学,还没好好感谢。于是,这次以带了些土特产送给他为由领着曹操登门拜谢,顺便讨名。

这是曹操第一次得登桥家,此后一生都记得这次拜访。本来忐忑的曹操,犯了谯郡那么大的事,以为高尚正直的桥玄一定会看不起他,像个罪犯低着头进门,只敢看桥玄的鞋子。桥玄却显得格外热情,让家人给曹操专设一座。不在广场讲坛上大声讲说的桥玄,声音依旧洪亮,字正腔圆,简直够得上朝廷一级播音员的水准。时值盛夏,淡蓝色粗纱偏襟衫更衬托得头发半白的桥玄贤哲模样。两道剑眉并未射出来伤人,反而根根满含着睿智。

院中薄荷的香气,既赶跑了蚊虫,还能提神醒脑,更可以摘了新鲜嫩叶放在茶水中浸泡,或直接咀嚼,满口清凉,浑身舒爽,实在是老天赐给夏日的神奇。仆人照例送来井水冰过的薄荷叶,桥玄让曹嵩父子试试。曹操放一片进口,一股浓烈的薄荷油辣得曹操张开嘴就要吐掉。桥玄抬手示意:忍住。

曹操重新闭上嘴,咀嚼几下,薄荷叶的辛辣通过唾液进入神髓,清凉爽快遍及全身,口中竟然有了甜味。

桥玄指着薄荷叶对曹操说:它还有个名称。

曹嵩父子都纳闷,不就是薄荷吗,还有什么名称,古称谓吗?

　　桥玄对曹操说：它叫"银丹草"，意指妙若仙丹。薄荷叶刚进口中，就像你所遭受的不平。但当唾液转化吸收了它的汁液，感觉就会起了变化。若你张口吐掉，就享受不到奇异的滋味。

　　本以为桥玄会说些满口听不懂的古文经籍，没想到竟能用这么平常的话语，解释人世的意义。这就是"像哲人一样思考，如平常人一般说话"吗。薄荷是不愿再尝了，只看着桥玄一片接一片地细品慢咽。桥玄问曹操：读书为了什么？

　　曹操想起祖父的教诲，张口便答：为国之兴盛，民之福祉。

　　这句话连曹嵩都忘掉了，边点头边回忆：这是先父在世所言，他竟然还记得。犬子性情顽劣，护他祖父，简直不要命。还请少府大人帮我训斥他。

　　曹操在说这句话时眼中放射出的虔诚与坚定，竟然让桥玄有触电的感觉，断定他成年后一定会以此为业，这不是当年的自己吗。这样的言行，这样的秉性，怎么如此熟悉。桥玄微笑点头：能说出这句话，品格当属天下一等。若能按照此言行事，更是世间少有的大好人。

　　这是在夸曹腾，曹操回话：可是，那些人……都那么……

　　曹操断续难言，自然不愿说太监等字眼，桥玄安慰他：不要害怕别人说你祖父是个太监，我认为他是这世上少有的好太监，九成以上的官员都比不上他，清廉、英明、热衷于造福天

137

下人。

能听到桥玄这样夸赞祖父，曹操感激得低下头去，泪水掉落，轻轻地抽泣。

曹嵩心疼儿子，眼神中巴望桥玄开导。桥玄点点头，叹息：世人的态度很正常，因为太监留给大众的印象不好。加上他们不了解你祖父，难免使你受委屈。当你明白，你觉得你的亲人最好，别人也会认为他们的亲人最好，你的心理就平衡了。

曹嵩看着曹操心情逐渐平复，火气反而上来了：桥少府啊，犬子他一直不能好好学习，整天东游西逛，你懂教育，你说我该怎么办？

桥玄用欢笑回答曹嵩，笑完说：曹大人不要着急，他这时属于好好玩的年纪。我年轻时还不如他呢，整天四处混迹，梦想着得道成仙，腾云驾雾，遨游四海八极。在书里学到一点知识和历史就去追寻踪迹，最南到过扬州，最东到了蓬莱，最西……最西到了陈仓，最北去过壶关、上党……

桥玄说起过去那叫一个如数家珍，说得曹操头都竖了起来，双目大放星光，像是孑遗人世的怪兽，终于找到了同类。听他二人谈得热烈，曹嵩站起来，去院中看长势良好的薄荷旁的一棵枣树，枣、叶摞叠，硕果喜人。老少二人说到兴起处，竟然笑得前仰后合，吓醒了正在墙洞边打盹的狐狸，张嘴打个哈欠，继续合上眼睛。曹嵩本意是想带曹操来听些珠玑之言，这情景却如同将掉队的士兵送回队伍,有种告小偷的状告到了强盗的门上的感觉。

日头西斜,曹嵩回到座中,二人意犹未尽,眉飞色舞。曹嵩问桥玄:那,阿瞒该如何收心学习?

桥玄大袖子一挥:哎,学习又不是一会儿的事,更不是哪几年的事。阿瞒的聪明劲儿,这点小事难不住他。曹大人你教儿子不能太刻板,莫要毁了他的天性。

曹嵩心中不快,看来今儿带曹操来的决定就像冬天插秧,错大了。

曹嵩还没回过神来,桥玄转头问曹操说:小伙子,想要成为我吗?

曹嵩觉得桥玄太自信了,曹操却连连点头。桥玄认真地说:那就请你记住,你活着一天,就该学习一天。即使临去到那个世界之前,也必须手不释卷。

曹操点头如鸡啄米似的,曹嵩才露出笑容。

告别之前,曹嵩说明来意,想要桥玄给曹操改个名字。桥玄跟曹操相谈了个把时辰,大概对他的禀赋气质有了数。想了想说就叫"操"。"操"乃操守、控制、把持、掌握,还是操心、操劳;又有操尚、操学之意;不过令郎性如烈焰,情似钢铁,切勿犯下操切、操纵之虞,性情中缺少中庸之德,我看取字"孟德",倒很合适。

一向以老成持重圆滑世故示人的曹嵩，听到此名后双掌凌空一击，倒把向来处乱不惊的桥玄吓得杯中水洒出数滴。曹操纳闷，区区一个名字，因何让父亲如此失态？

曹嵩为此叫好的，是桥玄所说曹操"缺少中庸之德"，好像他把儿子养这么大都还没有桥玄了解得透彻。曹操以往所犯过错，皆因缺少中庸，更别谈什么德，不被当成"道德败坏"就不错了。告别时，桥玄邀请曹操可以随意来玩。从此，一个叫曹瞒字吉利的少年拜桥玄所赐，得以沿用一生乃至千年的名和字：姓曹——名操——字孟德。

这次见面，改变了曹操一生，更令他终生难忘。若没有今日的相见，资质顽劣的少年曹瞒的未来之路，很可能会是另外一个结局。他像上天撒下的种子，成才还是毁灭，有太多的偶然。这就是哲人们为何会发出"天才的儿童常有，天才的成人难觅"的千古叹息。曹操无疑是有福的，一生遇到一两个桥玄这样的"伯乐型知己"，足矣。

改名不可随意，必须写成帖子说明原因送到学校备案，再通知任课先生告诉同学。曹嵩给拟了个俗不可耐的理由：原名不合命理。名字更改，刚开始连曹操自己也不习惯，只能慢慢适应。可小名已经叫得顺嘴，曹操也应着舒坦。

谯郡这趟折腾，累得曹嵩要散架。这次惊吓让曹嵩明白，不能只有一个儿子。虽人到中年，毅然重振旗鼓，想多生几个防老之子,一回家使问邹氏:早先配好的那些药呢?

改了具备"中庸"之德的名字,曹操能像父亲期望的那样,守中抱庸,少一些鲁莽吗?

## 名落尘埃数难定

按照事先约定,连生辰贴都交换了,曹操必须跟表姐丁蕙订婚。

就在大舅父上门商量挑选吉日时,看到了夏侯渊。一问年庚,跟二女儿丁香同年,何不就此花开两对,亲上加亲。

自从让夏侯渊给曹操顶罪,曹嵩就已经当他是亲生儿子。连说大舅父的主意好,赶紧写信给夏侯恩,夏侯恩自然是满口答应,并说把夏侯渊托付给他时,就已经当成他的儿子了。谯郡山高路远,一切全凭他做主。姐妹俩分别嫁给表兄弟俩,自然再好不过。

公元169年六月二十六日,曹操和夏侯渊被仆人们仔细搓洗干净。又在熏笼间内坐上一个时辰,衣服和头发上都熏出香气。坐上马车带着礼聘和随从乐队,吹吹打打前往丁家行订婚礼。两个少年就这样从生死之交的表兄弟成为连襟,乃至追随一生从不离弃。

十一月，蛰伏了数月的曹节终于找到机会，将作势胡闹的张温扳倒，让大鸿胪曹嵩接替他当大司农，少府桥玄顶替曹嵩。在曹节的力顶下，曹嵩的屁股从此就像长满了钉子，在大司农位置上一直坐到退休，就连海啸来了也不能将他冲走。曹嵩从为皇帝掌管私藏府库之位的大鸿胪升任为帝国财政大臣，权更重，利更大。曹腾留下的一对超级铁杆"亲干兄弟"，除了比他邪恶、贪婪，政商、情商都不在其之下，真是没让他老人家失望。双双睡在帝国人事任免和财政税赋的金山银山上，谁还能奈何得了他们。

腊月底，曹操就要告别小学生涯。临近毕业考试，每天都是背诵、默写，这可难坏了一向逃学的他。如同用惯了"泼墨"技法的人，转成慢工出细活的"工笔"，那也得需要相当一段时间。况且曹操还是个"资深"纨绔子弟，只要曹嵩不在，就带着新晋跟班夏侯渊潜出家门，混迹于大街小巷。

连曹操自己都知道成绩实在糟糕，从来就没巴望过送大学录取通知书的马车会在他家门口停住。曹嵩也觉得靠曹操自己通过考试是多么不切实际的梦想，但必须等到成绩出来才好使劲儿。再说，万一那逆子能让他尝一尝铁树开花的惊喜呢。

公元170年春节正月初十，再过几天新学期就要开学了，曹操的成绩如预想中的那样没能通过。今年情况不同以往，学富五车的小皇帝亲自发话，必须刷掉差生。道理很简单，考试不及格者将来怎么能做个合格的官员。至于生源空缺，可以把名额放给地方诸侯国大学。曹嵩刚升任大司农的喜悦还未来得及品尝，就被曹操的升学问题急昏了头。如同受困木盒子的老鼠，拼尽全力咬了好几处，却发现木头外面还包裹着一层铜皮。整个正月都在拉关系走后门，还是不能让他进入大学部。不能上大学，就等于提前被终身"禁锢"，怎么才能挤进去？

为了能使曹操上大学，曹嵩整天在外面请吃送礼，求告故旧。曹操可不劳心，整天跟夏侯渊还有袁绍等跑到洛阳城外玩耍。最喜欢大荆庄以教学侠士为主的私学，那里很多人家都姓荆，据说是刺秦的荆轲的族人。在庄子里，只要交上一些钱，就可以尽情喝酒吃肉，还可以看舞剑、射击、骑马等古老侠士技艺。柳庄的丝竹演奏，泉庄的铸剑，跛子庄的刘跛子打造的飞镖稳定性极好……

曹嵩这么卖力揽财，曹节自然也要关注关注他的烦恼，得知曹操被刷，只好求皇帝松口，为安抚官员情绪，以往的推荐惯例还是保留了下来。曹嵩前脚感恩戴德，后脚就发了大愁，不及格的学生差不多一半，推荐名额只占一成左右。怎么好意思再求已经费了大劲的曹节，咬牙花去钱财数十万，将曹操的名单挤进了候补行列。曹操的名单跟其他被推荐学生一起送到大学部，原总长郑麟虽已卸任，但还没离任，挑选候补生的权利仍然由他把握。曹嵩在圈内弄出那么大动静为儿子请客送礼，桥玄已经知道曹操面临的困境。这几天天天没事就踩着满街的冰碴子往郑麟的总长办公室跑。郑麟以为，新总长前来熟悉工作，理所应当。终于等到三个候补名单送了上来，桥玄勤快地将曹操的名册挑出来，被郑麟按住：嘿嘿，我早怀疑你要来这招，但没想到是真的。

桥玄看着郑麟，用请求的口吻：就算我营私舞弊一回吧。

郑麟坚决摇头：不行，不能让怎么也学不出人样的学生白占位置。

桥玄再次央告：就算我把你救出苦海索要的回报，如何？

郑麟摇头连连叹息：是你自己要来的，可见并非苦海。

桥玄乐道：太学对你而言是苦海，对我却是搏击风浪的好地方。

郑麟叹息说但愿如此，又无奈地质问：你为何如此看重这个浪荡少年？难道就因为他曾经救过何伯求？

## 因何舞弊赖"祖荫"

若曹操能亲耳听到这些话，会感到万分幸福，桥玄的话对他爱护有加：至少应该嘉奖他的良知与正义。并且，我保证他会以一等成绩从大学毕业。

桥玄这么说,不是在为曹操相命,那是源于对他潜质的了解。虽被一层铜绿包裹,里面却是跟他一样的如假包换的金子。曹操缺少的,恰恰是能将外面的锈渍擦去的那个能工巧匠。

郑麟摇头:我想你不但挑选了一名不合格的大学生,而且还给你自己挑选一个并不出众的门徒。

桥玄耸肩:也许是吧,至少有一点他跟我是共同的。

郑麟用目光询问,桥玄抬抬眉毛,答道:我也会出手救何伯求。

郑麟借机挖苦:恐怕,你当初的成绩也是如此糟糕吧?

桥玄故意朝门外看看,小声在郑麟耳边说:如今知道这个秘密的人已经不多了。

二人会心一笑。

郑麟感觉桥玄都疯了,深深的皱纹已经将他历练得持重深沉,近二十年来从未见他这么感性过,嘴唇抿了数下,才说出疑问:难道你不介意他的出身?

桥玄认真地凑近郑麟:我在意他本人。再说,其祖父……无论魄力还是能力,相信你我皆不及他那棵大树上的一根枝丫。

郑麟嘴巴微张连连点头,似有为曹操遭受的鄙夷感到惋惜。桥玄又说:由曹太仆把政的顺帝时期出现我朝近百年来难得的太平与稳定。若要论出身门第，那么，他一个太监能有这般成就，岂不更加难能可贵？

郑麟听桥玄这番解释，面上竟露出几分歉疚，习惯性地抿紧嘴唇，主动将曹操的名单拿起来，对桥玄点头：这人情算我的，就当告慰曹太仆在天之灵。

曹腾已逝，功德自在人心。这段对话，终曹嵩父子一生也没能听到，更不会知道。若当时在场，又将有着怎样一番感伤。

过着散发腐味生活的曹操何德何能，竟然让桥玄对他如此看重。在桥玄看来，他的人生像颗在太空中孤独旋转的星球，始终被世人当作异类。当他无意中于浩瀚人海发现了曹操这颗有着相似品质和境遇的小星体，没有理由不心生爱护。他知道若将曹操湮灭于人海，那颗有着巨大能量、散发着奇异光芒的小星星，就会被无尽的黑洞吞噬，更可能被太空中代表着权位和规则的恒星们挤压变形，甚至粉身碎骨。他想，他是在做一件对曹操本人来说略有功德的事，或许是在为未来的朝廷政体做贡献。以相人闻名于世的桥玄觉得，如果不帮这个天资异禀的少年，这辈子都不能原谅自己。

在蒙昧与浑噩中活了十五年的曹操是有福的，竟然能有桥玄这样身居群山之巅的贤哲大儒为他点亮一盏烛火，照亮前进之路。桥玄的年龄如同他的老花眼，越远的事物，越能看得清楚。他帮他挤进大学，只是设想的第一步。当曹操跪地说出曹腾的话"国之兴盛、民之福祉"时,他觉得他有责任把曹操这样的衷心赤子送进官场,造福天下。

离家五天在城外庄户和私学疯逛的曹操,嘱咐门房不要出声,想要悄悄地溜进大门。谁知刚走到半路,曹嵩从东院花墙那边出现。

曹操脑袋一嗡,跟着面色僵硬的曹嵩来到书房,跪下。

曹操脚上的布袜子被汗水渍得踩着地板都能发出声响,一股酸臭味儿让曹嵩皱起眉头。曹操眼珠一转,说这么迟回家是去找私学,看看哪家合适。

当曹嵩一言不发地将录取通知书递给曹操看时,他几乎不敢相信。曹嵩回想前天下午接到通知书时,简直比自己被录取还高兴,当晚竟然喝得微醺,激动得睁着眼睛直到天亮,可喜讯的真正主人竟然在外面混得数日不归,看来他是不把零花钱花完决不罢休。

看着通知书,曹操却一脸为难,他已经挑选了三家私学,连定钱都交了,报名的时候那么斩钉截铁,回头怎么跟人交代。曹嵩激动地说了一连串他恳求过的人的名字,说要好好感谢他们,但不知道桥玄才是真正应该感谢的那个人。

入大学头天晚上,是正月十五。元宵的圆月动情地用月光轻抚着京都。街上灯火灿烂,各式花灯让人们如置幻梦。天还没晚,曹嵩就吩咐紧闭大门。跟夏侯渊约好了出去疯的曹操,只得郁闷地坐在书房内,听街上喧闹。曹嵩推开门,带进如泄月色,脱鞋进来,指指豆大的灯火。

曹嵩嫌费油,曹操吹灯并打开全部窗户。寒意随着冷月灌进来,裹得屋内人一阵寒战。曹操希望冷气能快点赶走父亲,谁知他竟盘坐对面,袖起手,微微躬身,拉开长谈的架势。父子融进月光里,好像回到谯郡守丧岁月。曹嵩看着月光投进来的方向感慨:明天就要开学,我想跟你谈谈,你知道的,老问题了。

街上花炮炸响,人声传来。

曹操渴望地瞄了眼窗外,心不在焉地嗯了一声。

曹嵩继续说:要知道,由于你从未认真对待学习,成绩很差。不是我那几个朋友帮忙,你还真只能到私学混几年。

曹操点头:是。

曹嵩猛地隔座戳曹操的脑门,喝骂:是什么是,是就惨了。

圆月不但能使海水涨潮,还能加速血液循环,使人心潮澎湃。受月亮吸引力影响的曹嵩聊兴正浓,却被儿子的心不在焉扫了兴致。各科成绩都优异的他如何看待有着数百年历史的全帝国最高学府?

# 第四章　浪子回头

开后门也好，候补也罢，放任不羁的少年曹操总算挤进太学。像他这样浪荡惯了的学生，即使进入太学，也未必能成长为"帝之辅弼，国之栋梁"。谁又将为这些被废掉的一代点亮灯火，指引前路？谁会站在群山之巅，高举手臂放飞帝国雏鹰？

## 何来千滋与百味

曹嵩发怒过后，才想起自己乃堂堂士大夫，该喜怒不形于色，竟然被不争气的儿子折磨得狂躁粗暴如同走卒。他自己从太学毕业，非常熟悉那里的情形，一定要把先行者的心得体会传授给儿子。过去没说，是因为不知道曹操是否能被录取。他起身关起窗户，屋内顿时暗了下来。月光被断然地赶出窗外，窗棂的式样嬉戏般地缠绕在父子二人的身上、脸上。

街上声音渐小，父子隔案对坐。曹嵩说：别老一副心不在焉的样子。从明天开始，你就是大学生了，要懂得自律、自爱，不能再像过去那样瞎混，尤其不要违背先生的教诲。要知道上了年纪的先生们，在经受年轻学生们的指责和挑衅时，无异于遭受莫大的侮辱。

曹操撇嘴，那些光教学生死记硬背的先生，让他感觉只是背了几十篇课文，听了这么多年废话。还不如去私学拜几位相当了得的先生，听说北海郡的"经神"郑玄就很厉害，有三四百人常年跟随他学习，零散学生加起来有千人之多。

知子莫如父，即使在昏暗中，也知道他是怎么想的：你千万不要对先生教授的学问产生怀疑，我以过来者的身份忠告你，此举尤其要不得。因为当你毕业越来越久，就会越觉得当初违背先生的意愿是那么的愚蠢。

曹操看着黑暗中的父亲，是不是他感觉到自己愚蠢了？这样的想法使他突然发笑。曹嵩警告他：严肃点，我新晋了职位，开了朝就会加倍地忙碌，没有时间再这样跟你磨嘴皮子。你要利用这五年，学到更多知识，多选几门"百工"课程，冶炼、造车，哪怕是编席子、修灶台等手艺，会令你受益匪浅。

曹操感到好奇：父亲当年选的什么科目？

曹嵩文化成绩优异，动手能力却是弱项：别跑题，说正事。

喧闹声和鞭炮礼花声传来，曹操浑身难受，曹嵩却依旧老牛拉磨般来回转圈,且热情得语调微微发抖:全国私学上千所,大学也有上百所,唯有太学独此一座。天下泱泱学子何止数十万,每年有机会进入太学的学生可谓万里挑一。要不是我到处托人找关系,哪里能轮得到你。你该为能进入太学深造而感到荣幸。

曹嵩绝对没有吹嘘他的母校,曾经的洛阳太学,努力培养了一代又一代学子,前后历时近四百年。全帝国权力最高的男人——皇帝,是太学名誉总长。七成以上的高官都源自于此,满朝文武不是同学就是校友,还有文豪、大儒,是名副其实的"官员制造基地"加"名流生产车间"。身为太学一员,便能出色三分。

子云"学者,禄在其中",这句话在太学表现得淋漓尽致。只要踏入校门,就等于拿到做官通行证。这等万一难求的机会,牢牢把握在官宦集团手中,令曹操这样的权门公子生来可得。

曹嵩颠着右手食指对着曹操:孽障,你给我听好,前十六年光阴都被你招猫斗狗虚度了。老子我这回可是废了天大的劲,才把你弄进大学,你要是不好好学……

曹嵩本想说"你要是不好好学习,最起码对不起当总长的皇帝",谁知曹操赶忙嬉笑着打断:儿子就负责把父亲交的学费要回来。

　　曹操的地痞样子，令曹嵩感觉牙板子生疼。合着半个时辰的"长书"白念了，曹嵩腾地起身：指着黑暗中的曹操骂道：那就把你十六年吃我的、穿我的、住我的、花我的……坑我的钱全部还我！

　　曹嵩在黑暗中竖完右手最后一个手指，骂骂咧咧地穿鞋转身离去，由于屋内太暗，不小心撞在了门框上，惹得曹操笑出了声。

　　曹嵩没好气地总结今晚失败的谈话：告诉你，太学跟你报名的那几个私学相比，就像天上的太阳和地上的萤火虫。总有一天，你会觉得我的话是多么正确！

　　待曹嵩回房，曹操夸张地掏掏耳朵，像要把唠叨清除。起身出门，轻手轻脚地到隔壁找正在边读书边等待的夏侯渊。二人吹灭了灯火，熟练地沿着墙根，绕到后院西北角，踩着一堆小瓦攀出墙去。巷内的狗叫勾起曹操的骂声，他们早已跑出小巷，消失在欢闹的人海。

　　这是一个极其平常又那么不平凡的元宵夜。原本以为无缘大学的曹操，过了今天，就要意外迈入人生的下一个关键时段。"变化"是世界的本质之一，人和事都在变，这样才能符合自然真理。像老和尚念经般的曹嵩例数太学过去的优秀传统并不代表今天还能这样。纨绔浪荡了数年，几乎被废了的一帮少年学子，将迎来怎样的大学风景，接受到怎样的教育？曹操是否能感受到曾令曹嵩引以为傲的光荣？为何被统治者认为从太学走出去的学生和先生都跟他们对着干，这里的一切又有着怎样的"不合时宜"？

## 意外相逢生疑问

正月仍寒，太监集团和士大夫阵营之间的尖锐矛盾，如同这季节，北风凛冽，春的气息毫无踪迹。比曹操起得还早的，是新来的太学总长桥玄。让郑麟"脱离苦海"的他，能有怎样的底气，非要踏入这片看似平静，实则暗流不止的水域？

正月十六，天才麻麻白，地上积雪还未融化，屋檐口的冰凌足有一尺来长。车夫送哈着白气的曹操、夏侯渊来到洛阳太学。夏侯渊读小学六年级，曹操去大学部报道。小学期间只想逃学鬼混的他，更不会对大学感兴趣，五年了，还从来没有认真看过以西一里地的大学部。

大学部四面环水，称为"雍"。"雍"意为四面环水之地，古人讲究天圆地方，外面环水如玉，中间建筑和广场呈四方。水还被称作玉璧，意指君子，圆通如玉，变化无穷。先生和学生只有在这样与外界隔绝的地方，才能潜心静读。设在水中的孤岛上屋宇百十间，高大的阁楼北面错落有致地分布着教室、广场、图书馆、亭阁、厨房、设备间等,向南仅有一米多宽的独木桥供师生通过。若谁能有资格挤上来,就等于领到了仕途通行证,世人形象地称此为"过独木桥"。

曹操对其间的悲喜不是没有耳闻,这座令万千人魂牵梦绕的"梦想之桥",绝对不会因为河水给它的桥柱染上了绿苔而减损它在世人眼中散发出纯金般的光泽。这座历经百年风雨的幸运之桥,用浑身古朴而细致的木纹为他铺成了别样的地毯,两旁寒冰似水晶和钻石般耀眼。虽是寒冬,胸中却升腾起烈火。他不禁下意识地摸摸悬挂在腰间的通行牌,心情激荡。

来到独木桥边,看到伫立了来自华山的将近二百年的一块高达五米、宽三米、厚一米多的巨大原石。通体洁白纯净,均匀细腻,最适合摩刻,上面镌着八个秦小篆"帝之辅弼,国之栋梁"。由汉武年间著名文学家东方朔书成,字体浑厚潇洒,韵味端庄。阴文篆刻,纯金填色,无论阴晴雨雪,八个金光灿烂的大字熠熠生辉。这块太学校训石天下闻名,已有近四百年历史,光武年间从长安历时数月,花费上百人工迁到洛阳,安放在太学门口。

无论你是谁,只要走到独木桥头,都会第一时间仰视到这八个字。曹操默念内容,肩上多了分量,看来他不光是来这里深造的,还需要承担责任。他隐隐感到,这里看起来比私学来得正规。怎么以前连张让家的院子都进去过了,却没想过来这里好好观摩一番。

走上独木桥，朝雍丘看去，一群近二百年历史的汉代建筑跃然眼前。一色的回廊立柱，青瓦白墙，宽展简洁的大角度坡形屋檐，如伸展的巨伞，给师生们遮风挡雨。青砖和石板铺就的道路，已经被数不清的先生和学生们的双脚磨出凹痕，青苔在砖缝里干枯成褐色，等待春雨将它们唤醒。太阳照在冰封河面上像镜面反射出耀眼金光，陆续有学生和教员走上独木桥。

教员的服饰颜色分为两种，没有官职的教书先生衣服的颜色为纯黑，有官职的教员衣服的颜色为黑底紫边。职位越高的教员袖笼的尺寸越大，袍子的长度越长。冠有博学冠、博士冠、学士冠、学子冠。学生只能佩戴造型简单，颜色纯黑的木质学子冠。

独木桥上但凡有教员通过，学生一律低头靠边，双手垂立，待教员通过，必须快步经过不得停留。曹操感到身后有不小的动静，原来是新上任总长桥玄正走下马车，带着两名学士随从朝独木桥而来。看得他两眼发直，屏住呼吸，心跳似乎停止。怎么会？桥少府，哦，不，桥大鸿胪怎么会出现在这里，且这身装扮？

学生们瞩目之处，桥玄身着黑紫二色束腰大袖长袍，头戴博士冠，美髯及胸口，正踏上独木桥翩翩而来。他那身装束跟这年代久远的独木桥非常般配。身为高官，兼任太学总长的他，霸气中透出学识气息，只要看一眼，就会被他的凛然气势所震慑。

曹节乐得保留桥玄的大鸿胪位置，现任忙于太学事务，原任曹嵩可以代办。其中快意，相信他俩连在梦里都会笑得露出十六颗牙齿。

阔别太学四十载，再回母校。回到"母亲"怀抱，怎能不令他意气风发精神壮硕。挺直的腰杆哪有六十岁光景？随步履前进飘逸及胸的胡须冉冉生动，束紧的腰带，衬托出紧致健朗的双肩，沉稳坚定的迈步，两只长袖似双翼和着步伐有韵律地摆动，像踩着有节奏的舞步。还有教授冠束住的发髻一丝不乱，这等打扮至少要花费一个时辰。

其他学生已经慌忙低头躬身站立独木桥两边，有的还扑通跪倒，他这个新来的显然不知道规矩，傻傻地站着。当桥玄带着随从大踏步走上独木桥，看到站着的他，突然停住脚步，假作意外，笑盈盈地说：哟，真没想到能在这里见到你，用什么方法挤进来的？

曹操顿时满脸通红，窘迫得不知如何应答，尴尬地低头摸后脑勺。

桥玄半带笑意半带威胁：你要是各科成绩达不到一等，可别怪本总长不让你走出这座独木桥。

啊？总长？曹操像是被八百只蜜蜂飞晕了，怎么会？

　　曹操倚栏杆站着,桥玄已经带着随从翩然而去。这位随从的名声日后超过了桥玄,他就是史上大名鼎鼎的绝世名儒蔡邕。在此之前,是胡广的文书,桥玄上任太学,特地跟十分不舍的胡广将他要来。理由是:不让蔡邕从事教育,实乃枉费了他的才华。

　　曹操站定,回头看见独木桥上,刚升入二年级的学生,邻居袁绍提着考究的红檀木书箱前来。怎么昨天还说要找几家私学鬼混的曹操,今天竟然出现在这儿,扯着他的衣袖,跟买奴隶似的上下打量:嗨,阿瞒,你父亲为你小子能来这里花了多少钱?

　　曹操看到袁绍,立刻恢复纨绔本色,嘴一撇,竖起大拇指往肩后指:咱上大学还用花钱吗,咱父亲是谁啊,(想想又加上)咱是谁啊。

　　袁绍鄙夷地看着曹操:切,别吹了,就你那成绩,招你进来简直就是拖全班后腿。

　　袁绍说完点头嘿笑,曹操刚想回击,突然看到一个熟悉的面孔从桥上走来,已经想不起他是谁。此人正是曹操曾经在小学相救过的教务长何颙,半年前被释放,升任大学部副教务长。袁绍吓得拉一下舌头,跟曹操鞠躬垂立,待他经过。时隔多年,何颙并未认出曹操,从二人身边岸然走过。

　　紧接着,走来一个摸了摸发髻的中年男子,不用辨认就知道是谁。此人便是要开除曹操的秦晶，现任典藏馆馆长。秦晶也纳闷，似乎好像在哪里见过这个身材矮小，嘴角含笑，目光慧黠的少年。

曹操想要跑开，却被叫住。

秦晶说话开门见山：曹瞒（秦晶还不知道曹操已经改名）？是吧？真没想到，这辈子还能在这看到你。

曹操扫一眼秦晶的头顶，好久不见，秃得更加厉害，发髻已经支撑不住歪在一边。曹操忍住笑，纠正道：回先生，学生曹操，字孟德。

秦晶用手摸了摸发髻，愣了一下：曹操，孟德，还真是个好名字。不过，不要辱没了取名人的本意。

秦晶还是忍不住想说上几句：曹……操，知道你是花钱找人挤进来的，不过我要告诉你，因为你抢走一个名额，就有一个学生失去进太学深造的机会。你几乎混了整个小学时光。若你再不好好学习，首先对不起的，就是被你挤掉的那个学生。

秦晶说完满带不屑地提着袍子远去。曹操顿时没了跟袁绍说话时的痞子相，倒如同积年负债的穷人见到债主般抬不起头，心中升起愧疚，甚至怨曹嵩多事，他若能去私学混混，一定能学出名堂，非要挤进太学，被他挤掉名额的那个人是谁，实在惭愧。

越发长得伶牙俐齿的袁术在和几个同样身份的学生，衣着考究地站在一起,用鄙夷的目光打量旁人,似乎要从人家脸上和穿着举止里找出答案——正出还是庶出。他还兴致勃勃地爆料:诸位弟兄,我们学院来了新总长和新教务总长,你们知道他们都是谁吗?

曹操说出总长是桥玄,袁术扫兴地打了他一拳。但不知道教务长是谁,袁术复又得意起来,一字一句地说:此人姓蔡名邕字伯喈。

果不其然,袁术说出的名字,引得曹操等人一阵惊呼,简直太令人兴奋了。闻名朝野的大学士、大儒蔡邕竟然能来太学当教务总长?他不但字绝、赋绝,还有闻名天下的“乐绝”,他的古琴演奏技巧,当今天下第一。而官场小圈子却更流行这样的描述:因蔡邕家祖上世代好黄老之术,蔡邕也学得一身本事:能看相,会算命,《周易》批卦本领洛阳无二,医术更是一流。

朝廷为了补充“党锢”间流逝的教员,从各地调集名贤大儒。问题是,即便有如此强劲的师资,靠桥玄特别照顾得以入学的曹操和被“党锢”荒废掉的这一代学子,能通过即将到来的严厉考核吗?

## 强强联手前景几何

每年开学之际,大学部都要举办祭祀大典。

早被洛阳朝野传得神乎其神的蔡邕,履新大学部教务长。现年三十八岁,是男人一生中最具成熟魅力的光景,纵然流落江海,仍屡屡被统治者记起。他便是日后名闻华夏的大才女蔡琰的父亲,不光外表令人倾倒,道德更是一流。以孝闻名天下,伺候母病三年衣不解带。跟族中叔伯、堂兄弟三世不分家财。擅长辞赋、文章、算数、天文,更是弹得一手好古琴。

蔡邕一袭黑衣,头戴瘦高而精神、嶙峋鹤立的博士冠,手拿铜铃摇晃,沉着、温和的铃声传遍广场。几百位学生停止方言、官话的交流,目光追随着他,嗅觉也寻找着他的衣袂留下一丝神秘香气……那举手捻指间流泻出的神韵,令男人相形见绌,女人忘乎所以。

数百双眼睛追随蔡邕拾级而上三米高的祭坛,只见他面色庄严,目不斜视,目光略高于学生头顶,右手平正地放在胸前,高声宣布:跪请师尊。

学生们齐刷刷地跪倒。全太学二百多位任课先生穿着礼服排队入场。头戴学士冠、脚踩高底方头鞋,恭敬地向着蔡邕和祭坛站列两边。

蔡邕宣布：有请贡品入场。

二十多位校工穿着礼服端着托盘，托盘里放着各种荤素菜肴、果品，列队鱼贯入场，登上祭坛放下贡品，退到场边。

蔡邕又高声说：参加礼颂的小学生入场。

二百多个小学生鱼贯进入广场，只听见轻微错杂的脚步声。曹操纳闷，他在小学数年，一次也没来参加过。看来炽烈的"党锢"也荒废了教育礼仪。所有小学生在场周围，排列一圈，朝着祭坛跪定。又一阵铜铃声，蔡邕宣布：恭请总长主持祭祀。

随着蔡邕目光所示，桥玄穿戴红黑二色束腰广袖的祭祀礼服出现，头戴比学士冠略粗壮，形状差不多的红黑二色漆质雕花冠，黑色冠带整齐地系在下巴处，两边绳结一样长短。

蔡邕身后跟着八位手捧竹简的士大夫和二十位乐手，抱着各种乐器吹拉弹唱步入广场。乐手们在祭台下面跪坐，继续演奏。桥玄走上祭坛，八位士大夫分列台阶两边，挺胸昂首的桥玄伫立在台上，看着台下跪倒的几百号学子，令他心潮起伏。曾经铁马金戈，生死不倒，此刻却折转柔肠，眼眶湿润。有过带兵经历的人才感到学子们的可贵：他们可能是未来战场上的将军和治世为民的能臣；年少学子们将挑起强国富民的重任，是民族发展的原动力，谁要是毁了他们，谁就是不可饶恕的罪人！

阳光洒下一片温暖，连积雪都被镀上一层淡淡的金色。桥玄极目所眺,远处巍巍皇城,近处层层屋檐。他乃昔日浪荡子,竟然有幸为培养帝国接班人贡献力量。母校,我亲爱的母亲,您的学子又回到了您身边,要为您拂去尘埃,唤醒您曾经的光明与荣耀。

在蔡邕的主持下,学生齐刷刷地跪拜天地和皇宫方向,再拜教职员工,之后桥玄讲话:诸位,新的一年已经开始。想必你们都记住了石刻上的八个字。太学不仅仅是传道授业,获得知识的地方,也不仅为了让你们知六礼、亲七教、懂八政、会百工,是想要你们将天下疾苦记在心上,争取为更多苍生造福。这样才能算得上合格的帝之辅弼,国之栋梁!

台下掌声雷动。曹操不知道为何,他那点供应心脏跳动的血液,总会被桥玄电解得热血沸腾。几乎来不及细想,为何每次见到桥玄,都会让他心潮澎湃,泪湿眼眶。

桥玄焚香跪拜天地,蔡邕宣布:请赞颂天地、君臣。

小学生们在蔡邕的带领下,朗诵《诗经·小雅》之"鹿鸣""四牡""皇皇者华"等歌颂君臣和睦的篇章。

小学生们稚气十足的赞颂声,蕴含涌泉般的蓬勃朝气,乘着光的翅膀,飞进蓝天,不知能否照亮汉帝国的暗夜。

唱颂结束,蔡邕率领大学生齐读数百年不变之誓词:吾愿尽吾之毕生,成帝之辅弼,为国之栋梁。

桥玄主动请缨来太学,可他那放荡不羁、霸道不吝的"桥大公子"性格,能否给历经"党锢"之祸、处于苟延残喘的太学带来一股强劲的治学之风? 以及名扬天下、文章风雅、琴艺冠绝的名儒蔡邕,他的琴声,能将昏睡的太学唤醒吗?

## 且看总长怎出招

祭祀结束,曹操和同学们来到教室,宽敞、明亮、装修讲究、每个座位有着一张上等舒适的草席。席子上放着几案,几案上有只柳条箱,打开箱子:毛笔、墨块、砚台、印章料、刻刀、竹简片、布手帕、桂花香沫、鸡舌香。

桥玄既然想来,敢来,就不会无备而来。他和蔡邕早在一年半以前就探讨太学从教学到求学的种种不足和弊端。诸如学识陈旧、师资不足、薪水不按时发放、学风浑浊、学生拉帮结派。师生皆无心治学,忙于游走官场,为日后铺路。

当下弥散的烂俗之气跟几十年的情况已经无法相比,大大损伤了太学花费数十代先贤们努力培养起来的人文气息。他决定肃清教学队伍沉疴,强调治学理念。对学生加大学习任务,从严考核教学和学习结果,提高毕业考核标准。各科成绩不达到优等,坚决不允许毕业。虽他本人不主张频繁考试,但对于荒废日久的太学生,暂时只能这样做。只要捏住学生的命脉,总比设计一百条校规显见成效。桥玄上任后的第一记重拳,令先生和学生人人自危。这可愁坏了游荡无度惯了的曹操、袁术等人。

学生们听完新规定,愁容满面,毕不了业不等于白上嘛,还不如提前自找出路。开学头十天,有二十多名成绩实在太差,想要蒙混过关、来不及努力的高年级学生选择退学或休学。曹操也试探曹嵩,说还是去私学习得几样本事,总比在这儿死读书强。

曹嵩指着倚在门框上忐忑不安的曹操喝道:你就是鼠目寸光,去私学读书等同于坐在垃圾堆上。而太学不一样,楼台殿宇都是黄金打造的,连草芥都有三分贵气。

曹嵩说的是太学的尊贵,对曹操未来仕途的重要性。曹操却纳闷:啊? 都是黄金哒? 太不可思议了! 我怎么没看出来?

曹嵩见曹操那副想要撬几块砖头变现的贪婪相,就知道他理解错了,恨得手指直点:摆在你面前的只有一条路,死也要死在太学里!

曹操一撇嘴,转身离去,嘟囔曹嵩每日喝两大海碗中草药,还没能生得出孩子,对他态度这般恶劣了。

学生退学的风头强劲,蔡邕、何颙将情况反馈给桥玄。桥玄袖子一挥:我宁愿他们退光,也不能让不学无术之辈混入官场,败坏太学名声。

桥玄说得蔡邕跟何颙面面相觑。看来他还未意识到这些学生背后的家长们，会怎样联合起来对付他。桥玄袖子一挥：放心，太学关不了门，各地大学有的是想要来这的学生，我看那样更好。

桥玄一副无所畏惧的做派，还真镇住了退学风潮，有学生想要重新入学，毕竟这条路比较稳妥。桥玄一概不允，将空出的二十六个名额分配给地方大学生。看来上天已睡醒，难得给了他们一次公平，戏剧性地改变了这些人的命运。

包括曹操在内，这几届学生因"党锢"等政治斗争，如同被抛荒了很久的土地，杂草丛生，板结难耕。桥玄和蔡邕非要来做开荒者，将他们恢复为良田，播下希望的种子。出自太学的桥玄，敢做并知道怎么做，被学生们视为"内鬼"。学生们人人自危，只求好好学习，争取以合格的成绩毕业。

过去的总长为了不得罪皇帝和太监们，不敢要薪水，要福利。桥玄不同，一封封奏折写到御案上，要钱、要粮、要待遇、要补助、要物资，虽令皇帝和太监们感到头疼，但桥玄那句"不重视教育就是耽误帝国未来"的真理，令皇帝和太监们不敢怠慢，只能乖乖地拨款、拨物。

桥玄还在奏疏里说：培养出一流人才，就会建设出一流的国家。培养成三流人才，就会混成三流的民族。

这令皇帝和太监们感到头疼。培养出一流人才，会跟他们对着干。培养出三流听话的人才，统治起来省心，可真要到了发挥作用的时候，满眼的"矬子"，哪里还挑得出将军。

如何收学生的心？桥玄早想好了：开办五日论坛。

开办此论坛看起来是教育学生，实则是拿先生"开刀"。有懒散自以为是的先生只将知道的知识传授给学生，而不自求精进。若先生不求精进，教授的知识如同嚼过的甘蔗被拿起来再嚼，一代代嚼下去，到最后只剩碎成粉末的垃圾。

桥玄这招算是治到了病根上。既然每个先生都要在论坛上主讲，这种开放式的交流方式，万一被学生难住，那就等于脸皮掉在地上还要被猛踩，只能加强学习。

太学逢五放半天，逢十放一天。桥玄便规定逢五上午在图书馆大厅开办论坛，但凡在职教员一个不落。每期论坛由不同的先生主持，回答学生们的任何疑问。告示一出，授课先生们忙碌起来，率先成了图书馆挑灯夜读的人。

农历正月二十，桥玄举第一棒，曹操等人提前半个时辰赶到图书馆，却只能挤在门外听讲。主讲先生的座位后面，是一排放满竹简的高大书架。从装竹简的布袋来看，至少相差数百年。桥玄从书馆内侧的门帘后面现身，场内一片掌声。

在座诸生，无论天资高超，还是资质平平，都需要学习，尤其需要学习古代杰出人物的言论、思想、看待世界的方式和心得，以及如何思考人生的意义。若说私学缺少资料和统一的教材,那么太学生在学习时缺少精神和情怀。根据经验,引导他们多读优秀著作,与古代圣贤思想直接会面,恐怕是种植情怀、提高境界、培养他们对学识优劣的辨别能力的最快途径。

桥玄把他对待学问和人生的独特见解带到了太学,穷尽毕生经验总结的真谛,却无法造福更多学子。太学,这块得天独厚的土壤,全天下云彩中的雨露和土壤中的养分,都被拿来滋养有幸生长在这里的草木,他作为耕耘的园丁,来这里,很合适。

掌声过后,桥玄问出第一个问题:人为何要活着?

学生们纷纷发言,有说光宗耀祖,有说孝敬父母,有说报效朝廷、当官为民……那么,究竟什么才是活着的本质。

桥玄下面的话,令如同行走在沙漠里十来年的曹操,忽然听到了雨声的滴答,那一滴滴,一滴滴,分不清是泪还是雨,流进他干涸的心田。


## 别样授课释真谛


桥玄说:人生其实就是一场偶然,我们总想成为父母期望、家族荣耀、朝廷未来。但那个最容易被忽略的人,却是自己。

这样自我意识的觉醒,在现在也许不算什么,可在一千八百多年前遥远的东汉，所有人一生下来就头顶着天地、神灵、君、亲、师，"自我"一直被忽略、被淡化。桥玄的说法闻所未闻，这跟他的经历密切相关。

细述桥玄身世，很轻易就能看出，曹操和他有着极其相似之处。家道殷实，性格刚毅，忠直不阿，才学斐然，经历复杂，视钱财如粪土，拿官位如儿戏，也曾为了扶危济困作出令世人不解之事，世人送雅号"桥大公子"。意为豁达、荒唐、大度、玩世不恭，但凡任何矛盾的形容词，都能用在他身上。

桥家名声累积十几世，父祖为官，仆从成群。他少小长于洛阳，飞鹰走狗，不好学业。家世荫庇，举荐为孝廉，任洛阳左尉。在任期间，秉公执法，不惜得罪时任大将军梁冀的弟弟梁不疑，愤而挂印回老家"务闲"。

梁冀倒台，桥玄大器晚成，得到重用，前后四次升迁，做到齐国相。按道理他以前吃过亏，该知道如何保官存位，谁知依然我行我素，不徇私情。又被弹劾治罪，这次上头早有防备，不许挂印，判其服苦役四年建造城墙。本来可以花钱免罪了事，可"桥大公子"偏不，他就要尝尝炎炎烈日下，推着小车，挑着担子的滋味，硬是把苦修牢役做到最后一天。

他的人生就像行路，有泥泞也有坎坷，宦海沉浮如上下山般平常。他劝慰自己，当官需要操劳，没官当等于休假，岂不舒坦。

　　桥玄侃侃而谈：生命首先是我们自己的，然后才是各种不同的角色。来到人世不光要承担义务付出责任，更要懂得它的价值。子云"三十而立"，人生前三十年要广泛体验各种滋味。不要害怕失败，因为有意义的人生从来就充满考验。

　　桥玄的话，恐怕在今天也未必显得过时。他的人生和家世确实少见，也造就了他独特的生之意识。

　　学生们被桥玄说得热情洋溢，像玻璃上日积月累的灰尘被抹去，终于看清了外面的事物。

　　桥玄感慨：诸位，有出生就有死亡。不要求什么后世流芳，因为那些跟活着的你没有一点关系。就像用复杂的仪式祭奠死去的人，无非用来排遣生者的哀思。你们能在这里，就已经是生命中的奇迹，站在学界之巅，占据越多资源，就应该为更多人谋求福祉。再将你能拥有的这短短几十年，活出人样，就值了。

　　学生们报以热烈的掌声，曹操更是激动得连连眨眼，因为他的灵魂里流出了咸涩的热泪。他能在这里听到深达灵魂的箴言，如秦嘏所说，对被他挤掉的那个学生，更加感到抱歉。

　　桥玄站起来，走到身后书架边，指着满架子的书简对学生们说：若在现实中找不到使你提高的人和文章，那就该来到这里。学习现代知识，只有几十年累积，真正能让我们通过学习完善自身的，就是向有深度和高度的经典求教，与历代大文豪、大思想家直接对话。这些经典文集的诞生离我们千年之久,是多少贤哲智者的生命开出的花朵,足以证明能为历代后人提供精神指导。这些国之瑰宝,相信在没了我们的千年以后,仍会广为传颂。

桥玄像捧起新生婴儿托起一卷年代久远的竹简,连接的绳子已经朽烂,像母亲注视儿子们般:这是数千年以来最优秀、伟大的灵魂。这是他们的生命、心血。人们看到的不是一卷卷竹简,而是一颗颗卓越的神灵才堪匹配的大脑。诸位应该来这里,熟读经典,研习、思考,并最终成为自己思想的一部分。

桥玄一席话,听得学生虽脑洞大开,却神态各异,更有的表现出听天书般的困惑不解。

曹操这才明白,怪不得桥玄会选择在图书馆开论坛。这一刻,他才发现,"学习"是能够对他的人生和灵魂塑造的利器,是生命从蒙昧走向完满的全部意义。人们在知识面前是公平的,它们始终像好客的主人,期待有谁能不懈造访。

桥玄通过对人生意义的解释,向学生们灌输人格健全、仕途完美、造福苍生的终极意义。他希望谆谆善诱能直达听者心灵,在学生们的深层意识里生根发芽,开出绚烂之花。然而他却尴尬地指着自己:我之所以能走到今天,也同样得益于典籍的教诲。不过,在太学时没能好好学习,曾被劝退过两次,当明白了学习绝不是拿了毕业证后的戛然而止,而应当与生命同进退时,大多数知识都是在各地上任时自学的。

学生们一阵善意的哄笑,曹操却没笑得出来。他那学习的种子,正在吮吸水分,拱出求知的嫩芽。

桥玄说:图书馆保存的书籍,如同知识的舰船,能让登上它的人航行得更远,看到更壮阔未知的风景⋯⋯

一波波深含智慧的珠言玑语,在为曹操进行着洗礼,桥玄的善导,像迎接新生儿般,托起他的心智正式出世。过去始终生活在黑暗中不明白这世上还会有自我的意识的曹操,终于来到了阳光下。

这一刻,不就如桥玄在"桃坛"上所期望的那般,期望从教者站在群山之巅,高举双臂,托起鸟儿飞进蓝天。

桥玄借图书馆开办"五日谈"收学生的心,将他们从过去的玩闹、散漫和无知无畏投放进历史的厚重。学生们只有直接跟千百年前的先贤们对话,才能吸取更多养分。他相信,学生们的知识丰富了,一定会反推先生们努力治学。过去那种师生们"两不相弃""勉强过得去"的愚昧和庸弊,实乃治学大忌。

桥玄坦言:我不希望看到你们将大好时光用来无谓地玩乐,这正是我曾经犯下的过错,现在只能用"追悔莫及"来表达我的愧悔。若时光能倒流,我情愿多学习点知识,少用宝贵的生命去寻欢作乐。你们还年轻,应该善于追求真理。若依旧无知、犯错、违背道德,那我就白为你们当了一块垫脚石,我所走的弯路得出的教诲便没有任何意义。

学生们沉默，从过去到现在没人用生命的真谛给他们上课，桥玄取下枷锁，将成败像伤疤般地展现给他们。俄而，曹操带头拍了第一下手，所有学生回报给桥玄持久而热烈的掌声。

在人们都慨叹好时代没能赶上的喊声里，一定不会认为错过东汉末年的太监当政时期有什么可惜的。设想一下，若东汉帝国能有一套行之有效的规章制度约束太监，士大夫从容执政，皇帝号令天下。有桥玄这样的忠烈之臣掌管事务，东汉帝国一定不会像今天这样陈疴在身。

论坛结束，偌大的东汉王朝图书馆，学子盈门。竹简上落了上百年的灰尘被抖落，沉寂数年的圣人经典，再次迎来络绎不绝的新交旧知。可叹这是它作为图书馆，完成的最后使命，为帝国培养出最后一拨"能明古学"之子。不久后，董卓进京，皇都西迁长安，历经千百年耗费庞大人力和财力集聚起来的绝世书简，毁失殆尽。

密探听了五日谈，向曹节汇报，曹节微微点头。继"收心"之后，桥玄又打出另一招——正形。

桥玄已六十有二，当着大鸿胪和总长，还任一年级的经学教员。用反对的教员们的话来说：看来桥大公子是过足了官瘾，又想要过教书育人的瘾。诸位都等着吧，当年那个名门浪子差等生，不把太学折腾个底朝天，我就回乡种地。

想要给学生们正形，为难的不就是家长吗，等于再次跟达官显贵们对着干，蔡邕等人着实为他捏把汗。

## 浪子何故猛回头

桥玄的课，带来两个手持竹板的"护法助教"，左右各一个。谁若思想开小差，或做小动作，以至于坐姿不端正，十秒之内，后背必挨抡圆的三下。目的不是惩罚，主要起震慑作用。

桥玄宣读完规矩，若累犯三次，就永远不要来他的课堂。

新晋桥大总长当年何等顽劣，连先生们都对他没了办法。他竟然根据曾经的劣迹编出这么一整套狠招，令学生们又怕又恨。曹操更是有被"自己人"修理的感觉。形势空前严峻，只有集中精力认真学习才是出路。

大学的教学传统，平时不怎么抽查学业，完全靠自觉，考试也很少，学生有充足的时间按兴趣学习。可几年动乱导致整个太学的学生水平空前绝后地差，指望这些学子跟曹嵩他们那会儿似的自律自觉，简直白日做梦。

桥玄针对这一情况，制定严格的考试制度。每十日一小考，一月一大考，考试不合格者，必须补考，补考不过关，退学回家。考试曾经是桥玄最痛恨的，但这群就要被摧毁得只剩四肢的学生，就像一块块被废弃在河床上太久的石头，只能用"考试"这把刻刀将他们雕出形状。第一次小考，全校有六个学生超过五科不及格被勒令退学，其中有四年级学生王甫的养子王吉。

王甫气得结巴得厉害，当着桥玄阴阳怪气地说：咱……咱的孩儿……怕……怕什么，不……不给学上，还……还还还可以让他做……做做……做官嘛。

身居高官重位的家长们，陆续来接回孩子。拍手跳脚地对桥玄大放厥词，不是恐吓他丢官，就是警告他注意人身安全，桥玄一概不为所动。已经得罪了不少高官贵戚，快要将太学这口沉积了数百年的淤泥塘折腾个底朝天，自己还不知道其中危险。蔡、何二人再次相劝，他却说"这点小伎俩算什么，我死都死过好几回了"。蔡邕对桥玄既敬佩又深感无助，难道非要这般凛然决绝，才能唤来帝国教育的春天吗？

曹操虽明白了学习的重要性，但就像从未做过饭的人走进厨房，面对着满眼器具、食材，无从下手。成绩差到几乎被桥玄"扶"进大学的曹操傻了眼，考的基础知识大多涉及小学课程。几次摸底下来，最多也就得个"最差"。现找家庭教师来不及，也没补习班。这阵子连走路都避着桥玄，但还是在放学时被堵住：你父亲的成绩可是当年全太学第一，何不向他求援。

桥玄走远，他还愣在原地，对呀，怎么放着父亲那个会读书善考试的帮手不用。曹嵩下班，马车还没停稳，等了好久的他立刻从门槛上跳起来迎上去，十分地恭敬和殷勤，吓得曹嵩脑袋一梗，一脚踏在下车的凳子上停住了看着他：犯什么错了？

曹操巴结讨好，把意思跟曹嵩说明白，曹嵩这才挺起腰杆，边下车边开训：早干嘛了，早听我的话也不至于有今天。当年知识丢了那么久，帮你，我还得从头再来。生你这样的，非得被你累死。

曹操赔笑：哪能呢，四书、五经，父亲不全都背下了吗？

曹嵩得意地微微昂头：那倒是，想当年……

油灯下，父子俩并排坐在几案边看竹简，曹嵩将晦涩难懂的古文经学一字一句地讲解，直到他弄懂了，懂透了才算过关。曹嵩不止一百次地回想在谯郡教曹操的失败经历，居然"浪子回头"这样的俗谚在他曹家出现，令他备感欣慰，肯定是曹腾显灵了。父子俩挑灯夜读，常常直到深夜。

当年的太学高材生曹嵩，经学院正牌博士，又有如何在考试中取得好成绩的经验，让曹操的成绩突飞猛进，渐渐地从末等爬到中游，似乎还有上升势头。

曹家有近水楼台，并不是别人家也有。三四十个高官子弟被劝退，一时间官怨沸腾。已经归任副光禄勋的前总长郑麟第七次认真解劝桥玄，要他慎重，虽太学是教书育人的地方，可也是官场，更是战场。作为主帅的桥玄，要是不懂得保护自己，早晚会吃大亏。

　　桥玄哈哈一笑，他的年纪已够得着退休。他们想要报复他，无过于丢官，即使要他的命，他也活到了这把年纪。只要生命还在，就要抓紧时间做些有意义的事。

　　找各种途径告状的家长们，如饿狗碰上了长得像肉的石头，想咬一块，却崩落了大牙。明事懂礼的曹节倒赞赏桥玄这样做，摁住各方反对声浪，为他争取时间整饬学风。

　　教育之道，一张一弛。桥玄也并不是一味以严格规范折磨学生，当教学进入正轨，便增开"六艺"，使学生们各方面均有所发展。"礼"不光指礼节，还包括吉礼、凶礼、军礼、宾礼、嘉礼。只有掌握礼节、礼数，才能在各种场合显得从容有度。"乐"就是音乐，吹拉弹唱赋。把写好的辞赋谱成曲子，一起唱和。音乐是上天送给人类的礼物，不至于生活得太沉闷。"射"就是射箭技术，讲究准、狠、稳；"御"讲究驾车技巧，掌握士大夫必备的生活技能。"书"指书法和文采，它是人的第二张脸，能体现书写者的修养和身份。"数"不光指算法，还有阴阳、星象、立法之数等。"数"还特指一个人的涵养度，数字越大容量越大，在面对事情时，只有在平时积累了足够的"数"，才能做到"心中有数"。

　　学生们涉猎"六艺"，像是中风病人被打通了所有血脉般流畅自如，不但没有耽误学习，反而突飞猛进。

　　学业紧张，影响到了周边靠学生吃饭的生意，酒肆、茶坊、棋牌室、演艺坊等纷纷关门倒闭。

　　年届耳顺的桥玄的精气神，像被时光遗忘，仍然有二十岁小伙子的激情与热血，他的又一个动作，不但将太学这塘水折腾得底朝天，恐怕还会将池塘底子戳漏了。

## 正义之花沐风雨

　　自私是人的本性之一，想为更多人谋求福祉，在手握权柄、占据优势资源的人中，能这么想的不足万一，能将想法付诸实施的，实乃万一中的万一。桥玄有一腔教书育人的热情，并有着为帝国造就人才的坚定决心，于是便做出一项更大胆的决定。

　　由桥玄、蔡邕、何颙联名发布太学成立以来第一次出现的消息，立刻成为一个爆炸性新闻。他们主张开放太学，具体说是向全国学子开放，尤其是屯聚在洛阳周边的私学师生们，将在这一规定中受益良多。

　　这一消息为何会出现强烈反响？因为在当时书写全靠竹简流通，只有公家有实力豢养"刀笔吏"，能制作书籍教材公文等，民间成了文字荒漠，导致教材奇缺。一般低级私学的先生只能靠口口相传学来的知识教学生。谯郡的卞家学堂就是以讲故事的形式授课。没教材并不可怕,可怕的是学生们学了错误的口述教材,连典籍这样的千年文范也会出现无数版本。太学图书馆的馆藏若能向社会开放太学,必能造福天下学子。短期看是给大众福利,但这是使国民教育水准全面提升,迈开具有长远眼光的关键一步。

桥玄在向皇帝刘宏跟曹节等人陈述这一动议时,是这样解释的:太学不能只服务少数人,应该是全国甚至是全天下的太学,我主张面向全社会开放。尤其是那些封存了上千年的典藏,只有共享,才能显示文化遗产的价值与传承。

开放太学?这可是开朝以来都没有过的事,刘宏看向全后宫最有文化素养的曹节,但其没给任何表情,刘宏只好作沉思状。

曹节不是不给态度,是不好给态度。问题在于驳斥的人会显得狭隘,拥护的人要承担风险。刘宏发话:此议事关重大,前朝无旧例可循,待寡人与群臣商议后再作决定。

桥玄太熟悉朝廷那一套,"等待商议"就是猴年马月的事。既然你们都知道了,即使不批准我也要实行。他决定铤而走险,擅自发布消息开放太学,这般前无古人的创举,着实令洛阳乃至天下震动。士子们奔走相告,纷至沓来,希望能在他们梦寐以求的太学里自由听学、查阅资料。

课业严格,曹操不得不努力学习。曹嵩也渐渐习惯没有太学教员来找他告状的日子。本以为好时光能持续,谁知波澜不断。

太学有的是曹节的内线，桥玄发布消息的第一时间，他就知道了，但并未阻挡。对这种泽及苍生的善事，若不出什么后果，横加干涉反而舆情不利。

数日过去，得到消息的各地学子们陆续赶来洛阳，汇集在独木桥南却不得不停止脚步，与梦中的太学仅一桥之隔，竟如云汉之遥。就在桥玄、蔡邕、何颙等人上桥迎接时，反对的教员组织学生们拥挤到独木桥上，堵住去路。他们像围攻猎物的狼群集结在独木桥上，把桥玄等人夹在中间，随时准备扑上前撕咬一番。

时值下午，东南方黑云翻卷，被初夏的风暴裹挟着，满含雨意，正在赶来赴约的路上。洛阳城内却没有一丝风，空气凝结，高大的杨树恹恹欲睡，无力地翻弄着银色的叶底。

夹在两拨人中间的桥玄向北喊话：若所有人对一切事物意见一致，那就太不正常了，我理解你们的感受。但我坚定地以为，他们都是大汉子民，有权利跟诸位一样享受教育平等。但仅就让他们听听课，查查资料，这么做对诸位并无损失，希望你们能让开。

双方正在对峙，曹节得到消息，看了看殿外的天气：备马，不，备车。

独木桥北端的人群并未有任何反应，像天边涌起的黑云，不过充满的是敌意。桥玄看看东南,一场暴风雨在所难免,焦急地指着南端挑着担子,背着行李的学子们说:大汉的强盛,不光靠你我,还要靠全天下人。他们想要学习,却连教材都没有,我们当施以援手!

被组织起来站在北端的曹操,众目睽睽之下,挤出人群,毅然走到桥玄身后,直面投射的鄙夷目光,喊道:先生们,同学们,我们今天不给他们让路,也许下一次被堵的,就会有我们的亲人。

曹操看不了桥玄那么远,却愿意给这些在底层艰难求知的学子们一点帮助,一个态度。同时也证明了他的心声,要和这个条条框框的世界做斗争,砸碎不合理的存在。

翻卷的黑云遮住了大半个天空,所有人都闻到了雨的气味,风不知何时驾到,吹起落叶与花瓣和着尘土跳起了飞旋的舞蹈。它发起疯来,是个肆意狂妄的家伙,根本不需要睁着眼睛看路,因为山川、河流、城墙、建筑物、面孔、头发、衣袖、猫狗鸟虫,一切的一切……都可以被它席卷而过。

渐渐地,一大半学生调转方向,跟随桥玄和蔡邕等人,逼得反对者们连连后退,纷纷叫嚣:我们要告御状!

东南方黑压压一片,闪电此起彼伏,暴雨即刻就到。

大风吹得人们本能地缩紧脖子,掖住阔衣广袖。桥玄赶紧下令所有人后撤,让外地的学子们通过独木桥。狂风四起,暴雨噼噼啪啪地从天倾泻,像在云的怀抱里受了多大的委屈。所有来不及前进的人们都被浸在了雨里。他们终于走上了"独木桥",以前只在梦里见过,现在美梦成真,感慨万千,热泪飞溅,拥抱雀跃。

桥玄等人站在雨里,曹操也在。他永远忘不了看到那些学子喜极而泣的样子,他也流下了激动的泪水,被雨水冲刷得万分快意。正义已于这雨中开花,希望会长久继续下去,报以人间丰硕的果子。桥玄站在桥头迎接他们,而他们不认识他。当他湿淋淋地在雨中满含笑意伸出手臂时,双目潮湿。他们可都是大汉的儿子,是民族的未来。有什么理由阻挡他们求知的脚步,又有什么必要成为阻碍他们通向自我完善的路上的绊脚石。

曹节的马车沐雨赶来,快速飞奔激起水花四溅。他担心看到双方在独木桥上打斗,甚至有人落水、流血、死亡……却只见挑着行李的学子们在暴雨里欢天喜地地走上独木桥,缓缓地放下被暴雨打得湿透的帘子,调转方向,马蹄和车轮再次飞溅着水花,疾驰而去。

桥玄信心满满,以为智商并不低的皇帝,会默许他的创举。把学子们引入太学,去图书馆、教学区观摩。

约半个时辰过后,圣旨到,皇帝要面见桥玄。

## "绝世良医"遭逐弃

上书房,刘宏正北端坐,曹节等站立两边。君臣并无激烈辩论,因罪名很不具备争议性——欺君。桥玄本想赌一把,以为来自底层的皇帝会根据切身体会,对有着同样遭遇的学子们开恩。桥玄彻底地想错了,他的"相人面"本领一流,"相人性"的技术还得加强。试问世间又有几个一夜飞升的人,会心甘情愿地给予同样处境卑微的人们一点照顾?桥玄不懂政治,失败在所难免。只得磕头请辞,以此自裁,但求继续开放太学。

第二天,桥玄被调离太学的告示到处张贴,责其擅自开放太学,已勒令其辞职。太学的大门经历短暂开放之后迅速关闭,学界壁垒森严,这束照亮数百年黑暗的微光,流星般熄灭,再次进入无边长夜。

各地士子们拥挤在河边,无奈地望着独木桥被封锁,求知梦想如开在狂风中的理想之花,突然凋落。

随风雨远去的,还有桥玄的治学之梦。

桥玄要离开,令反对他的学生无不振奋,奔走相告。依旧若群山峻伟的桥玄,昂首挺胸带着两名随从,捧着一些竹简,提着柳条箱离开。当他走出阙门,太学内发出震耳欲聋的欢叫,将竹简扔得满地都是，像刚经历了一场龙卷风。

桥玄突然离去，深深打击了曹操这颗涉世不深的心灵。为何好的事物不能长久，不合理的现象却能根深蒂固。他木鸡一般愣愣地站在窗内，目光像吞了钩的鱼，随着他的身影移动。桥玄在欢叫声中转过身来，满怀忧虑地仰看着双阙，静默了会儿，黯然神伤。曾经在开学仪式上雄心壮志地要为太学母亲拂去尘埃，唤醒灿烂与光明。没想到促使他离开的锣声，这么快就响起了。

太学生们经过一学期的囚徒生活，终于又可以重回自由散漫无拘无束的状态了，终于不用担心四年后不能毕业。胡母班、张邈、袁术像刚打完一场胜仗似的走过来问曹操：瞒，咱放学后玩什么？

桥玄离去，令他们兴奋到将瞒前面的"阿"字都省略了。

桥玄走了，那个下午的暴雨却在他的耳畔肆虐了起来，啪啦啪啦的雨点打得他心口生疼。为那场雨落下的泪滴，又涌在了眼底，忧伤地摇头。

众学子七嘴八舌，有说桥玄太过分，有说"桥大公子怪象"。在任何位上都闹得不可收拾，最后不是辞官走人，就是被丢官、判刑。

众人说得起劲，曹操却来一句：你们不懂他。

不被理解的寂寞和不被赞同的孤单，使得桥玄如同黑夜中的独行侠,时常遭遇失败和挫折。他的官声确实不好,究竟是他出了错,还是这个重病加身的时代像这样的良医太少,以至于世人无法认可他的价值。

桥玄还有一项计划没能实行,就是邀请社会私学名流来太学讲课,他想把太学办成没有围墙和特权的全民学府,集天下思想于大成,可惜未能如愿。

这年四月,曹操的继母终于怀孕,将在来年春节生产。曹嵩将心思转移到邹氏肚子里未出世的小生命身上。人到中年,再次尝试当父亲的快乐,心情更加迫切。

桥玄被逐出太学,各地士子纷纷上"万民请愿书"声援。迫于压力,皇帝不但没有惩罚他,反而将他升职。

八月,司空刘嚣归家养老,大鸿胪桥玄顶替。升职的喜悦还没来得及细品,没过几天,三个蒙面人深夜闯进桥家,将其十岁的幼子劫持到阁楼上,要他拿赎金,桥玄大怒:别说没钱,有钱也不给。你想杀就动手吧,只要老夫我还活着,想生多少都行。

桥玄命令阳球带官兵冲上阁楼杀掉劫匪。阳球等人担心劫匪杀掉桥玄的儿子,不敢上前。

桥玄大骂:罪犯本来就该死。我桥公祖绝不会因为儿子的性命破坏法律。

阳球等人冲上阁楼,劫匪残忍地将人质杀害后自杀。

　　桥玄以司空之位发令天下：凡有劫人质者，一律格杀，不得赎回，若犯禁者与劫匪同罪。

　　此令一出，各地劫质案件几乎绝迹。

　　桥玄把蔡邕留给了太学，前者是夏日的艳阳，后者如春日和煦。那么，性格和处事方式跟桥玄有着天壤之别的他，将如何稳固前任留下的改革成果？

# 第五章　南风徐来

满腔忧怀教育的桥玄走了，还好留下了蔡邕。能与这位千古绝世名儒于星云间际遇，实乃莫大的荣幸。这位完美得几乎没有缺点的太学总长，又将是怎样的一股南来之风，以怎样的方式吹醒学生们从未发觉的"自我"？

## 南风徐来思"自我"

集大孝子、大才子、大美男子于一身的蔡邕的课程，学生们是多么地期待。太监们也认为他性格温和、令人放心。桥玄一走，他任总长，何颙挪正。

桥玄上课带两个"护法助教"，蔡邕上课却只抱一把焦尾古琴，开始或结束，总喜欢奏上一段，琴音缭绕，物我两忘。蔡邕尤擅音律，谱出名扬海内的《游春》《渌水》《幽思》《秋思》《坐

186

愁》,和后来魏国末年嵇康创作的《嵇氏四弄》并称"九弄"。隋炀帝曾将"九弄"作为选拔人才的条件之一。

曹操翘首期盼的蔡邕的课终于到来,他问学生们一个问题:什么才是自我?

曹操他们没想到,这么儒雅的蔡邕,竟然会问出这般"生猛"的问题,一时不知如何作答。

究竟什么才是自我?是"我"的存在还是失去,是尽享荣华富贵,还是留清名于后世?是为了实现功名,为朝廷和百姓出力,还是为了自我修养,自得其乐?

蔡邕说:先贤们的思想并非常人理解的岩穴之士们在寒风雪月中没事干时的灵魂出窍或胡言乱语,其中的道理并非与我们无关。相反,思想家们通过对自然和社会万象的理性研究,得出的结论极富科学价值。它能指导我们如何面对生活,怎样排除痛苦,规范言行,保持善意,发挥个性魅力。无论何种学说,自始至终,都希望我们成为活得明白的人,逐渐完善的人和对社会、家庭有贡献的人。贤哲们的思想,就像架在人和自然之间的桥梁,它能使人和自然直接对话。诸位应打开心灵之窗,使我们的创造力和想象力获得最广阔的自由。我们应该好好学习贤哲们的著作,他们是灵魂之师,为自然之主——人类,获得了除物质以外的永恒真理。从古至今,他们和我们一起探索,一起成长,但他们始终走在队伍的前列,用他们的坚实之躯，帮人类认识"自我"，使每个认识到这些思想的人们，活得明白清醒。至理名言是长辈的忠告、友人的善导，帮我们消除焦虑和恐惧，克服不幸，化解困难。

曹操没想到那些哲人思想，孔孟老庄，不光是为了应付考试的，竟然还成了指导人生的宝典。

蔡邕问：那么，什么才是自我，有谁能回答？

曹操的答案，看起来那么稚嫩，但却是大多数年少者的认识：只要生命存在，"我"就会存在，若一旦死亡，"我"就会消失。我们和其他动物、植物一样存在于天地间，也一样会有生、老、病、死。石头不会思考，但它能亘古千年。草木和走兽、飞禽不懂得"自我"，我们人类大多时候也不需要为此纠结。

这就是年少者的狡辩，他们还未形成自己的思想体系，所得来的知识都是这一片瓦那一块砖地拼凑。但没人能生来智慧，都需要通过不断的学习，从蒙昧走向清晰。蔡邕和蔼地说：若你是个健全的人，就应该担负起社会赋予的责任。你要学会思考，这就是智慧生命的本质。我们很多时候会感到困惑和痛苦，也会显得迷茫和无助。若只像草木那样遵循存在的道理，按照四季那样生长和死亡，确实会免去很多烦恼，但同时也会失去更多乐趣。智慧的乐趣、思想的乐趣、高于其他生命的乐趣。人，就是在不断的"自我"思辨中，造就了自我。

理解了蔡邕所说的广义的"人"和"自我"，曹操兴奋得直点头,像个正在接受"灌顶"的信徒。

蔡邕又说:人之所以能进步,能有所建树,是因为人类善于学习和思考。前人给后人当先生,后人虚心向前人学习。如神农、黄帝、颛顼、帝喾、尧、舜、禹、汤、文王、武王、齐桓公、晋文公、秦穆公、楚庄王、阖闾、勾践这十六位贤者,都懂得向别人学习,且尊师重道,才成就了霸王之业。

曹操举手问蔡邕:先生,越王勾践杀了曾经教过他的文种,他还称得上尊师重道吗?

桥玄离任前,就嘱咐过他关注曹操,说该生天资异常,可惜不够自律,千万不可放松他的学业。蔡邕微微一笑,明白桥玄的苦心。

蔡邕几乎用目光触摸了每一位学子的脸庞。他们有的会仕途恒通,有的却可能身首异处。"党锢"之祸的血腥味还未远去。想到无数被杀、被贬、被"党锢"的那些士大夫们,蔡邕的心渐渐疼痛起来。然后,他舒缓而沉静地说:勾践是杀害了文种,但不可否定他的曾经尊师重道。要知道,人的位置改变,立场会跟着变化。

曹操又问:究竟是变好,还是不变好?

蔡邕点头:凡事都具有两面性,变和不变,要根据情形而定……

同样遭遇打压迫害的蔡邕,经历过好友惨死遭祸,藏身江汉,漂泊流浪。过往如老相识般再次来访,难抑悲伤,想要奏上一曲,缓解情绪。想想是在课堂上,应该结合讲课:弹奏一首《幽思》吧,希望诸位听了它,就能明白"自我"的道理,时刻自省"自我"的存在。

校工端进半铜盆清水,蔡邕弹琴之前,必须将手清洗,静心三分钟,才能开始。只见他神情入定,稍作调整,弹指拨弦。琴声起处,将周遭一切还给了宇宙,只剩他独自一人,于星辰浩瀚间,奏响名琴。

琴声伴着蔡邕那完美决绝的男中音:学习的本质,不只是记住知识,要懂得思考。一旦我们掌握了这一特长,人生就会变得不一样。什么是"自我",怎样才能有别于其他动植物,人的优越之处,在于拥有思考的能力。只有潜心学习,懂得反思、静思、深思。

"我"……思考,"我"……存在。

琴声里,曹操默念这句话,心潮跌宕难平,无疑是一声惊雷,将他的过去狂轰滥炸。为何长到十五六岁了,才明白思考对于生命的意义?以前都只用五官四肢生活,却忽略了大脑。让它能理性地思考,会让生命除享受存在之乐以外,获得更大价值。

世界充斥着谬论,真理却难以寻觅。

相对于以前的学习,曹操跟其他同学就像鸡雏,被这个先生喂一条虫干,那个先生喂一颗谷子、一粒沙子,教师们像饲养员,轮番给孩子喂食现成的知识。没能学会思考的学生们反刍出来的是虫干、谷粒、沙子,考试题也是虫干、谷粒、沙子。蔡邕彻底改变以前的面貌,像武林高手给学生们点开"自我思考"的穴道,让学生们掌握自主学习的能力,对自然敞开身心,直接和宇宙对话,这才是学习的真谛。

曹操慨恸得鼻翼发酸,泪眼迷蒙,为何到现在才知道?

以后的日子,每当琴声响起,学生们就会静下来,倾听蔡邕的指尖和古琴触碰流出的清韵。此情此景,令人感慨。如此雅致的生命、精致的情怀和高超的琴艺,即使天上仙人,见了他也会行注目礼。

一曲终了,蔡邕深情地看着学生:诸位,你们还年轻,很多事情父母都可以为你们包办,但有一件事别人代替不了。那就是努力使自己成为一个有人格、有品格的人。希望你们在自我完善的道路上坚定地走下去,即使将来到了那边(死亡),也应该让自己成为兼具人格和品格的鬼魂。

蔡邕的幽默引起一阵哄笑,课堂上究竟有多少学生能受益,他不知道。但他的课,像徐徐南风,清新雅致,潜入曹操紧闭的窗户,从学习态度到生活细节,无一不发生变化。

东汉的人服饰讲究广袖束腰,由于袖口宽大,一般被缝起一段,供放杂物之用。什么铜钱、刀、笔、竹简、手帕等都胡乱放在里面，想要找出来用，就要将所有东西摸索一遍，既烦琐又耗时。曹操和同学们也学着蔡邕，要家人给缝一只专用布包，分成大小不同的格子，将杂物收拾其中系在腰间，佐以精致纹绣，不但方便还可以当装饰。

蔡邕和他的"蔡风"比桥玄的硬派作风来得更猛烈、更彻底，几乎将太学大多数学生俘获。他们都成了他的忠实追随者，就连多半教员也变得循规蹈矩，温文尔雅，说话举止间充满韵致。榜样的力量分瞬间改变和潜移默化。这两种，蔡邕都做到了。

曹操甚至为了能向蔡邕学习，课外苦心钻研辞赋，改掉不少粗口和俚语，让他的谈吐听起来略显儒雅，还跟张邈、袁术等人组织了"京都赋社"。为了能显摆几招，曹操的辞赋水平突飞猛进，竟然能在聚会上出口成章。他不习惯于拘泥"赋规"，经常是天马行空的内容，长短不一的句式，被戏称为"瞒体"。

时光流逝，在桥玄和蔡邕、何颙等人的先后共同努力下，太学的教育步入正轨。被赶走的前总长桥玄的人生，却不那么平稳。

## 于无声处施深恩

　　桥玄如同军舰鸟，钟情于搏击风浪。他在寻找机会，向太监们讨还"党锢"血债。公元171年，桥玄以能明典章，尤善立法，由司空改任司徒。有人当官受累，有人握权受惠。曹嵩仍旧"霸占"大司农之位，连仓库里的老鼠都知道，这可是全天下最肥厚的职位。

　　正月，刘宏加冕亲政，大赦天下，将"党人"包含在"十恶"之列，不得赦免。桥玄联合同僚，数次上书要求将党人一同赦免，仍遭拒绝。看来"党人"的坚冰未破，桥玄一气之下，联合阳球、陈球等人为"党人"翻案。

　　"党锢"是唐衡、曹节等人的底线，谁触动，谁倒霉。桥玄顶风而上，亲自审阅案宗，一宗宗冤案字字血泪，令桥玄深感不扳倒曹节便无颜为官。谁知廷尉陈球面上刚直，实际是曹节的党羽。他道道设槛，层层提防，处处跟桥玄过不去，还参奏桥玄办案不按规矩，私自从狱中提人、放人，甚至上书要求弹劾桥玄，是否跟"党人"有瓜葛，以权谋私。

　　陈球是曹节早布置下的一颗棋子，跟太监们沆瀣一气，桥玄这才明白上了曹节的当。愤恨不已，找个借口，将自己和最近频频出现的自然灾害联系在一起，请求辞职。朝廷让宗俱为司空，前司空许栩为司徒。

桥玄的官位像一支被操纵的股票，拉到高位后迅速自由落体，一跌到底。虽对受"党锢"牵连的无辜者念念不忘，可除了迎接每天的阳光，等待一定会到来的死亡，还能做什么。

公元172年春节，曹嵩有了小儿子曹德，沉浸于老来得子的喜悦。曹操升入大三，夏侯渊也进入大二。正月初十的早晨，曹操第三次拎着点心、米酒来到桥玄家拜年。

桥家大门依然紧闭，门上没有贴春联，只留下往年破旧的残片，显得凄清萧瑟。曹操上前敲耳房的门，仆人打开小门，见曹操便说：少官人还是请回吧，我家老爷谁也不见。

曹操没办法，刚转身，看到蔡邕徒步前来。曹操慌忙低头垂手而立：恭祝先生新年好。

桥玄上任司徒，就立刻征蔡邕兼任掾属（类似文书一职）。桥玄罢官归家，蔡邕时常来探望。但他从不要门房开门或者通报桥玄，只跟门房问几句话，比如桥玄身体怎么样，今天吃什么，有没有喝太多酒等日常琐事。

蔡邕让曹操等他，问了门房几句，便要曹操跟他走。

洛阳有很多"清艺馆"，是文人雅士们喜欢去的地方。在"云上"清艺馆内，蔡邕看着曹操：知道吗，总长临离开太学时，要我严格把关你的学习。

桥玄竟然像那个黑夜里的持灯人，为曹操照亮黑暗。他却一直不知道是谁在为他站成灯柱。曹操不由得愣住，将近两年，蔡邕为何从未说起过？

蔡邕喝了一口：今天告诉你，是因为你的成绩已经名列前茅。若说得早了，怕你有压力。

蔡邕几乎说得他无地自容，五味杂陈。当年的小混混，经过两年寒窗苦读，终于得到肯定。蔡邕对他严加训导原来是受桥玄之托，令他百感交集。他难以忘记，全院学生疯狂祝贺，桥玄转身满面忧愁离去的样子。曹操充满遗憾：可是，桥先生，他……

蔡邕叹息，摩挲着茶杯上的漆器纹饰，抿着嘴唇，凄然微笑：他本来想培养更多的优秀学生，将来为天下穷苦百姓做主，铲除贪弊，可惜……他累了，该休息了，世人都喜欢谈论他的是非，很少有人能明白他的心，更没人能比得上他的远见。他当官不求闻达，不惧豪强，对民众公平公正；让他戍边，外敌不敢入侵，四方结为友好，通使前来贡献；他抓教育，不遗余力，有章有节。所以你不要担心，他失败多少次，就能站起来多少次。

曹操欣喜地点点头，诚恳地对蔡邕伏拜：感谢先生两年来对学生的辛勤教诲，学生希求报答恩师于万一。

蔡邕摇头含笑：你不用感谢我，这是教学者应尽的责任，更是我的职责所在。只希望你不要停止学习，直到生命终止。人若不学习,就会变得愚钝、狭隘。只有包含更多的知识,才能变得通达、智慧。"学习"是上天给予我们的礼物,若人生而不学、能学而不好学,那就枉费上天和无数前人的一番苦心。

曹操心海翻腾,严师教诲不仅仅只在学校,将会延及他的一生。

蔡邕感慨:学就要学得精到,从书中获得知识,是为了顺畅耳目视听,完善对知识的思考,在潜意识里搭建属于自己的思考和表达的体系。先贤们流传下来的著作,是为了让人们活得更明白、更快乐。若越多的知识让人越痛苦,那就违背了知识的本意。

曹操看了看蔡邕,沉稳、优雅、淡定与智慧,都含在他的明皓双眸里。他的俊雅端庄,甚至令自惭形秽的曹操不敢多看一眼。是什么样的学习和历练使这个中年男人成长得如此完美?

每到情浓时,蔡邕喜欢奏上一曲,可手边没琴。

蔡邕手指不经意地拨动,曹操静静地坐着,好像听到"我思考,我存在"的《幽思》在空气中响起。

世事平稳,官做得顺手,添丁加口,大儿子浪子回头。曹嵩以为终于把他的人生之舟走走停停、歪歪扭扭地带进风平浪静的河道。可稀松平常的黄河水倒灌洛阳,本属天灾,却隔着八竿子打着了他,并扯上了关系,大有将他的小船掀翻打沉的趋势。

## 城门淹水殃及痴愚

六月,黄河泛滥,洪水倒灌洛阳城,城内一片泽国。窦太后,也就是被曹节和王甫夺去印绶,幽禁在云台的窦武的女儿。因为她存在,皇帝的亲娘董氏只被封了个"慎园贵人",使得父亲窦武堂兄窦绍及全家十族被灭,这就是皇权的江湖。这一切是当初欢欢喜喜入宫为妃,再被选拔为皇后的才貌双佳的窦妙万万没有想到的。从此,再未能走出过云台的年纪尚轻的窦太后,在云台上见黄水汤汤,觉得这是亲人的亡魂在召唤她团聚,可叹可怜的,以辞赋见长的又一"文章太后",终因忧愤交加绝食崩逝。

曹节等人只想以贵妃礼下葬她,以其人之道治之,这自然是皇帝的意思。士大夫们没能看明白谁是幕后主使,加上感戴窦武之德,百思为报。既然其薨时仍是太后,那就必须跟先帝刘志合葬。双方互不相让,一场丧仪之争戏剧性地演化成血腥事件。

桥玄生病,有一大半因曹节安插的阳球刺探了他所致。太尉李咸等几个商议,想要斗倒老谋深算的曹节和王甫,恐怕还得请教桥玄。李咸秘密请教桥玄后假装病重,坐在车上,拄着拐杖,对家人说:若他们不答应把皇太后跟先帝合葬,我今天就死在朝中。

朝会上,所有士大夫都愤而画押,同意窦太后跟桓帝合葬。

曹节当庭力阻:过去梁皇后娘家犯罪,另外葬在懿陵;汉武帝黜废卫皇后和李夫人合葬。窦氏罪孽深重,怎么能跟先帝合葬?

士大夫们依旧不依不饶,李咸又按照桥玄指导上书驳斥曹节,陈明窦太后跟梁皇后和卫皇后没有可比性,窦太后当初册立同宗子嗣刘宏为帝,并视如亲生。自古儿不舍母,臣不黜君。既然是皇帝,怎么能不拿太后当母亲?

不认窦太后为母亲,那就不能成为合法皇帝。刘宏为难,到底是文章士大夫,一言中的。在以仁孝治天下的东汉王朝,他不是不知道不让窦太后和桓帝合葬会给天下人留下什么样的口舌,甚至可能会危及他的皇帝位置。想想当初还是窦武用青盖车将自己接进皇宫,不能翻脸不认旧情。就因为母亲不能封后,便令上千颗人头落地,确实有点过分了。

既然皇帝改变主意,曹节等人自当顺着他的意思。

水患退去,全城洒扫,要以最整洁和干净的城市面貌送窦太后最后一程。就这样,在城南土地庙停放多日的窦太后遗骸,终于享受到隆重奢华的太后礼下葬。刘宏亲自为她举哀、斋戒,士大夫们以为胜了太监一回,且对一切悲剧的始作俑者刘宏满怀憧憬。其已亲政多时，少年才俊、聪明睿智、仁孝慈悲、明辨是非。桥玄和李咸等人揣测，是不是为陈蕃、窦武等人翻案的机会到了，应该进一步向太监们发起挑战。首先必须让皇帝明白此事在民间已有断论，但不能当朝提及。于是便派人乘着夜色，在洛阳北城墙写下"天下大乱，曹节、王甫幽杀太后，公卿皆尸禄，无忠言者"。

"天下大乱"吓唬皇帝；"曹节、王甫"乃真凶；"公卿尸禄"保护了挑战阵营的所有人。这恐怕是史上写得比较成功的"大字报"，连耳目众多的曹节和王甫都瞒过。

"天下大乱"？刘宏震怒，发狠必须一查到底。"公卿"都被骂，明摆着不是官员们干的，那还有谁有这样的胆量和见识？皇帝的借口是曹节、王甫已是众矢之的，不便出面。其实是想跟实施他的报复窦武计划的曹节、王甫疏远，上演一出"丢车保帅"。下诏着当初的皇位推荐人河间侍御史刘鯈的儿子司隶校尉刘猛追查此案，缉拿真凶。

桥玄足不出户便胜了曹节一（棋）子，将他置于险境。

刘猛赖其父荫受照顾当上司隶校尉，吃俸领饷而已，没正经办过案子。查办不力，一个多月过去，刘宏巴望得洛阳城外被洪水淹没的田地里都已经重新长出了庄稼，案子还没查出个一二。龙颜不悦，将他升为谏议大夫（虚职），让外战、内战皆老手的御史中丞段颎接着办案。

段颎有着强硬的军人气质,功封万户侯后,一直留在皇城统领驻军,跟曹节文武搭档,很是合得来。曹节使出一招"隔山打牛",段颎到任后,先不忙办案,却热衷于查找刘猛办事不力的证据,上报朝廷,刘宏不得不将他降为左校,守卫洛阳东城墙去了。刘猛被剔除,拔掉皇帝身边一颗眼中钉,曹节、王甫击掌相庆。

段颎接任,派御林军四处追捕所谓的案犯,折腾几天,仍未抓到真凶。就连桥玄家外都去查看了,除了门口台阶上长满的青苔和院里飘出的中药味儿,一无所获。前面参了刘猛,他总得办出点成绩,况且标语这事儿也该有人认账。段颎在曹节的指示下,目光落在了四面环水的雍丘之地,经过一番明察暗访,曹操及数十个太学生被举报,根据他们以往干过的种种好事之举,北门事件应该做得出来。御林军抓捕太学生和私学生上百人,曹操也在其中。曹节在太学这件事上,想"一石二鸟",既能找到替死鬼,又能震慑太学那帮师生,要让朝野明白,这世道还是太监说了算。

段颎受曹节派遣,抓谁放谁当然由他做主。曹操被抓,曹嵩焦急万分,慌忙跑去曹节家,说了十三个这事儿不是曹操干的理由。其中最重要的,逆子已经有两年晚上不外出,根本没有作案时间。

对于曹嵩这样外愚内精的人,曹节既要用又要打压。现在放曹操,还不是曹嵩的心口最疼的时候。必须把他像蚯蚓一样踩得断成数截无法再生,再将他拎起来放进草丛里。同样放人的恩情,立刻放人只能让他"记住",勒得他要死不死才松手,才会让他"铭记"。

无论曹嵩再哭成了水泡眼,曹节却非常冷静,言语含糊,说这是段颎主抓的事情,他不能随意插手。下面要进行筛选,若不是曹操所为,自然会放了他。

曹嵩刚悻悻地回到家,又有消息传来,大二的夏侯渊也被捕。

两个全被下狱,曹嵩如坐针毡,焦虑和不安深深抓住他的每根神经,对着墙壁上挂着的一张老子骑牛图发呆。自从生了曹操,就没过几天安生日子。小时候闯的祸都是小打小闹,赔钱可以了事。随着年龄增长,惹下的祸事越来越大。又摊上这事,万一办成曹操干的,他将丢官弃爵,举家流放。曹嵩的担忧不是空穴来风,他当过司隶校尉,也经历过那场震惊全国的"党锢之祸",官方审人,"屈打成招"是必备项目,需要时就得用上。

桥玄得知太学生蒙难,曹操也被捕,看来这事儿无法收场,搬起石头砸对方,却掉在了自己的脚上。连门都不出的桥玄,要家人用门板抬着他,在殿外恳求面见圣上。谁都知道桥玄这是来救学生的,皇帝更是不肯见。须发散乱的桥玄被烈日烤得几度晕厥,醒来朝着殿上大声请罪,城墙上的标语是他所为,请求皇帝治罪。

皇帝正在殿上跟朝臣议政，不甚其烦，着二十御林军将他抬回家中。桥玄思来想去，懊恼不已，看来太监的刀刃时刻都靠在他和同僚们的与脖子仅有一发丝的距离，只要稍微动一动，就会有人鲜血淋漓。

曹操和夏侯渊跟随学子、士子们被关押在黄寺狱，由段颍主持的筛查开始。首先量身高，七尺以上有可能作案，根据北门标语的书写高度进行测算。这一项刷掉三十多个，还剩二十多人，身高并不够的曹操竟然还在其中。

第二项测试字体，让留下的人把那条标语的内容写一遍。曹操很为难，没见过北门城墙上的字体，要是按照官方常用隶体来写，万一和城墙上的字体重合怎么办？曹操脑子一动，便在收笔时，将笔画尾巴夸张上翘，形成变体。

这一轮测试下来，夏侯渊被排除。只剩下六个人，很不幸，其中就有曹操。因为城墙上的字体，就是在最后一笔故意上翘。

被释放出来的士子们，有抱着家人失声痛哭，也有用马车来接自家子弟，黄寺狱门口继上次"党锢"之后再次熙熙攘攘，车马喧腾。

在狱外焦急等候的曹嵩看到只有夏侯渊出来，着急得连连顿足：完了，完了，这下完了。

## 宦海险恶敬意生

"外战内行"的北地太守皇甫嵩因"党锢"正被关押在此。他本来想要查办作战不力、弄权使诈的副将陶谦，谁知被他反咬一百口。将自己所犯罪行全部颠倒黑白，添油加醋地演变成皇甫嵩所为，向朝廷参本。太监们不问是非，将皇甫嵩抓捕入狱。陶谦花重金收买办案官员及太监人等，致使他状告无门。"现行政治犯"皇甫嵩因态度强硬谩骂太监，仍在狱中，不得假释。此人将和曹操有一段不浅的缘分，但最初却源于关押在同一所监狱。

最后六个人被戴上枷锁，相互间拴着铁链，步行来到洛阳城北门。这是汉代经典阙式门，两边高大的门楼上有阙楼，士兵们站在里面瞭望城北周围的情况，随时向其他各门发出情报。

阙楼连接着城门两边的城墙，楼顶伫立着两只高大的镏金朱雀，在阳光下闪闪发光，符合汉代人四方兽的风水理念。

曹操来到城门下，仰望阙顶振翅欲飞的神鸟，那条标语的原有字迹还在。曹操和其他五人跪在地上，看着城墙上的标语默不作声。

段颖指着墙上的字呵斥:说,这是你们当中谁写的？要是都不说,把你们一个个凌迟处死。

没人敢说,狱卒们拿着皮鞭站在他们身后,段颖一声令下,皮鞭狠狠地落在他们身上。

曹操忍着皮鞭抽打,悔恨交加,第一次尝到,小聪明也能害死自己。六个人被打得躺在地上,衣服上渗出血印,连哭喊的力气都没有,死人般地横躺着。他们都被打成了青头肿脸的烂茄子,纷纷喊冤,谁也不认罪,最后被重新押回阴森、恐怖的黄寺狱。

数夜未合眼的曹嵩,思来想去,再次跑去求曹节。曹节看到眼袋耷拉,白发增多的他,就像看到一锅烹得恰到火候的肉。才这么几天,竟然老得这么快。看来已经被捏得够重,再善于玩心跳,也该让此事"峰回路转"了。皇帝那儿的嫌疑还未去除,曹嵩倒下,对他没有半点好处,让他回家拿曹操平日的书写字迹来。

曹节在上次见面就想好了的一言,令曹嵩右手背猛拍左手心:对呀,贤弟真是绝顶聪明,愚兄我怎么就没想到。

既然太学已经被折腾得差不多,曹嵩也被捏得服帖愚钝,目的已经达到,是该放手了。曹节思来想去,觉得刘猛被他"玩"得还不够,便指导段颖写报告,分析太学生没有理由写下那样的挑衅标语。他们有学籍,不能随便离开洛阳,若要做那样的事，很容易被查到。加上用尽刑罚，没人肯招，当无罪释放。倒是刘猛贻误时机，给真正罪犯以逃跑、隐匿的时间，似乎有意包庇。皇帝一想，对呀。其父刘鯈当初因为跟窦武相交，推荐他当候选人才被采纳。窦太后一事，只有他有这样的口气和胆量为之鸣冤，且口气也很像，其子分管皇城治安，具备先决条件。刘宏越想越对，越想越恨，简直认贼做亲人，差点冤枉了甘愿为他的皇帝大业付出身家性命的曹节等人。可怜刘猛连小小的左校也当不得了，被罢黜回乡，所有财产被没收，带着一家老小凄惨地离开洛阳。这件事就这样不了了之，曹节派专人暗中查访元凶。真正受其怀疑的人是士大夫们和被他整得丢官回家的那些人，却苦于无证。张让等人背后进谗言，令皇帝对曹节起疑，他脚下的泥土已经松动，不能再惹得口舌似剑的士大夫们刮起狂风，将他连根拔起。

政斗猛于虎，玩政治，至少要有十二分的小心，否则趁早给自己准备一副棺材。

能在风浪里站稳了脚跟的都是人精，遭遇仕途起落的也长了记性。曹节犯下的累累罪行，让桥玄等一班桢干之臣决心寻仇到底。

遍体鳞伤的曹操被抬着放上了马车，曹嵩抱着他哭得赘肉颤抖，带着没给他几天消停日子过的儿子回家养伤。

这件事，让曹操尝到自作聪明乃是这世上最愚蠢的事。以后的日子,只说真话办真事,即使倒霉自己也不会后悔。

宦海,宦海,深如大海,险如大海。标语事件让曹操真心佩服父亲。险恶官场,大多拿平民百姓练手练出真本事的权谋之官,白天是人,晚上是魔。当面是人,背后是鬼。全朝野都像群魔乱舞,群鬼出入。曹嵩却能如履平地,一举登上大司农之位,还能屹立不倒,其中定有不可言说的艰辛和不易。

曹嵩分明感觉到了儿子对他的敬意,那跟着他的肥脸转动的眼神里,装满了全身迸发出的真情意。邹氏端着烛台,有战场经历的曹嵩,非不让医生代劳,极其细心地为曹操处理遍及全身的伤口。黄寺狱那帮狱卒好像跟人类有仇,对犯人下手之狠,连当过司隶校尉的他看了都胆寒。

曹操看着灯光里的父亲,这张一直被他想要逃避和挑战的庸俗面孔,被灯光一辉映,成了这世上最值得他信赖和尊敬的模样。很快就要升入四年级的他,除了甩掉"差等生"的帽子,心智显然很不成熟。能有什么样的教育和阅历,让他最终成为一名合格的毕业生?

## 意外师资铸根基

"百无一用是书生"这句话,绝不会指蔡邕带出的这几届学生。他已经把太学治理得有另一番景象了，先生们也更能接受他和风细雨的领导方式，勤恳教学，致力于培养帝国未来的接班人。

学生们潜心修学，大多数考核成绩达到优异，还会在某些领域有所建树，曹操在即兴口赋会上拔得头筹。

公元173年春，曹操升入四年级，这是他在洛阳太学学习的最后一年。除了袁绍、袁术、张邈、胡母班，他和其他很多同学或校友也成了朋友。他未来的第一谋士荀攸已升入大二，议郎郑泰、侍中种辑、越骑校尉伍琼等，都是太学在校生。

"有治世之才，怀济世之功"，这是帝之辅弼、国之栋梁的基本要求。太学要求学生除了学习四书、五经、六艺之外，还要掌握"百工"中一两门手艺，如盖房子、箍桶、织席子等，不但能解决生活必需，还可以为百姓做一些实际工作。

所谓"百工"，《考工记》开宗明义里解释，"国有六职，百工与居一焉"。"百工"是东汉农业帝国的重要行业，它和人们的生活息息相关，也和军事等特殊需要分不开。

历代掌权者们认为：坐而论道，是皇帝和诸侯王们的分内事；实现治国之道，是士大夫们的职责；建房屋、修道路、生产民用产品、开发军工器材，就是"百工"该干的。这样的划分，类似于印度的种姓制度，但没那么明显、极端。在东汉，有些行业属朝廷专有，如冶炼和铸造。

想要帮助皇帝统治万民,至少要懂得如何跟工人打交道,知道制造一辆车、一艘船需要多少时间、多少人工、多少材料、花费多少钱。天有时,地有气,材有美,工有巧,只有这四者相互协调,才能打造出性能优良的器械来。如战国时期郑国的刀、宋国的秤、鲁国的匕首、吴越的剑,都是天造地合、材料和工艺的完美结合。对人的培养,更是全方位的,从事教育者要求学子们德智体美劳全面发展。除此之外,还有更值得学生们翘首期待的——军事课。

新学期到了一半,主讲名单还没有公布,到底谁能成为学子们期待的军事讲师?

东汉战乱频发,内乱不断。朝廷给四年级大学生设置军事课程,期待在实际使用中获得诸多好处。桥玄曾驻守边关三年,曹嵩也在大鸿胪任上前往助阵段颎,日后的皇甫嵩从战场干将到治世能臣,这都得益于太学的教育方针,每一位学生必须文武兼备,军政皆能。战时官员可以放下官印拿起刀枪,和平年代,则除却戎马坐镇府衙,做治世官员,防御地方叛乱。边疆需要,可以及时调遣,以充军用。各地从县级一、二把手起,都必须由有军事知识的人来担任,用"全官皆武"来形容一点都不夸张。统治者们尝到甜头,故对军事课都很重视,不是一流的讲师,想要给太学生上课,门都没有。

备尝教育带来的好处的实际尚书令曹节,可真不吝啬,他曾经给太学推荐过史上最牛气冲天的总长桥玄，这次又将当时最善战的常胜将军、万户侯段颍，"哄"到太学。曹节向皇帝写的推荐词说段颍既有戍边经验，又总管洛阳大区治安和防卫，内治外防都擅长。让他前往，再合适不过。

万户侯乃当今最高封户侯，贵得简直不可言说，怎么能去太学讲课。皇帝钦点他都敢推辞，曹节依照皇帝的意思，以请他品尝新酒为名，好好劝说。直到看他十来杯酒下肚，看东西都有点晃动，曹节才跟他说起授课一事。他竟突然清醒，瞪着两只虎眼说让他带兵打仗在行，没教过文绉绉的学生，万一出丑怎么办。

曹节放下筷子，语重心长地对他说：陛下很有见识，让我劝劝你。我们将来都会老，国事早晚都要交给那帮太学生们操持。军事课不是文化课，马虎不得。一流的师资，才能教出一流的人才。

段颍看向曹节，曹节见他有些松动，但也担心他没给太学讲过课，好本事使不出来，便想出个办法：你就把学生当兵带。

段颍被新酿制的烈酒熏红的眼睛立刻一亮：这我在行！

夏季学期开始，段颍要来的名单一公布，倾慕的偶像就要来当先生，这是比凌霄花开满藤蔓还令人兴奋的好消息，还想学他横刀跨马、立功沙场、封侯拜将。

蔡邕说过，人的一生也许没有好的出身，也没有能倾诉的知己，更没有相濡以沫的亲故，但若能遇到几位难得的先生，此世足矣。

曹操和他的同学们无疑是有福气的。回到家告诉曹嵩，曹嵩高兴：嗯，不错，好好学。我跟他有旧，要不要我打个招呼？

曹操大幅度摇头：不用，打仗凭的是真本事，战场上必须靠自己，我得借此机会好好学习。

曹嵩竟然乐了，这小子还真不那么混了，说话一套一套的。他知道军事课怎么上，是想要段颎照顾着曹操点，别累着、伤着他的宝贝大儿子。既然曹操觉悟这么高，那就没必要多此一举了。

蔡邕领着段颎进得教室，引起学生们一阵激动。蔡邕顿了顿才和颜悦色地说：诸位，我把你们仰慕的战神给带来了。皇帝特遣令强虏闻风丧胆的常胜将军段大人，为你们讲授一学期军事课。希望你们能好好学习，将来像段大人一样为国立功，沙场杀敌。

段颎边听蔡邕介绍，边看跪坐在他面前的十五位学生，坐姿挺拔，眼含激情。看来桥玄人走神不散，蔡邕把他的治学方针贯彻得很好。

蔡邕退出后，段颎指着讲台上的席子、蒲团和几案：把这些都撤去，换张马扎来。

声如洪钟的段颎霸气地指着学生们：都别这么跪着，起来，起来。

从小学到大学，十来年上课都是这么跪着的。学生们犹犹豫豫地站起来，助教将马扎拿到，段颎在撤去席子几案的讲台上坐下，整个教室被他当作了行军帐。刚才还有点生疏的他，顷刻间找到了行营打仗的感觉。这位当世名将，坐着差不多有站着的学生肩膀高，打着手势：从现在开始，你们，要称呼我为段将军。而你们的角色，有两个选择，谋士或武将。

学生们很兴奋，还没这么上过课呢，一开始就来真的。

段颎竖起左手：是谋士的站在这边；又竖起右手：是武将的站在这边。

结果意外，武将只有四位，谋士有十一个。曹操是武将之一，其他还有胡母班和另外两个学生。张邈及袁术站在左边，看来他们更喜欢当谋士。

段颎出身武将，自然对选择武将的学生宠爱有加，对曹操他们点点头：很好，从现在开始，左边的要在姓名前加上"末将"二字，谋士则在姓名前加上"谋"。

段颎竖起左手：报上名来。

曹操首先报名，段颎打断：不够响亮，要沉稳、冷静、字正腔圆。

曹操又报了一遍，其他学生挨着报名，师生相互认识。

人的一生就像建造大厦，根基好坏决定了未来发展。朝廷舍得拿出看似并不适合的名将授课,学生们却对准军事教学模式感到新鲜。室内热情洋溢,满屋子阳刚气,窗外高大的银杏树正在开花,即将挂果。帝国的未来,会不会像这冰川孑遗的物种般,激发旺盛的生命力?

武将出身、一等一的段大帅,问了一个什么问题,竟然问住所有学生?

## 历经蜕变难破茧

段颎问:有谁读过兵书?

这一届学生,小学在"党锢"的大背景下荒废,几乎用玩耍填塞了所有时光。大学又被桥玄狠治,为了考试能合格,拼命学习,几乎没有时间看跟课程无关的书籍,更别谈兵书。

所有人都沉默了,有的还不好意思地低下头。段颎说:若想要带兵打仗,就必须熟读兵书,随着经验的增加,每读一遍都会有新的理解。

段颎推崇《孙子兵法》,其中将军队从行军到撤退,从勘测地形到结营拒敌,从后勤到用将,从用间到阵前用谋,都解释得清清楚楚,且极具可行性。这是一本卓越的理论和实践相结合的兵家宝典。

段颖着重给学生讲了孙武的主张,孙武认为:为将者,须具备五德,进不求名,退不避罪,唯民是保,利合于主。

课堂结束,给学生们开列书目:《鬼谷子》《司马法》《魏缭子》《武经七书》《吴子兵法》《孙子兵法》(孙武、孙膑写的都要看),此外,还要看《墨子》备战篇,《六韬》《三略》。要写一篇读书论文作为考试内容。没有新意的简单罗列,绝对不能蒙混过关。"论文式"考试法,这在今天都很先进,比死记硬背一些知识更能见真功夫。

有了这么多书目,曹操他们有得忙了,整整一个月,段颖都在教他们如何理解这些经典兵书,并用实际战场经验帮助学生们答疑解惑。如此高强度、系统化的学习,以至于后来高一年级的袁绍在官渡败给曹操,被时人戏称是他们的任课先生在作战。因为袁绍的军事课程讲授者是阳球,阳球属治法行家,带兵打仗,远远比不上段颖。

段颖有实战经验,对选择谋士角色的学生们指导起来,也很有心得。谋士有具体分工,不能统而拢之。比如:有在战前从事用间;有刺探我军将士情绪;有考察地形;还有帮主帅分析敌方将领。在众多分项谋士上面,还需有一位总谋士,将各方意见汇总,再跟主帅交流,或召开大范围论战会,制定作战方针。

段颖带领学生模拟战情,将敌方具体情况公布,让学生依据不同角色,陈述作战主张。

曹操表现得相当出色,好像他生来就会,一沾就懂。其实,他的付出和努力,曹嵩看在眼里。每天晚上所有人都睡觉了,曹操的窗户还亮着灯。除了熟读和研究这些兵书外,还去图书馆查资料。曹嵩对此特得意地捋着胡子:这小子,真不愧是我生的。

曹操虽把基本功课学得很扎实,却不懂得如何集群作战,段颎阻止他突进时训斥:单兵作战既带不了军队,更打不了胜仗。我这是在培养将军,如果你想当士兵没必要到我的课上来。

段颎的批评,让曹操服气。有这般高度的先生,不愁出不了带兵打仗的将军。

第二个月,学习攻城技巧。在当时,攻取城池,仍旧是作战的主要方式。在日后的战争岁月中,攻下过大小上百座城池,唯一不能忘记段颎的教导——完城为上。

段颎将学生分为守和攻两部分。仅有曹操和袁术及其他三名同学选择了攻城,张邈、胡母班等全部选择守城。俗话说"守城容易攻城难",可只要攻城者坚持不懈,最终陷入困境的,往往是守城一方。

段颎送给守方良言:没有守不住的城池。又送给攻方警句:没有攻不破的城池。

　　学生们学习城防和攻城技巧,实地勘察洛阳城防,研究军事案例,攻守双方每日数次对阵。再激烈雄辩,毕竟纸上谈兵,这也是兵家大忌。课程还剩下半个月,就要放夏假了。段颍提出带他们去著名的虎牢关和河内城教学生们城池攻防和守关、克关。此议首先遭到蔡邕反对,学生不放假,不进行调整,会影响下一个学期学习。

　　曹节也反对:你以为你真的在带兵啊?

　　段颍坚决要求去,对曹节说:不是你自己说,要我把学生当兵带的嘛。再说,我既然要教,就要教出一流的学生。可不能让他们日后提到我的名字,就会带着遗憾和怨恨。

　　曹节苦笑,才能优异的人都比较"轴",只得点头答应。

　　要出远门,还虎牢关,曹嵩一百个不乐意。可也拗不过曹操,他知道儿子是个什么坯子,见到打架都能血脉贲张。军事课上的专业格斗、擒拿,他岂肯错过学习机会。曹嵩无奈,以过来者的姿态,用了半个时辰的唠叨叮嘱他完体归来,才肯放行。

　　五月初,段颍带领全班开赴虎牢关。此关地处洛阳东北的军事要塞,是著名的十大关之一。段颍还特地带了两名副官当教官,教学生学习骑马、射箭、驾车、搏杀、行军、扎营、急救等技巧,甚至涉猎卜卦、周易、看天气、看星象这些跟战场看起来并不相关的知识。想要培养将军,并非全都学得"高大上",最初要掌握的,恰是挖地灶、做饭、砍柴、处理伤口、照顾伤员等军旅生存本领。

这么多项目，短短一个月根本不够，段颎不得不加大训练量。烈日下，学生们吊着绳子攀爬城墙；背着沙包远足拉练；扛着木头跳进护城河；一次次跋涉过泥泞的洼地；一遍遍对准了仰角射箭；一回回驾车摔进沟里，刚烧好的一锅面疙瘩被段颎端起来倒掉，要他们忍饥挨饿接着训练……人间地狱般的集训，令学生们后悔来到这里，曹操也曾因伤痛想要放弃，但渐渐地却甘之如饴，他像鸟儿回到了天空，鱼儿游进了水里。期待经历过这次苦训，就能成长为想要成为的样子。

段颎带领学生们在虎牢关城中开展巷战，街区阻击战等战术，还教绘制城防图、城市鸟瞰图、标注街道和建筑物等，六月底，课程结束。眼看着一块块富有弹性的青春肌肉被他训练成了极具硬度和威慑力的肌腱，令他从不轻易翘起的嘴角露出了笑意。临别前的傍晚，师生在城墙上对着城内屋宇和城外阡陌喝酒，他将在西北边陲杀敌的场面讲得绘声绘色。

难得有跟偶像如此自在的场景，曹操一直想像他那样建功封侯，就问段颎要怎样做才能做到。段颎不胜酒力，脑袋有些模糊，但神思还很清楚。他看着曹操，抿起嘴唇想了想：我不知道，但当我看到边境百姓被外族强盗烧杀抢掠时，脑中想的只有一个，为同胞报仇雪恨，将强虏赶出我大汉国土，这是我们戍边军人的本分。至于侯爵，封或者不封，我都会一样奋勇杀敌。

　　段颍努力教习学生，曹操和同学们受益匪浅。这班学生中，日后出了一个魏王(曹操)、一个执金吾(胡母班)、一个豫州牧(袁术)、一个陈留太守(张邈)。

　　曹操一跨进洛阳家中的门槛，就看见夏侯渊躲在走廊里指指曹嵩的房间，看样子大事不好。

　　今天是大洗假，曹嵩正在房内捯饬，仿佛听到动静，"啪"地放下需要整理的书简，跳起来快步走到门口，想想还是双手放背后，迈着方步，出现在走廊上。这是曹操第一次离开他，他像个被掏空了蛋的老母鸡，焦躁而担忧。为宝贝大儿子担心了一个月，也念叨了一个月，全家的耳朵都被他念出了老茧。本想教训几句，却看到儿子面庞黝黑，嘴角胡须若隐若现，身姿挺拔，就连迈步也变得阳刚、沉稳，甚至有一股威慑力。一个月前走的是个少年，回来的却是个十足的"预备小青年"，小男子汉气息浓厚极了。他感觉到明显变化的，不仅是儿子的肤色，更是精神和内在的东西。

　　曹嵩欣喜得将满肚子责备变成:快去洗洗，一会儿开飧，早上让你娘给你留了一大砵红焖鹿肉。

　　曹操跳起来:啊，鹿肉! 谢父亲大人!

　　曹操把行李扔给阿才，跑跳着进院子，跟夏侯渊一起去洗漱房。洗漱间水声作响，传来一阵阵逗闹的笑声。曹嵩站在走廊上，摇摇头:哎，还是没长大。

七月初一，秋季开学，学习越来越紧张。这学期的主要课程除了"四书""五经"，还有算术、祭祀、占卜、"百工"。

不下千锤百炼之功，哪得治世卫国之才？为了不让学生们成为百无一用的书生，太学先生们制定出一套严格的"百工"课程，曹操和他的同学们又将经历怎样的历练？

## 笨鸟学飞经磨砺

军事课的苦痛可想而知，但比起"百工课"，已算是中规中矩了。"百工"是曹操四年大学生活中最脏、最累、最苦的时期。

什么是"治世"？太学教育要求它的学子们不能坐着轿子摆谱、显威风、装威严。任何官员都应该从实际工作做起。首先，郡县级官员不允许带家眷，大多生活杂务由属下担任，或者干脆自己动手。

所以，太学生在学习课本知识的同时，还要多掌握生活所需技巧。做一手好木工，砌得一手好墙，编得一手好席子、篮子，以及箍桶、凿石头、砸铜盆、支锅灶、磨镜子、打铁、铸造……

经过军事课的训练，曹操相信什么也难不倒他。在先生的鼓励下，一口气选修了好几样：木工、砌房子、铸造……能学多少学多少。

他本以为木工是力气活，可需要的技巧远在力量之上。在烈日下和张邈对坐拉大锯，劈开一根长长的木料。木头一次次倒下，锯条一次次被折断、压弯，每拉半个时辰，就要用锉刀锉锯齿，使得锯齿锋利，还要学会拉墨斗弹线，墨线没弹好，弄得满手满身都是墨汁。木工必修技，学会使用凿子、刨子、打眼、做隼、钻洞。七月暑热天气，让曹操累得跟狗似的拉着舌头散热。真是隔行如隔山，攻得了城池，未必做得好木匠。

木工课上，曹操摆弄斧子和刨子，手上磨出了血泡，身上被撞得青紫，睡觉不能平躺，吃饭拿不住筷子。好几天才做出几张摆不稳、站不直的小板凳。一屁股坐上去，摇摇晃晃散了架，整个人摔在地上。　跟普通匠人比起来，堂堂太学生连个学徒都算不上。

冶炼课上，曹操忙着拉风箱、装模作样地加炭火、看火候。手脚笨拙地从火炉里夹出通红的铜条，抡起大锤，跟张邈你一下我一下地狂砸，弄得满头满脸满身的灰尘。做出来的剑不像剑、矛不像矛，亦不像镰刀，只得放回去继续煅烧，夹出来再锤打，又做成另一件四不像的铜疙瘩。

百工课上，看到最多的就是学生们沮丧的样子和忙碌的身影。这群学飞的笨鸟，能经历熔炉锻造，成长为帝国雄鹰吗？

盖房子的课上，曹操砌的房子，门窗预留的洞口不是大就是小，还明显歪着。房顶没盖好，整个房子就坍塌下来。倒伏的土块和石块把他埋在下面,学生们慌忙跑来抢救。待他满身泥污一瘸一拐地被救出来后,二话不说,继续拿起工具重新砌墙。盖起来再倒,倒下再盖,最后土坯全部弄烂,只剩下窗、门头几块木料是整的,最终砌成跟猪圈差不多大小的房子,这已将他折磨得筋疲力尽。

任课先生并不觉得他们是在做无用功。这样的经历至少有一个好处,这帮目中无人、自以为是的太学生从此不敢轻视有一技之长的普通民众。

见胡母班编了个像样的篮子,他也来凑热闹,搞不懂经纬线怎么跳着编织,忙了半天,还是一堆胡乱的竹篾,惹来一阵讥笑。

袁术则编得一手好席子,成天跟宝贝似的坐在屁股下炫耀。从此爱上编织,无论在家还是打仗,一有空就来两手,临死睡的那张丝绸衼边的竹席就是他本人的杰作。

曹操扔下这些烦人的细活,学凿石头。十指磨出血泡,也没凿出一处直线,一个平面,圆不圆方不方的像一只石冬瓜。

从中秋节到腊月十五,差不多还有四个月。选修“百工”的学生,都要有毕业作品。曹操为难,做什么好呢?想来想去,还是觉得造一辆车过瘾。他把想法告诉曹嵩,当即遭到反对。别看一辆马车,至少需要十年以上工龄的匠人才能在熟练师傅的带领下,做些车把、横梁等小配件,连木匠都算不上的初学者,简直瞎耽误工夫白糟蹋钱。

曹操才不管他是如何坚决地反对，跟着了魔似的，每天都研究如何造车，且兴致比读书还大。

曹嵩不肯掏钱，曹操只好想办法联合胡母班、张邈，合作设计一辆马车。若设计成功，得到赏赐，他们三个可以轮流使用。

张、胡二人犹豫，曹操又鼓动他们，说了学会造车的诸多好处：能掌握车的原理，驾车马行驶在旅途上，坏了也可以自己维修。最后一条说服了二人，合作成交。

三人先去图书馆查找关于车的制造工艺、种类、用材、尺寸及装饰。选定一款立式轻车，预算比原来降低三分之二，曹嵩这才不情愿地解囊。

百工坊内，一个小小的制造室开工。他们经过前一段时期的木工生活磨合出的默契，倒还能按部就班地施工。曹操耳朵上夹着炭笔，腰上别着角尺，一脚踩在木料上，两手臂一上一下地锯木头。

造一辆轻车，至少有二三十道工序。画图纸、选木料、刨平木头、打眼、做榫卯等。造车最难在车轮和车轴：长度、宽度、精度、平整度、牢固度、圆滑度，每一处都不能马虎。新手上马，曹操三人起早贪黑，耗在小作坊里。

几个连墨斗都拿不稳的学生，居然敢造车？每天前来关注的同学倒是不少，但看到一堆看似杂乱无章的木头后，都失望地走开了,并给予断言:别浪费木料,做几个箱子给妻妾们放衣物用倒很合适。

胡母班很是不平,曹操却"扑哧"乐了:要是做不好,倒是废物利用的好出路。

选修"百工"进行中,课堂学业也偏紧。先生还要给讲解关于纺织、养蚕、桑叶的采摘和桑树栽培技术,还有纺棉、织麻、造纸等,更重要的是中医基本知识,包括草、药、思、辨、望、闻、问、切等。

在中草药是通行医疗方式的年代,学生们至少要辨别一百种常用草药,如根类、根茎类、果实类、种子类、花类、叶类、木类、皮类、茎藤类、全草类、其他类等。田野里常见草药如夏枯草、紫云英、马齿苋、一点红、长春花、臭草、益母草、鼠曲草等,都要辨别外形、闻气味、尝味道,牢牢记住草药的所有特征和适应症状。此外还有很多日常蔬菜也可以用来治疗疾病,如刀豆、白扁豆、龙眼、大蒜、生姜、葱白、芫荽、萝卜籽、茭白、莲藕、茴香、八角、桂皮、肉苁蓉、红小豆、绿豆、甜瓜子、冬瓜子、南瓜子、核桃仁、芝麻、望江南等,只要使用得当,完全可以做到无病防病,有病治病,除了疑难杂症,一切头疼感冒、腰酸背痛,都可以自行治疗。还能做个治病郎中,多了样乱世荒年求生的技能。

午后的教室内,曹操歪在席子上睡觉,梦见驾着轻车奔驰在官道上，随着龙鳞骏马跃上云端，能拥有一辆属于自己的车，不亚于想娶意中人为妻。醒来后读了几句药典上"望江南"的基本外观和功能，将竹简一扔，叫醒张邈和胡母班去百工坊。

浩繁的毕业设计，需要花费很大精力，临近毕业，到了各科学业的冲刺阶段。前面说过桥玄离开太学，还有一样计划未能实行，就是邀请社会私学名流来太学讲课，增加彼此的交流，融汇天下学说之大同。这是打开思路，拓展学生思维，开阔视野的大好事。蔡邕秉承桥玄主张，无论花多大代价，必须邀请全帝国最优秀的先生前来讲学。

派往各地邀请讲座先生的公车正疾驶在官道上。秋季学期一到，数十位声震华夏的大教授、大文豪、行内翘楚被请到太学，他们争奇斗妍，熠熠生辉，为全太学师生奉上终身难忘的"经学大餐"。

# 第六章　雕刻灵魂

人的思想里有一间屋子，里面住着"灵魂"。想要将它雕出点花样，可不是件简单的事。但若请来技艺最精湛的雕刻师，拿出最好的工具，结果会怎样？

## 星光璀璨哲学苍穹

凡是受到教育带来好处的有良知的人，都希望将教育这盘"美食"与天下共享。若总是把精英教育当作少数人的垄断，谁来建设朝廷，并使之富强安康。负责教授曹操他们古文经学的大学者卢植，日后受"党锢"牵连回故乡涿州开办私学，便打出口号：无论贵贱，皆可入学。幽燕大地，因他回乡，学术与教学声名鹊起，学风蔚然。其中就有日后成为蜀汉君主的少年刘备，乘织席贩卖之隙，听他讲课。

卢植国学渊源深厚，与曾师从马融有很大关系。他和有"经神"之称的郑玄，虽都在太学上过学，但先后追随遭贬回乡的马融。

马融字季长，右扶风茂陵人，名将马援的从孙，著名的儒学学者、经学家，擅长古文经学。少随祖父居洛阳，太学毕业。他一开始可不是个学习坏子，少年时也是个不折不扣的纨绔子弟，跟曹操"同门同类"。不知因了什么契机，令"马门浪子"回了头，成为学识渊博，名贯三州的学界泰斗。为便于教学，给《孝经》《论语》《诗》《周易》《三礼》《尚书》《列女传》《老子》《淮南子》《离骚》等作注，投奔到他门下学习的人达到千人之多。

马融是明德皇后的亲戚，家境富裕，平素骄贵，又是爹亲娘疼的"老巴子"，喜好歌舞的习惯仍旧未改，讲课时必须有美女在旁轻歌曼舞。学生们难免分心，只有卢植始终专心听讲，数年如一日。人称"名著海内，学为儒宗，士之楷模，国之桢干"。被太学征为博士，"党锢"之前曾任太学总长、议郎。

卢植讲课天南海北，知识渊博，娓娓道来，富有磁性的男中音，标准的官腔，抑扬顿挫的音调，简直令上课的学生们很是享受。

他给学生讲授古文写作类型：包括赋、颂、碑、诔、书、记、表、奏、七言、对策、遗令等。

"古文经学"多为儒家学术经典，字体用前秦古文字"篆书",称为"古文经",训释、研究古文经的学问称为"古文经学"。

早在秦始皇焚书时,六经、诸子都被焚毁。后人在山崖屋壁陆续发现一些被隐藏的经书。景帝时,鲁恭王刘馀从孔子旧宅壁中发现古文经传,得《尚书》《礼记》《论语》《孝经》等几十篇。河间献王刘德,修学好古,从民间得到不少古文先秦旧书,有《周官》《尚书》《礼记》《孟子》等。汉宣帝时,河内女子在老屋里寻到《易》《礼》《尚书》各一篇,都是古文。

这些古文经传,一般都藏于朝廷秘府,不在官学中立科目,可后来民间学者私相传习盛行,才在太学和少数几所诸侯国大学里开课。

历史上,关于"古文今学"和"古文经学"的争论由来已久,并形成"今学"和"经学"两大阵营。"两学"顶尖人才,若两股清泓,因蔡邕盛情相邀,先后来太学授课,在这座人间瑶池汇聚,造福有幸众生。众多大儒贤哲们集中汇聚,若群峰耸立,这是太学数十年来难有的盛况,连太学先生们都为之疯狂,成为大师们的忠实粉丝,跪拜门下悉心求教者比比皆是。曹操没有舍得落下任何一堂公共课,像小草般战战兢兢地立于群山脚下,仰望一座座姿态万千的山峰高入云端。越学越胆小,越学越觉得知识少。这句话用在此刻的曹操身上,再合适不过。探索"经学"这条通往哲学的圣殿之路,他那点可怜的书本知识,连抬腿迈步的勇气都没有。曹嵩发现,大儿子屋内的灯光熄灭得更晚了，常常和晨曦交接。

不论是为古典注释，还是其他种种形式的注解，是件不求回报只愿付出的功德无量的事，从古至今但凡怀着牺牲精神的贤哲学士们，在"给予"的路上默默耕耘，守着油灯查阅资料，耗费着生命苦思冥想旁征博引，为的是去伪存真，造福众生。这世界有太多的奉献方式，"注释"便是燃烧自己，照亮别人。

郑玄在马融的指导下，为诸多经书作注，使得晦涩难懂的经学经典变得更加通俗易懂。其与贾逵注释、讲解的经学经典流行数百年，成为儒家子弟推崇的"宗师级"教材。

太学培养出的学生，不但有名垂青史的治世之才，还有很多无意仕途的人，一生专心研究，成为经学典籍的传承人。若曹嵩不遇到曹节，很可能也会成为资深经学研究者。

太学梧桐栽，凤凰结队来。

蔡邕从全国各地请来不下五十位名声卓著之师，相比洛阳街头穿着奇装异服的外族使节，人山人海的开坛，公共课告示牌上快速转换的名师通知更加使学生们感到兴奋。

处于黄金学习年纪的曹操，有幸在太学接触众多经学大儒，积累丰富的经学知识，日后仕途失意时，也曾想过把自己变成燃烧的蜡烛，为古典著作注释，做一个博古通今的经学传承人。

用曹腾曾对曹嵩说过的话"凡太学生，皆能明经学之人"。

曹操沾了在太学深造的光，后曾以"能明经学"咸鱼翻身，跟这段时期内爆炸性的修为有极大的关系。

哲学的苍穹里，星光璀璨。众多星光里，总有一轮满月照耀，方可堪称完美。"经学"与"今学"属于不同流派，各有长处和弊端。那么，谁将是这场名师盛会里的那轮明月，将两派学问集大成，透过大气、云雾和树林，推开心灵的门扉，影响曹操的未来？

## 学之桢干世之楷模

曹操昨晚在作坊内忙到很晚，这会儿竟然趴在几案上昏昏欲睡，流下了口水，突然被张邈等叫起来前往广场，因为今天要授课的先生，就是昨天全太学师生"跪"来的"经神"郑玄。

郑玄字康成，生于公元127年，北海高密人。少年即以算术闻名，人称"神童"，稍长又擅长易卦，被誉为"异人"。受到地方官员杜密的推崇和赏识，在他二十七岁时，推荐前往太学深造。因其对算术和《易经》具有相当造诣，被特聘为先生。十年前大将军梁冀倒台，太监跋扈，朝政日乱，影响到了太学。颇有"异数"的他感觉不妙，毅然辞职，游学于幽、并、兖、豫，遍访名儒。师从关外"超级大儒"马融七年，父母年迈，需要奉养，回归故乡。因其博采众长,集各方学说与智慧,形成一套更深刻、更广博的学说理论。四十多岁便成为全国著名的精通"经学"与"今学"的双料大师,且无人能出其右。

再会算卦,也有逃不脱的天意。因曾经受到杜密和李膺的提携,公元171年受牵连并遭到"党禁",只得避难东莱,种田维持生计,间或教授门徒。远近数百上千人投到他的门下,拜他为师,听他讲学。

仕途无望的郑玄讲经授课,和弟子注释"十三经"。他的注释一面世,其他注解版本几乎停止使用,使传统经学进入"小一统时代"。郑玄的"十三经注"对传统文化产生巨大影响。这次是应太学总长蔡邕之邀,讲解经学经典与注释、注解。

郑玄跟同县四五十人一起遭遇"党禁",别说能来太学授课,就连洛阳的地面,他也不能随便乱踩。在蔡邕的再三请求下,上头勉强答应。郑玄接到请帖,请帖上只有一句话:先生:您一定不会让学生和我,与您失之交臂。

郑玄看着蔡邕的署名沉吟良久,去,还是不去?

太学曾经给了他无限的希望,曾经涌起过比云彩还高的激浪。那里有他和他的恩师第五元先、张公祖、陈球等的治学点滴。他是个不能随便乱走乱动的"党人",竟然能接到来自太学的召唤。多么熟悉的场景,和十几年前那次赴京目的相同,情景却相去甚远。

前来迎接他的公家马匹就在篱笆门外，不去既违背人情，更有悖良心。他带着学生不分日夜地为典籍注释，不就是想要造福天下学子吗。不能让师生失望，更不能让跟他有着同样动荡人生的蔡邕失望。

郑玄只简单收拾一下，带一名学生当随从，便骑马上路。一路上风餐露宿了半个月，才风尘仆仆地来到洛阳。这位曾经客居洛阳的儿子，却被太监们"依律"限制行踪，只能前往太学，也只能从那离开。

蔡邕为了表明态度，感激这位绝世名儒的来临，却被告知不可以出迎城外。颇觉憋屈的蔡邕要以特别的仪式迎接这位天上少有、人间无双的中年才俊。西风阵阵，也许还夹带着其师马融课堂上的丝竹管弦声。数匹快马在独木桥南边停住，郑玄腿酸脚麻地下马，站在木桥头，远望隔岸雍丘，仰望石刻"帝之辅弼，国之栋梁"，眼眶湿润。

郑玄站在桥头朝雍丘内望去，怎么连个人影都没有？

郑玄正满怀疑惑，突然看见蔡邕跟何颙各率一队师生碎步小跑趋附而来。蔡邕行礼高呼：我等恭迎先生归来。

所有人都恭敬地下跪，从郑玄脚下，一直跪过独木桥、阙门、回廊、过道。曹操、张邈等高年级学生，跪在独木桥的最前端。

郑玄赶紧上前，想要扶起蔡邕：总长大人，请起，康成（郑玄的字)怎么经受得起？

蔡邕伏地长拜:伯喈率领师生给先生接风。

郑玄再往左右看去,师生跪满道路。除了皇帝,没人能享此殊荣。蔡邕之所以这么做,不但给郑玄安慰,还要嘉奖他,费心尽力为十三经作注。他们跪接的不光是太学的一分子,还是全天下文人的楷模。

所有人都毕恭毕敬高呼:我等恭迎先生,为先生接风洗尘。

在马背上颠了半个月的郑玄被深深震撼,所有苦累抛向云霄。

先生们齐声:欢迎前辈回校赐教。

学子们喊:恭迎学长归来。

欢呼声中,郑玄的泪水澎湃在心海。

昔日被迫离开,壮游求学、遭受劫难,今又重新踏进太学的怀抱。走得再远的学子,也思念母校。在郑玄的一再要求下,对总长蔡邕行三跪九拜大礼。这是学子对母校的敬爱,和对师长的崇敬。郑玄极其规范、庄重地做着每个动作,看得学子们眼睛都直了,这哪儿是从东莱来的私学先生啊,其言谈、举止,大概只有蔡邕能比。

这还是曹操第一次跪在独木桥上,迎接一个看上去清瘦挺拔,年纪不大,两鬓却生了白发的人。他疑惑这位被喻为“经神”的郑玄,真有那么神吗?

## 坎坷"经神"几多艰

郑玄在场中坐定,二百多人的课堂,加上一百多要求听课的先生,原先的公共课堂坐不下了。

郑玄既有太学求学、教学经验,又远足数州,熟谙风土,拜访各地名儒。丰富的经历是人生之简,一片一片连接起来,使他这般年轻,就已经显而易见地厚重圆满。他镇定地开场:很有幸能跟诸位见面。太学就像燕子的旧巢,令我思归。可惜风雨阻路,春也无消息,使得远飞的燕子,只能在梦里与故园相聚。

沉重的开场,却被郑玄描述得云淡风轻,就像在讲述一只真实的燕子。可他话锋一转:可我不会迷路,我曾经是求教的学子,也是从教的先生,太学留给我双重记忆。我想,蔡总长的信里一定是装着春风的,因为终于让归途受阻的燕子,回到了故地。

师生们响起一阵阵热烈的掌声,没想到贤哲的情怀,却充满人性的温暖。知晓内情的蔡邕抿着嘴唇,点头赞许。

郑玄说:这里是每个太学人共同的精神家园,这是我生命中最值得记忆的事。因为,无论我这只燕子飞出去多远,仍旧回到了这里。

场上掌声欢呼声，震得树洞里的甲虫从梦中惊醒。秋叶一如春花，开满雍丘内外。"环璧"河里的清波正和着天上云影的脚步微微起舞。云把身影投进水心，就像心与心的缘分，即使短暂的相遇，也要爱得彻底。

秋日的斜阳，单薄透明。人很难不在这样的明媚里融化了自己。场上无论是听者还是说者，都将怀念这样的午后。郑玄稍稍抬头，嗅了嗅阳光的气息，淡淡地说：人出生后，不能依靠自己的能力长大。需要母亲哺乳、家庭资助、社会关爱，以及师长们的帮助。故而，任何有能力、有担当的人，需随时准备为亲人、社会、朝廷尽一份责任。希望你们毕业后，不要烦恼当官大小，俸禄多少，是实权还是虚职。要知道，我们都是大汉的子民，应该像树林、草地那样紧密相连、团结友爱，像草木用绿荫和生机回报土地那样，认真学习、辛勤工作回报社会和家庭。想要从仕的学生，就该明白更多道理，才能为朝廷效力，为苍生祈福。

郑玄端坐不动，泥塑一般，淡青色布衣折纹在阳光下透出一股暖金。那是他的情怀，他的爱，包含着对生命的赞美，直如圣人在世。

他也跟古今中外众多大哲学家一样关注学习：人的一生都离不开学习，即使到了临死前的那一刻，也要用学习的状态告别人世。那么,该如何学习?我想与诸位分享数十年来的心得体会,希望能解释"学习"这两个字的含义。老子曾说:"人法地,地法天,天法道,道法自然。"也就是人应该学习大地,以此类推。那么,人怎么跟大地学习,学习大地的什么?

天之德,以覆万物,地之德,以载万物,天地之德,大德不言。人要学习大地的无私和给予,无求亦无欲……那么,地怎么跟天学习,学习天的什么?天之广大、无穷、无边无际,天之胸怀,天之造化之功,天对于大地和万物的爱拂。天法道,道又是什么?道是比天更大的无穷,比尘埃更小的微粒。道从无穷大至无穷小,道是若黑夜般的隐秘,道是四季轮回,生生不息……

就像反对派们抨击的,"哲学就是听不懂、想不通、看不透",就是虚无、废话,什么都没说。曹操和很多人一样,脑子有点晕。郑玄讲的内容理解起来有点困难,难道这就是"经神"的精髓所在,哲学的魅力所在?

郑玄将深刻的道理一点点剥开:老子所言"人、地、天、道、自然",看起来有层次高低,实则可以相互转换,随意连接。人可以直接与自然产生联系,学习自然的广博与多姿。我们的身体有高矮胖瘦,还有皮肤和衣服包裹,心灵却可以有无限的自由,神思潜入深渊,飞向天宇。老子所言的自然没有边界,而是相互融合的整体。先贤们的思想看似难以参透,始终蒙着面纱,带有神秘感。其实他们一直和时代一起成长,共同探索人生最根本的困惑:生老病死,爱恨情仇。人活着,终其一生,不过是为了得到世人中肯的评价。所以人们从年轻时就该努力,让自己拥有善良、真诚、豁达、理智等令人称赞的美好品质,并努力保持,直到老去。

广场上再次响起热烈的掌声。好课多长都嫌短,差课一句也嫌多。一个时辰过去,没有人走开。

郑玄乃注释界泰斗,任何一场演讲都不能避开他对"十三经"的认识:我所理解的"十三经",包含修养、教育、约束、监督、完善。历史遗留下来的学术经典,使我们通过学习完善自身,具有理想人格,达到至善、至诚、至仁、至道、至德、至圣,内外之道完美结合,获得对自然规律了然于胸,进可做事为民、退可守身自修的达观人生。

不以物喜,不以已悲,遇到逆境,要像万物等待春天那样具有耐心,遇到顺境,要像天地那样一日两重变化,像四季区分般,审视自己的作为。

"自我"的觉醒和完善,有顿悟,也有循序渐进的彻悟,这个过程有开始没有停顿,结束在告别人世的那刻。很多人一生无法完成,但这并不妨碍有志探究规律的人们的热情。

人有情,才会感到天地之情的存在,若胸中无情,万物皆成无情之物。天不老,但不代表无情。人会老,但不代表有情。

无论痛苦还是幸运,人都会在爱和被爱中老去。我将用我的衰老和死亡,跪谢我曾经获得的生命。

场中一片沸腾。

郑玄说:最后,感谢伯喈总长,没有让我和诸位失之交臂,成为今生幸事。太学生涯,是我的人生中不可或缺的重要历程。我感激太学,感激教授过我的贤哲们。从今开始,我希望能和你们行走在参悟"自然之道"上。

讲座结束,仍有师生围着郑玄交流。蔡邕微笑着带郑玄向总长室走去,当郑玄走到门口,发现数年不出家门的桥玄竟然坐在里面。虽时隔十几年,容颜已改,但桥玄那标志性的剑眉,让他一下子就认了出来。当年洛阳一别,两人还是中年和青年,今天再聚首,都向各自的生命归途递进了一个台阶。郑玄脑中一片空白,小跑膝行过去,跪地伏拜,泪水欢腾:先生,您怎么来了?

桥玄扶起郑玄,无畏地笑道:他们不让你走出这里,我可以走进这里啊。

蔡邕悄悄地退出,让久别重逢的故交,好好追忆离愁别绪。

一个为"党人"复仇,丢官落马,一个是现行遭禁的"党人"。刘志、刘宏二朝发起的"党锢",对普天之下士大夫施行残酷、彻底的精神摧残。切断他们的报国之路,这对于"治国、齐家、平天下"的士大夫们来说,活着无异于死去,甚至更痛苦。

彻夜长谈，令二人憔悴许多。郑玄所说的各地遭禁士子的情况，比桥玄了解到的还要惨烈，自杀、自弃者数不胜数。桥玄愤恨难平：只要上天给我机会，我要用这把老骨头，砸碎"党锢"的枷锁，还天下"党人"公平。

郑玄此行，如惊鸿一瞥。来回路程花费一个月，却只允许在太学待三天，时间一到悄悄离开洛阳，奔赴东莱。

历代帝王无数，"经神"郑玄无二。他的坎坷人生，开出仁爱之花。太学刮起一股猝不及防的继蔡邕"雅"风之后，强烈的"经神"风，且影响深远，经久不息。学生们称呼他的字"康成"，整日"康成说了；康成不会这么认为；康成若在的话；我们康成"……还组织"粉丝"团，研究他的游学经历，给他写信、写文章、提问题，尤其对有着千人之多的郑氏私学感兴趣，仅有郑玄一人，学生却比太学人数多两倍半，那是怎样的结庐苦读的壮观。有郑玄这样的"巨星级"教授，东莱南山下一定会是学术的乐土。学生们还给郑玄邮寄用具、钱物，帮助私学的学生。从东莱到洛阳的驿站，邮包猛增。曹操甚至想远涉山水，去东莱追随他。

当铁杆"郑粉"曹操跟父亲再次提起想要去东莱，气得后者指着他骂道：没安稳几天，你的老毛病又犯了。

## 来自灵魂的声音

曹操跪在席子上，不再像过去那样混不吝，诚恳地对曹嵩说：父亲，儿子想追随郑先生读书做学问，与天地为伴。儿子确实不想做什么官，连窦大将军都被杀，十族遭灭……他可是最大的官，竟能遭此厄运。此前还有梁大将军、邓大将军、桥总长，好多好多大官，他们都被抄家，被灭族了。

曹嵩叹息，看来曹操曾打了窦武一拳，还打出惦记和惋惜来了。桥玄从官场二号人物一跌到底，也会影响他对官场的判断。不过这小子一口一个"儿子"，倒是学得规矩。他是没尝过当官的好处，再加上郑玄那人间少有的盖世才华，加上到哪儿都能吸引众多追随者的盛况，对他造成了片面影响，一时想不通也是有的。那，用什么理由来打消这浑小子的念头？他一根筋，真要动了心念，偷跑到东莱不是没可能。曹嵩是过来人，也曾有过"追贤梦"的他，突然意识到，时间能帮他解决问题，一改愤怒，非常和气地说：那行啊，你这样想很正常。不过，最好等你毕了业再去，你仰慕的郑先生不也在太学深造了多年吗？

曹嵩的话，像紧闭的栅栏突然打开，令曹操这只涉世不深的小公羊犹豫不前。曹嵩又来了招狠的，从袖子里摸出心肝宝贝钱袋子：拿去，买些刀、笔、墨块给郑先生寄去。

曹操惊讶且意外地捧过曹嵩从不示人的钱袋子，感激得连连大幅度颔首：谢父亲，谢父亲大人！

曹嵩看着曹操快活得小狗似的摇头摆尾地离去，得意地欢笑。这招可不是他的创意，不过是照抄曹腾当年的做法罢了。

郑玄之风长刮不息，曹操却被曹嵩稳住了"阵脚"，把精力投进学业。再说，继郑玄之后，不断有各地名儒前来授课、讲学，使得原先古板、僵硬的课程多姿多彩，连教员们上课都改变了往日填鸭式的念经做派，课堂形式灵活多了。

"音"与"乐"是士大夫们的必备修养，是调节身心的良药。这点已被当今科学证明，在曹操时代乃至更远的古代，就已经非常重视对高等学子的音乐培养。

这方面蔡邕是专家，音乐课自然也非他莫属。古人认为，一切真实的存在都具有象征意义。音乐也一样，不光发出的悦耳动听的声音，还有它的寓意和本质。

音乐教室内，靠墙壁摆放着巨大编钟，一共有六组三层，架子上摆放着各种当时流行的乐器。如青铜乐器：铙、钲、钟、铎、铃、钩、镈于、鼓等；弹拨乐器：古筝、筑、筝、箜篌、古琴、蝶筝、玄琴等；打击乐器：鼓、锣、钟、磬、木鱼、铃等；吹奏乐器：箫、笛、唢呐、笙等。它们像静立着的长相各异的人，发出迥然各异的美妙仙音。

几乎除了祭祀就只有在各式典礼上才能听到音乐的曹操，对音乐课感到好奇又纳闷。音乐的世界充满神秘，蔡邕说音乐和算术、易经、医学等，属于自然科学。它的声音源于自然，进入耳朵，生发于心。宫、商、角、徵、羽，就像五个从天上下凡的神仙，依着一定规律相互配合，从演奏者的气息里、手里流淌出千万种旋律。

不就是吹拉弹唱吗，竟然有那么高尚？这般有高度的音乐课，大约也就蔡邕能教得出神韵。

他带领学生们认识乐器的种类，重点讲述了乐器中的"王者"——编钟：其发声原理乃是用小木槌敲击钟体，和空气共鸣，发出声音。钟体小，音调就高，音量也小；钟体大，音调就低，音量也大，所以铸造时的尺寸和形状对编钟有重要的影响。编钟铸造的质量高低，代表着中国最先进的铸造水准。

编钟需要铸造，钟体大小需要计量，钟的数量和变音越多，奏出的音乐越细腻，一组六十四钟能敲击出如同人的歌喉的完美声音，所以它又叫"歌钟"。

蔡邕对眼前这套编钟甚为钟爱，动情地说：所以，编钟是个庞大的家族，他们讲究各个成员之间的协调，每一只钟只有一种恒定的声音，几个音阶的钟的和鸣，才能发出世间少有的天籁之音。所以想要做一件小事可以依靠自己，想要做件大事，必须很多人齐心协力才能完成。

没想到钟的道理还能跟做人做事联系在一起，使得曹操对乐器有了一些兴趣。怪不得"钟鸣鼎食"乃富贵之家气象，他们得到的多，知道的也多。就像大钟，财富越多，位置越高，越深沉、越稳重。他被自己的想法小小鼓舞了一下，认为全帝国最高不可攀的人，就像段颎、窦武、桥玄。他家那位九卿之首的大司农，全帝国排第五，如假包换的高官，却始终入不了他的"神仙谱"。

蔡邕接着给学生们讲解关于五音的来历和意义：天有五行、地有五方、人含五常、乐有五音。古人认为音乐由人的心灵发出，是内心有感而发，所以会用声音表达出来，这就是声音。和平时代的音乐安静祥和，乱世的音乐隐含怨恨和愤怒。

"音"中的"乐"和人的心灵以及当时的政治相通。宫为君、商为臣、角为民、徵为事、羽为物，五种事物按照秩序排列，不能错乱。

"宫"乱就会发生慌乱，君主骄横无度；

"商"乱会失去平衡，文武官员发生叛乱；

"角"乱就会产生忧虑，引发民众怨恨；

"徵"乱就会萌生悲哀，国事不断烦扰庶民；

"羽"乱就会有危险，说明朝廷财政枯竭；

若五种音色都乱，相互之间就会产生征伐和杀戮，国将大乱，离亡国的日子不远了。

音乐是人类独有的事物,除人类之外,万物只知道声,不知道音。凡人只知道音乐的声音,不知道音乐所隐含的道理,只有君子能知道"音"中有"乐"。

这哪里是音乐课,分明是一堂理论水准极高的哲学课,只不过是用音乐做关联。万事万物都有内在的联系,曹操从音乐课里找到了答案。若无名师,也无名校,这样的道理,即使让他再活几辈子,也不一定能明白。他直抒见解:音乐只是唱歌弹曲,又何必这么高深?若都要把简单的事物理解成深奥难懂的道理,人活得岂不很累?

蔡邕告诉他:人对事物的理解有多方面,也会有多层次。不是每个人都需要像思想家那样思考,但他们的思辨是连接万物和自然的桥梁。我们借助他们的理论,既对事物有深刻广泛的了解,又不需要像他们那样颇费神思。

这样的解释,很令曹操满意。哦,原来是这样。贤哲名儒们连接着人间和上天,是诸神的代言人。那就能解释为何连皇帝都敬重孔子、老子,将他们奉若神明了。

蔡邕继续讲课:"音"有无数种,所以会产生不同的"乐"。相同的音、乐合在一起,相互亲爱,不同的声音,只要编排得当,也能相敬如宾。只有发出相同的声音,才能合成一流。博大的音乐应该与天地一起唱和,像四季一样轮回,使万物和万民得以生、养、成熟。

　　"音"是万物本性之声，"乐"即万物和畅之音。音乐合奏，万声齐鸣。天地和谐，万物兴荣。光知其音，不知其质，实乃一大憾事。

　　"歌以咏志、歌以言志"。人的一生，无论是开心还是快乐，痛苦还是迷茫，都应该发出灵魂里最真挚的声音。上天能让我们拥有歌唱的喉咙，弹奏乐器的手、口，我们为何还当它是隔岸的过客？音乐是良伴，似知己，如深交，不应该被当作客人，需要就请来坐坐。音乐也不是茶楼酒肆里的说唱，它是住在我们内心的挚爱，奉劝诸位一生都不要抛弃，音乐带给我们的养分。

　　蔡邕抱出焦尾琴，清水洗手三遍，给学生们弹奏一曲《渌水》。如诗、如赋、如歌、如颂的音乐课，令学生们沉浸在缭绕琴音里。时间若能永远停止在这一刻，该有多好。拥有绝世才华的蔡邕，弹着古琴，奏出内心的声音。琴音时而深沉似海，时而轻盈若仙，包含他对往昔的追忆，未来的向往，和对如水岁月的祭奠。

　　古时对英雄男子讲究"剑胆琴心"，上完音乐课，就该进入下一个单元，什么样的课程令曹操和同学们如入地狱？

## 千锤百炼太学生

统治者们并不拿"野训"当回事,同意开课无非是想折腾那些官家子弟的体肤。教育者们却认为开这门课很有必要,对待青年学子,不但要用知识充实其灵魂,还要用困境磨炼其心智,就像将灵魂裹上铠甲,承受得住摧毁的打击。

太学的野外生存训练闻名于世,练的都是官家子弟,家长们心疼,坊间谈起来却觉大快人心,好像对少年公子哥们惩罚性的折磨,是他们亲自干的。

曹嵩是过来人,只要邹氏给曹操准备了衣物。不知内情的邹氏怕曹操路上挨饿,偷偷准备了几个麦麸饼夹在衣物中间。

要去野训,曹嵩特地送儿子到门外,跟个娘儿们似的不停地唠叨,大体意思是别跟教官过不去,野外缺少食物,不管什么能吃闭着眼也要咽下去,当心别磕着碰着,受了伤别逞强……

对即将到来的野外生活充满向往的曹操背着包裹,耳朵几乎都被塞得溢出来了,不耐烦地说:啊呀,父亲,您都叨叨好几天了。本初都说了野营很有意思,您根本不用担心。

曹嵩见曹操像出去旅游般兴奋地跨上马车去太学,无比牵挂地掂着脚,目光一直把他送到东街西口的牌楼下。转身看看东边,刚拂晓,朝阳未露,看来还在世界的另一边扮演着黄昏的主角。曹嵩极其担忧,不知道这回会让这浑小子遭什么罪,他倒跟去远足似的,有得他哭的。

曹嵩是想说,如果知道教官是谁,就可以提前打招呼,好对曹操有所照顾。可这就是太学的高明之处,官家子弟娇气难带,不是一般的难。能将孩子送入太学的,至少四品以上官职,各郡一二把手的子嗣略加照顾,剩下的就是皇亲国戚太监养子养孙。若他们来找教官说情照顾,这课还怎么上?

曹操这一路那叫一个兴奋,袁绍确实说生存训练很有意思,尤其是睡在天空下,闻着秋草香气,听着漫山遍野的虫鸣,那叫一个惬意。所以,曹操不但不担心,反而很期待。身心涌动的热液,令他感到兴奋,大自然在对他的原始野性发出邀请。

太学广场内,曹操及全班已集结完毕,三五成群谈笑说逗着憧憬即将到来的美好旅程,等待教官到来。只听得独木桥被踩得咯吱作响,学生们纷纷翘首探看,什么情况,谁啊,这么重,五寸厚的独木桥板都经不起这人的分量?

学生们看到天将一般的年轻人朝太学走来,身高两米开外,腰围四尺以上,体重将近三百斤,一步跨出两步大。独木桥被他踩出节奏,一定是忍着疼痛硬扛着,仍旧发出嘎吱嘎吱的哼哼。

天色还早,学生还未上课,此人在此时出现,不会是……曹操等人快速对视，目露惧色。

此人正是这次野训的教官，乃颍川太守司马俊之子司马防，任洛阳右尉。其家学深厚，七岁便在颍川诸侯国立小学读书，十二岁被照顾入太学大学部深造。毕业后，因其文武双全，典籍学识突出，从颍阳长调至洛阳任右尉，掌管洛阳西部城防治安。

只比曹操年长六岁的司马防，已经从仕多年。这么大的块头往那儿一站已是威严肃静，再听他说话，字正腔圆，真的、真的是那种掷地有声，学生们被震得耳膜疼。脚上穿的鞋跟澡盆似的，至少四十八号，要被他踹那么一脚，这些发育未结束的身板半天也站不起来，若被他那蒲扇般大小的手掌扇上一巴掌，定会耳膜穿孔，七窍流血。关键是他手上拿着的那根鞭子，九股牛皮编织，每一下都能打得人皮开肉绽。学生们想象着各种被惩罚的场景，再看看司马防这副身子骨，已经胆寒，像一只只小野兽纷纷背着行李站好队伍，听雄狮发令。

司马防手握鞭子，做个简短的自我介绍：记住，我不会随意惩罚你们，但谁要不听从号令，那就只有让你们的皮肉尝尝……我的鞭子。

学生们刚开始的激情，全被司马防这副尊容和他手中的鞭子吓得胆战心惊。

司马教官的第一个命令：打开你们的包裹，扔掉所有食物。

学生们面面相觑，好吧，他让扔就扔吧，也许是为了行进需要，路上一定有卖东西的店铺，只要有钱就行。

刹那间，学生们弯腰撅屁股翻包裹拿出吃食。地上像开了个食品摊：烧鸡、腌鹿肉、晒鱼干、面饼、米饭团、馒头、芝麻酥……

这群吃货边扔边觉得可惜，发出小声抱怨。司马防又下发第二个命令：扔掉所有钱。

这下，学生们傻了，怔了怔。想想也对，咱出门还用得着拿钱买东西吗，随便去一个官驿报上父、祖姓名，要什么没有啊。

曹操这才明白曹嵩不让邹氏准备干粮，是根本用不上。至于钱嘛，也不多，十几个五铢零花钱就放在袖子里，拿出来扔在一边。

司马防的第三个命令：所有人必须听我的命令，不得随意，违令者……

真不知道他是怎么把这股作风带到生活中的，此人不苟言笑，在清艺馆也板着脸正襟危坐。日后生了八个儿子，他不让他们进屋，谁也不敢进。不让他们坐着，就不敢坐。时人都说他家教严格，事实上，光这副身子板，就令望者胆寒。

九月初三早晨，司马防带着全班出发。队伍出了洛阳城南门，太阳才从东边露脸，扮演天空的主角。晨风习习，天空湛蓝，学生们个个神清气爽，真是个野外郊游的好天气，可已经有人喊累。一直走到早晨八九点钟，该是开饭时间，走到两边树林间，司马防才让大家停下来进餐。可前不着村后不靠店的，钱粮都扔光了，拿什么果腹？

学生们累得七倒八歪，司马防一声令下，不得不相互搀扶着站起来听令。曹操把包裹坐在屁股下面，渐渐闻到包裹里有香味。打开一看发现几个麦麸饼，跟袁术、张邈等一阵小激动，刚想拿起来吃，就被司马防发现，走过来质问曹操是怎么回事，学生们把他俩围在中间。曹操也纳闷把经过解释一遍，司马防挥起鞭子抽过去，曹操被打得像触了电般猛地跳开。只感觉后背撕裂了般火辣生疼，连眼泪都快被抽出来了，脑袋嗡嗡作响，司马防还催命似的喊：叫你私藏食物！

当司马防再抽第二下，曹操竟然敏捷地抬手拽住他的鞭子：我都解释了，为何还要打我？

司马防喝道：无心之过也是过，若两军对阵，你带着敌方偷塞给你的离间之物，就不是一个巴掌这么简单了。

曹操放开鞭子，昂起的头这才低了下来。司马防将麦麸饼扔在地上，碾得粉碎。让学生们整好队形：野外生存训练，就是吃住行都要利用野外的一切。这是生存训练，不是带着钱粮来旅游，那只能是野外生活。你们必须找到一切能吃的，延续自己的小命。若不然，只有等着饿死！

学生们傻了眼，有的眼泪都快出来了，这哪儿是上野训课啊，简直是真练。司马防做出示范，摘下几片树叶放进嘴里，吃得津津有味，还真咽了下去。傻眼干瞪着的学生们却没几个愿意吃那些东西，只能饿着肚子走完下面的路。从中午走到太阳拉上夜幕，给地球另一边的人们扮演朝阳可爱的笑脸，司马防才下令休息。秋虫们夜的音乐会已经即将开始，好像在调教音准，不时地奏鸣几声。旁边蜿蜒小河水波平静，像睡去的孩子。学生们一听到命令便倒在地上，浑身像散了架。油松林散发浓烈的体香，都钻不进这群累极了的年轻人们的鼻子。

司马防把鞭子抽得啪啪响：起来，都给我起来！

学生们不得不像负重跌倒的驴子，挣扎着从地上爬起来，强打精神，早晨说笑嬉闹的光景成了美好的记忆，这一天过得比任何一天都艰苦卓绝。曹操身上被抽的鞭痕肿得厉害，怨极了袁绍，居然把野训说得那么美好，什么流星、芳草的香气，统统都是骗人的。若袁绍在，他一定会扑上去狠狠地咬他几口，回去就找他算账。

半个月的野外生存训练，从开始的劳累、生涩，到后来的狂欢和适应，中间经历了痛苦的过程，鞋走烂了，衣服刮破了，病倒了，中毒了……野瓜、野果、野菜、虫子、鸟类、兽类、蛋类、草根，只要能吃的，都找来吃。

这群王侯公子在没有人烟的深山里，过着原始人的生活。后来倒也慢慢适应了，好像满世界都是能吃的东西，还学会了钻木取火、自制弓箭射击鸟儿、瞄准野兔投掷标枪、下水捉鱼、认识毒草和毒蘑菇……

远离都市，他们过着盖天睡地的纯粹生活。袁绍的描述变成了现实，原来每一种东西都是有气味的，石头、泥土、树木、花草，都有它们独特的体香。曹操从此爱上了旷野，甚至觉得睡在屋子里是远离了自然，辜负了虫唱，暌违了璀璨星空。

就在他们感到适应的时候，司马防半夜放火烧毁好不容易搭起来的窝棚，烟雾弥漫，人声混乱，食物来之不易，都想带出火海。曹操扶出生病的胡母班，回头去拿白天采的木耳和一只獾子腿，还没站定，就被司马防飞起一脚，连人带食物踢出好远。

曹操痛得爬不起来，司马防举着火把吼道：给我站起来，你个孬种！水火无情，首先想到的就是保护性命。命都没了，还想着吃的。难道你们的性命比不上那些吃的？所有带食物逃跑的，自扇二十个耳光。

黑暗中传来"啪啪"声，司马防喊道：狠狠扇，才不会忘记！

扇耳光的声音大了许多，有人哭出声来，司马防跨过去，一脚踹倒委屈的袁术：号什么丧！

相信这些学生永远不会忘记司马防的教导：危急时刻，保命要紧。

当一心巴望的野训结束之日到来时，司马防的话音刚落，学生们却发了疯地哭泣呼喊,发泄这半个月所受的苦痛。司马防抽得鞭子啪啪响:都把嘴闭上,日落之前,抵达洛阳。

学生们相互拥抱跳跃,欢庆地狱生涯的结束。又是一天长途,极速行进了八十里路,终于赶在城门关闭前回到洛阳。

曹嵩早就坐着马车等在太学门口,当看到衣衫褴褛,头发蓬乱,面庞黧黑瘦削的曹操时,竟然心疼得双手颤抖,上下查看他的身体有没有受损。当看到曹操身上长长的鞭伤,又恨又心疼:好个司马防,心真狠,怎么下得去手……

马车启动,曹操安慰父亲,是他犯禁,跟司马教官没关系。

这个令曹操和同学又爱又恨的司马"魔",没人愿意再跟他有交集。地狱般的野训已经过去,即将到来的课程,又将怎样?

## 此生遗憾未筑城

秋假结束,冬季学期开始。最后一门重点课程"筑城"的任课先生,竟然是桥玄。顿时引起轰动,学生们争相目睹这位离职的总长。事实证明,他和蔡邕的努力有了成效,在校生的整体素质和教学质量大幅度上升。

全班正襟跪坐等候久违的前总长,那个被一阵"竹简雨"送走的失意人。曹操尤其激动,不时朝门口张望。靠窗口的学生们一阵骚动,见到蔡邕在前面引路,桥玄跟随其后迈步而来。

由新总长带着老总长前来授课,令学生们心生敬意。蔡邕和桥玄一前一后走进教室,学生们下拜高呼:恭迎二位总长。

蔡邕微笑点头,桥玄很激动:没想到你们还认我这个总长。

蔡邕:这位任课先生,已经不用介绍。不过,他的筑城经历,想必你们并不知道。

学生们异口同声喊:知道!

桥玄发笑,略显尴尬,学生们一定指的是他那四年劳役。

蔡邕退出,桥玄在讲台坐定,看着学生们一张张成熟、智慧的脸,冷静、积极的眼睛,苍老的脸庞露出几分欣慰。四年前他们还是一年级游荡失度的学生,如今从他们坐直的身姿中能看出,这窝鹰雏,已经准备好了——飞向帝国的天宇。

曹操朝桥玄望去,脸上的皱纹更深更密,看来失去幼子令他打击很大,须发全白,身形羸弱。曹操并不知道,桥玄隐居闾巷就像猫躲进暗处,才能看清老鼠的踪迹。绝宾客往来,是想躲过曹节耳目蓄势待发,一举扳倒曹节等人,若不成功,也不会连累其他人。

桥玄的开场白:诸位,想不到,我们又见面了。

虽桥玄离开太学时,学生有叫好,有扔竹简的,但几年下来,却转化成对他的感激,回答他的是一阵充满善意与感激的掌声。

桥玄又说：我桥某，对做官的热情一般，但却跟狼酷爱吃肉一样，喜欢教书育人。所以，不顾老脸丢尽，再次来到了这里。

学生们喜欢这样的率直、幽默，又响起一阵掌声。

桥玄继续说：你们学了攻城，还不知道筑城。攻下城池后，毁坏的城墙和诸多设施总得要恢复。具体怎么做，将由我来教你们。

桥玄曾因劳役判罚，当了四年筑城苦工，后又任司空，从事城池建设到园陵规划等，请他来给学生授课，再合适不过了。

桥玄说：你们将来大多可踏入仕途，为皇帝效力。无论是州牧还是郡守或者是县长，都会接触到城池，多的达百十座。任何官员，都应该懂得筑城的工序和维修，保护一方百姓平安。

学生们听得津津有味，好像看到未来的自己在指挥民工挑夫们修筑一座新城。

看来桥玄这几年关门在家不见客的孤独时光，未能使他的宝刀老去：但凡建造城池，均会涉及资金、人力、地理环境、城池设计规划、城内构造、防务、天气、时间、自然灾害、给排水系统、道路设施、地基构造、消防、区域划分等诸多相关知识。我朝历史悠久，江山永固，裂土封王，植树划疆，世袭数百年，朝廷兴盛，内乱不起。能建造一座新城，上至帝王，下至庶民，是男子汉大丈夫一生的梦想。

学生们被桥玄说得激情荡漾，桥玄却话锋一转：什么是筑城的首要因素？

什么样的回答都有，他都摇头，说：筑城的第一要素是这座城池是否需要建设；第二，朝廷是否批准。除此之外还要注意，皇都、国都（诸侯国）、州府、郡府，从城墙的高度到城池规模都要严格按照建制，切勿逾制。你们不要以为筑城就是建一圈高墙那么简单，从外城的周长、高度，到内城的道路、房屋、水系等系统规划、设计，再到耗费砖瓦、土方、木料、石灰、桐油、糯米汁等，运输工具小车、箩筐等，再到防御工事的地下工程计算，还有民工安置的房屋、锅灶、衣物、鞋帽、钱粮、米面……

桥玄感慨，他空怀一身技艺，却无缘筑城，四年城工苦役光跟小车、泥框打交道了，最算得上的也不过是皇陵修缮。

曹操和同学们起初设计的图纸显得幼稚、很多地方欠缺考虑，他手把手教习，不厌其烦，耐心解释，直到学生们心领神会。无不惋惜地说，他的愿望就是想要建造一座理想中的城池：左右对称、街区分明、道路和给排水系统齐备。花园回廊串联千户，屋舍万间遮蔽宗族故旧。筑城自守，积粮满仓，三年不破；建两座十丈高台远眺，方圆三十里，贼兵无从遁迹；城中地道直通城外，补给不断；守城者坚守不移，攻城者无功而返。可惜，此生难酬志愿，希望学生们将来能有机会。

桥玄的目光落在曹操脸上，曹操满怀敬意地点头，算是应承。

年少的曹操记下了桥玄的遗憾，也希望他能完成先生未酬的志向。这对将来热衷于筑城修缮城池的他，很大程度上得益于这门课，更想达成桥玄的心愿。

大学部课程都结束后，只等来年举行迎春礼后召开毕业典礼。刘宏要来参加，以示对蔡邕工作的重视。皇帝要来，学生们非常兴奋。

可曹操和张邈、胡母班共同设计的毕业作品，那辆马车，榫卯结合得并不牢固，轮子看上去还不圆顺，不知道能不能跑得起来。

## 多少努力只为君

公元174年春节过后，曹操和同学们跟随皇帝、公卿前往东郊，迎接春天的到来。古人认为一年四季各有一位神仙值守，而春神是位女子，住在太阳升起的地方。人们应该在太阳升起前到达祭台，迎接"春"姑娘的醒来。

立春，天还没亮，百官、四姓亲家妇女、公主、诸王大夫以及外国朝者侍子、郡国计吏会陵等，站在殿外等候皇帝起身。大鸿胪设九宾，随立寝殿前。听到钟响，皇帝起床，梳洗完毕，在东厢下乘车，由太常引导车辇，带着诸多贡品，浩浩荡荡走出皇宫。

刘宏亲率三公、九卿、诸侯、士大夫、外国使节和太学应届毕业生,还有一百头耕牛和一百位农人扛着犁铧,出洛阳中东门,到郊区祭台迎接春天。皇帝和所有公卿都穿着青色衣服,青车、青马、青幡、青旗……

礼仪官们捧着猪牛羊三牲和其他果品、五谷按顺序放到迎春台上,司仪宣布:迎春开始。

仪式开始,由三公、九卿跟随皇帝跪拜于祭坛上。

皇帝颂祝:皇天在上,厚土在下。今有寡人率领诸位公卿百官,迎接春神。愿天地保佑我大汉福祚永继,万民苍生平安、丰足。

三公齐祷:今有(司空、司徒、太尉)某某,启禀天地及诸方神灵,恳请保佑万民迎春耕作,夏长秋收。

皇帝率领公卿百官亲自祭天,万民是皇帝的子民,皇帝是上天的儿子。皇帝首先朝东仰天呼喊:春来喽……

三公呼喊:春来喽……

九卿和诸侯、大夫们呼喊:春来喽……

最后,所有人一起呼喊:春来喽……

喊声震动洛阳东郊,曹操仰首翘望远在一百米外的迎春台,只看见年轻的皇帝略显瘦削,华贵的衣服遮不住他羸弱的身躯。不知道他的内心怎么样,要是跟外表一致,真叫人不放心。

祭祀完毕，皇帝乘上龙辇，旖旎回宫。

曹操站在队伍里，目送皇帝的车队离去，曹嵩在队列前端。曹操只看见皇帝清瘦、白皙的侧面，倒也和善、俊秀。他那篇十二岁之前就作好的《皇羲篇》每个太学生都会背，才学上乘。

曹操和同学们边走边评论，皇帝每天都过着什么样的生活，平日里看书吗？有先生上课吗？要不要考试？

回到皇宫，皇帝赏赐公卿大臣，分食祭品。曹操他们回到太学，换上学生服饰，准备下午的毕业典礼。

广场上放置很多毕业生的设计，有安在车轮上的活动房子，水井升降车，曹操和张邈、胡母班合作的轻车，半自动化播种机，精美的家具，刀、剑等铸造器械，还有漆器、青铜器、竹简、石刻，可谓"百工"大全。

蔡邕和全院二百多位教职员工恭候在广场两侧，其他学生都跪坐在广场周围。下午两点钟，太监们为皇帝清道的喊叫声从大街上传来：清道……回避……

蔡邕赶紧带领全院教职员工小跑到独木桥南，齐齐跪在地上，恭迎皇帝驾到。

过了一会儿，众多脚步声临近，曹节和王甫步行在前。皇帝乘坐由十六个太监推着的龙辇驾到，登上祭台坐定，所有学生都必须低头，只能听声音。

皇帝带来十几个观礼官员，其中就有桥玄、曹嵩、杨赐、赵岐等。蔡邕主持毕业典礼，由皇帝陛下亲自训话，操着略带老家河间口音的洛阳官话，有点尖细，不知道是不是跟太监们待在一起太久的缘故：诸学子，尔等于太学苦读十载，终于完成学业，寡人甚感欣慰。可喜有四百年历史的古老太学，又为朝廷培养出一批栋梁，希望你们能为国事贡献力量。

全场掌声四起，皇帝微微点头。

蔡邕宣布：请毕业学生向皇帝陛下展示毕业设计。

昨儿忙到后半夜的曹操脑袋一嗡，起初真不知道皇帝要来参加典礼。若世间有后悔药，一定会听取曹嵩的建议，改做别的设计。没有任何功底的他们第一次造车，车的质量实在不能令人满意。轮子不那么圆，滚起来一高一低地颠簸。曹操不由得暗中求告各路神仙帮忙，千万不要在展示的时候出什么状况。

曹操和张邈、胡母班相互用眼神交流，看来都表示忧虑，三人迟迟疑疑地站起来，走到轻车旁。曹操给自己打打气，像勇士般昂首挺立在车上，张邈和胡母班代替马力拉车。

曹节站在曹嵩旁边，微声问：阿瞒的设计是轻车？

曹嵩诚惶诚恐地点点头：我是阻止过他……他……

曹节不容曹嵩解释，自言自语：有点意思。

曹操在登车的瞬间，行注目礼般地朝高台遥望，终于近距离看到了刘宏。那类似时空穿越的模糊画面，霎那间永留脑海：清瘦的、善意的面容，华贵的、富丽的典礼冠带，如惊鸿掠过水面溅起的水花，落进曹操的心底，似流星划过，长久地照亮黑暗。刘宏瘦削的肩膀，年轻稚嫩的双肩，担负起帝国危倾的大厦。集爱怨纠葛、平四方之衡，在权势的浪涛洪流中煎熬，沉浮在太监和"党人"对峙的烈焰冰山里。这就是从贫穷宗族子弟一跃成为天下至尊的年轻皇帝吗？这就是令天下士子仰望并愿意为之付出生命与热血的那个年轻男子吗？

曹操对瘦弱的刘宏多了几分怜惜，他不知道这个孤身陷入朝政旋涡的年轻人，是怎样度过的每一日。不过，他做梦也不会想到，若干年后，将和这位被他偷睹圣颜的男人的儿子纠缠半生。世事似乎一切皆有可能。时光轮转，让高高在上的天尊，和还在卖力展示毕业设计的大学士，会成为儿女亲家。

不过，他就要在他的未来的亲家翁面前，丢大脸了。

## "刀光剑影"祝福人

车子继续颠簸向前，曹操还在极力回味那一瞥的画面，张邈和胡母班拖着车，掉转头再回到广场，就在学生们鼓掌时，一边车轮突然掉落,曹操被摔下车去,张邈和胡母班也向前扑倒。场上先是惊愕,继而爆发出一阵哄笑,就连皇帝也被逗得哈哈大乐。

曹操他们赶紧忍痛爬起来,捡回车轮重新安上,摔坏的车轮颠簸得更厉害,车栏也散了架。他和张邈、胡母班拖着车一瘸一拐,狼狈不堪地离开广场。

曹嵩在一边看得脸红脖子粗,皇帝问抱轮子的那个学生是谁。

曹节忍住地乐介绍:曹大司农长子曹操。

曹嵩慌忙拜倒:犬子不才,惊动圣驾,罪该万死。

皇帝笑说:不,很有趣。

盛大并不完美的曹操的毕业典礼就这样结束了,那辆掉了轮子的车原本该被放在教学成果展览室,但做成这般质量,只有作为奖赏赐给三人。一辆破车,其他二人都不要,只好拉到曹家西院旮旯里存放。

曹操已经二十岁,该举办冠礼。仪式过后就该婚娶。吃饭时,曹嵩上下打量他,盘坐的双腿仍旧不长,看来给他抻了那么长一段时间的身子没起什么作用。

冠礼一定要有德高望重的师长和诸多观礼亲朋好友参加,在选择最重要的冠礼主持人这件事上,父子俩又发生分歧。

主持人的位置非常重要,他负责祝福及冠者,能请到什么样的主持人，是一件非常重要的事。

被请的人也很体面。曹嵩早就跟曹节说过要请他参加，曹操却想请桥玄，这才是他心中最希望请来的祝福人。仕途受阻，苦闷在家里数年，正好借这个理由请他出来散散心。

曹嵩有他的打算，在曹操冠礼上请曹节前来，日后工作问题，曹节就能包办。

曹操也有志向，他希望得到桥玄的祝福，未来能成为他那样顶天立地的男子汉。

曹嵩当然不希望罢官丢职的桥玄前来凑热闹。

曹操也不想让一个太监为他主持冠礼，怎么说得出去？

曹嵩无奈，只好说出是曹节主动提出要主持曹操的冠礼。

曹操死倔，要是不让桥玄来，他就拒绝参加。

曹嵩脑子一动，自从上次成功劝说曹操不去东莱，便有了主意：只要你能请来桥先生，就依你的。

曹操开心得跳起来，曹嵩却满有把握，绝迹尘世多年的桥玄，怎么可能被曹操请动呢。

还真被曹嵩说中了，曹操到了桥家，照样大门不开。曹操只得递纸条进去，希望桥玄能参加他的冠礼。

桥玄要曹操进去，老少相见，一个白发及腰，一个黑发泛光。桥玄上下打量两三个来回：嗯，不错，出落得有点样子。

曹操羞涩地说：眼睛小了点，个子……个子也有点矮。

桥玄一番夸奖,令曹操欢笑开怀,并再次恳请他前往。曹操的成年礼,桥玄很高兴,但也犹豫。曹操又伏拜再请:难道先生不想看到学生成长吗,若先生不愿前往,便是学生终生憾事。

桥玄点点头,问明了日子。

要给大儿子办冠礼,曹嵩忙得肥肉乱颤。先去道士那儿请期、择吉,又为曹操置办发冠、衣袍、鞋袜,还有平日不戴冠时包头发用的方巾等用物。曹嵩问曹操请到桥玄了吗?曹操知道曹嵩不会欢迎,便说不知道桥先生能不能来。这话肯定就是不能来,曹嵩直夸自己高明,又智胜了浑小子一筹。

日子一到,曹节很高调地前来为曹操主持冠礼。到了正厅,见到中堂上挂着曹腾的画像,很是唏嘘,三拜之后追思了一番。

令曹嵩大祸临头之感的是,桥玄竟然也如约前来。曹节从曹嵩着急慌张的表情里知道,桥玄前来不是他请的。

曹节和桥玄同时一怔,但都没问话。仇人相见,一个是油滚了锅,一个是浪开了花。

曹嵩灵机一动,上前迎接桥玄,说希望他能做观礼嘉宾。曹操却大声说:不,父亲,我请桥先生来做我的祝福人。

曹节看着懵懂无知的曹操,像一头野驴,极不懂人情世故,心中暗暗发狠:年轻人,你要为你的这句话付出代价。

曹嵩真是恨不得一头钻进地里再也不出来,可问题摆着还是要解决。他只得笑脸相迎：好好好，那就请桥先生与太仆大人共同做犬子的祝福人吧。

两个祝福人，这真是破天荒的绝无仅有，也亏他想得出来。凭曹节的七窍玲珑心，已经猜到北门大字的幕后主使是桥玄。他们被安排在正厅，昔日仇人相见，"分外眼红"哪儿还配得上二人的心情，用"刀剑相接"也才将就合适。

曹嵩正在外面忙碌安排礼仪细节，厅内二人沉默。曹节出席过数不清的大小喜事，参加冠礼还是头一回，自然欢喜。不过，面对败了一局的桥玄，他仍旧将擅长的以静制动的姿态端了出来。

桥玄再英明睿智，也有使不出招数的时候，没想到曹节居然沉默以对，便先发招：阳球是不是你安插的密探？

阳球是中常侍程璜的女婿，曹节轻松接招，轻蔑地笑：知道了还问。

桥玄再出招，语音中含着愤恨：还安插了谁？

曹节又用同样的语言挡回：不知道的就别问。

桥玄咄咄逼人：你觉得你还能猖狂多久？

桥玄说话无礼，曹节不便发作，面色和蔼地说：不知道，恐怕，要看你和追随你的人的意思。

桥玄压低声音，态度生硬：那你能不能善终，你知道吗？

曹节摇头，茫然地：人生再辉煌，都想求一善终。我奉劝老司徒一句，官场不似战场，越当真越受伤。

桥玄才不管曹节的狡辩：不要为你欠的血债找托词。

曹节的话也寒气逼人：是吗，你们哪，有时候自己放的石头在路上自己却忘了，既阻碍他人行进，也会绊倒自己。

这句话什么意思？桥玄纳闷，谁放了石头阻碍了谁的行进？曹节朝曹腾的画像拱手：今儿是我干爹爱孙的冠礼，老司徒既然有幸被请来祝福，就该放下杂念才是。

曹操的冠礼有两个互不搭理的祝福人，成了冠礼一景，众人跟看稀奇似的盯着他俩。两人共同为曹操戴冠、理裳、赐礼物、送吉祥语。

桥玄为曹操送上祝福词：于此吉日，祝尔成年。望尔自此以后，去少时习气，立成人志向。持威仪，修美德。

曹节说的祝福词，却让曹操泪湿双眸。意思是很可喜看到你已经成年，希望你能持家业、荫子孙，达成你祖父昔日志愿。曹操最爱的人就是祖父，今已成年，祖父却在地下长眠了十五年。时光的忘性真大，时光令昔日儿童迅速成长。

曹操叫来桥玄，曹节面上虽不露痕迹，心中已很不快。看来这个干侄儿并未把他放在眼里，上次的牢狱之灾还没让他看清这世上谁能决定他的荣辱生死。冠礼结束后连酒席都没参加，就说宫里事多，送了不少贵重好礼登车而去。曹节坐在车上，仍旧感觉北风袭人，袖着手愁眉苦脸。桥玄这人，智商一流,情商不高,总跟个乌眼鸡似的想要啄得他头破血流,该拿这难缠的人怎么办?

桥玄喝得沉醉才回家,直到第二天下午,还在思虑曹节说的话,是谁放了石头阻碍了谁的行进。忽然间,瞠目结舌。

"宦海"波涛太深,连桥玄这样的人都难看透。曹节所指当初刘志报复反对他当皇帝的士大夫们,后来又阻止刘宏封生母董氏为太后。在曹节看起来,是士大夫们先搬起的石头,砸了自己纯属活该。

不过,桥玄的话也让曹节郁闷。善终,算算历史上站在风口浪尖上的人,难以善终的太多了,他该如何修得?

曹操的冠礼居然有曹节参加,他可是名副其实的掌握官员分配大权的正牌"尚书令"。同学们以为曹操的前途肯定一片光明,就连曹嵩也这么想。

即将毕业分配的曹操,想要攀登仕途,还要经过怎样的道路?

# 第七章　初次壮游

大学毕业,曹操外出壮游,真正看到了皇城以外的天下。人们可以将天堂描述得无限美好,也能把地狱比喻得骇人听闻。当初出校门的高官子弟踏入真实的人间地狱,又将会经历怎样的磨难?

## 苦心孤诣劝学习

分别时刻到了,同学们齐聚"京都小酌"酒馆,蔡邕和数位任课先生应邀参加。桥玄竟然被躺在榻上抬进来,一进来就那句开场白:官可以不做,酒不能不喝。

众人格外开心,忙给他腾地方。

口感醇厚的黍酒"京都珍"喝了一坛又一坛,学生们谈论这四年来的点点滴滴,纷纷举杯感谢蔡邕,蔡邕则像位慈爱的父亲,笑看所有学生,谁来敬酒都一口喝干。其中的甘甜,只有真正明白教育意义的先生才品尝得出。

蔡邕温文尔雅,平时每次喝酒都象征性地抿一抿,今天破例了。桥玄有酒喝连病痛都能忘掉,竟然坐直了身子,捋起袖子端着酒杯,看着学生们说:当年我离开太学时,有扔竹简的自罚一杯。

学生们以为桥玄会发怒,不敢承认。

桥玄巡视一圈:是男子汉大丈夫就该承认。

袁术包括张邈等十来个学生都诚惶诚恐地举杯喝掉。

桥玄高兴地摇头晃脑:那就是有这么多人后悔当时的态度。

桥玄的幽默说得喝酒的学生们尴尬不已,接着一片大笑。

桥玄说:别笑,没扔的,罚喝三杯。

这回轮到曹操等人不干了,凭什么还多喝。桥玄鼓励:因为我们是同道中人,属惺惺相惜,你们说这酒该不该多喝?

席上一片叫好,曹操等人一次次仰脖豪气地喝酒下肚。

桥玄还是很遗憾没能向天下学子开放太学:可惜呀,实在可惜。至今还记得那场暴雨。

喧闹的学生们安静下来,他们也曾捐赠一些典籍,可普天之下又能解决多少人于困境,且一卷书籍耗费人工钱财的价值相当了得,根本就是心有余力不足。

桥玄自喝一杯：那些没有教材、连书籍都是错的学生们，学习起来就像没有腿想走路的人，趴在地上艰难爬行，白白浪费大好年华。

蔡邕凝眉沉思，举杯敬酒：没有统一书籍，典籍出错，简直是我泱泱华夏的天大笑话。这几年，我也在思考怎么能解决这一问题。我想了一个办法，不知道可不可行。

桥玄来了精神，放下杯子：说来听听。

蔡邕说的是将"十三经"用石头刻下来，放在洛阳南广场，供全国各地的先生学子们比对。桥玄连连点头：甚好，甚好。

蔡邕担忧：可这需要一大笔钱，再说中官那儿能不能通过？

桥玄挺起胸脯：包在我身上。

师生们很为蔡邕的想法叫好，干杯庆贺。蔡邕诚恳地看着在座：诸位，华夏民族的兴盛，不能光靠一小拨人。希望你们将来无论走到哪一步，都不要忘记苦苦挣扎的天下苍生。

曹操以及所有学生都看到了蔡邕眼里涌动的泪光，这位至孝之人，不光对父母出了名地孝顺，还对天下人心怀怜悯。

"桥大公子"的劝酒功实在了得，一两个时辰下来，即使是低度米酒，也将众人喝得东倒西歪。

蔡邕举杯对毕业生们说：诸位，你们毕业，并不意味着学习终止。要知道，离开校门的学生，自我学习才刚刚开始。我希望你们一生不要忘了学习。

桥玄动情地再次举杯,结结巴巴地对众人说:伯喈说得对,即使去到那边,也要稍上几卷书籍。

桥玄醉得厉害,杯子连酒滚落在地,仆人把他抬回去。来时病着,去时醉着。这就是他的人生,酣畅淋漓真自我。

十年求学生涯画上句号,相对平静充实的四年求学生涯,即将跟曹操说告别。这段散发着金子般的阳光岁月,日后的人生旅途中,再也不会出现。同学们就要分开,有人踏上回乡之旅,有人踏入仕途,有人进入婚姻的殿堂。

由于数十年党"锢杀"、禁了无数士子才人,一时间官员紧缺。从高曹操三个年级的学生开始,毕业后供不应求。曹操他们这届情况也如此,张邈都去骑都尉府当了文书,胡母班被分在城门校尉府当差,袁术隔年被举为孝廉,任折冲校尉。毕业成绩相当不错,有曹节和曹嵩撑腰的曹操,前途应该不会有问题。

早一年毕业的袁绍姿容甚美,已任黄门侍郎,在宫内当差,这可是直通仕途的最快捷径。他的喜事并不只这一件,不久将要和皇室宗族之女刘苣结婚,同年举孝廉,迁任濮阳长。年方二十一就当了县太爷,又成皇室亲眷,未来形势大好。

第二天早晨,沉醉过后,头还很疼的曹操坐在席子上,拿着蔡邕开的毕业后必读书目浏览,《史记》《汉书》《三十六计》《孙子兵法》《淮南子》《周易》《尚书》《春秋左传》《公羊传》《谷梁传》

《孝经》《尔雅》《论语》《孟子》，并加上由他主编的，桥玄、郑玄、卢植、何颙等大儒编撰的《德行十篇》。

蔡邕还叮嘱他们，若想要做个好官，不要拘于一家之言。必须博采众长，《尚书》《礼记》《周易》《春秋》尤其关键。新编《德行十篇》是根据现行教材的补充，希望能为你们铺就一条美德之路。若读者能修养有成，造福世人，则编撰者们的心血就没有白费。

不用每天去上学的曹操，反而跟转习惯了的陀螺般倒在地上，心里空洞得很，像个深山迷路的人，周围全是雾。阅览《德行十篇》，虽有十位编撰者，分散在各地，好像相互约好了似的，文章和论述之间相互补充，相互照应，成为不可分割的整体。大儒们对于德行的重要性被提到了超越生命的高度，如郑玄说"德行若吾之双目，奋进之人，缺之不可"；桥玄曰"有德未必成器，成器必备德行"；卢植认为"有德督行，方为生命之本"……德行，是人之根本，业之基础。自古德一才二，到何时都是真理。曹操转眼看向对面屋檐，元宵过后天气清寒，窗边柳树未发。哲人们呼唤的"德行"，为何像瓦上寒霜，难以保存。

太学规定学生花两个月时间写一篇考察报告，才能拿到毕业证，也就是"从仕通行证"。曹操的心蠢蠢欲动，一个压抑多年的梦想，就可以去实践。他要——壮游。

太学规定，考察报告必须有独到的见解和主张。

读万卷书,走万里路,壮游天下,遍访民生,发现问题,考察风土人情,写下关于社会状态的报告,提出自己的论述和观点,若你是未来的行政长官,会怎么处理这些问题。这也是教育者和负责举荐人才的两千石以上官员必须要做的事情。

准毕业生们送上去的民生报告,经过太学审核,会直接送到尚书府,再封存档案室,以便给有举荐资格的官员阅览。

所以,论文质量的好坏,直接关系到未来任职的方向和官职高低。如关心农业,有可能会被分配到农业部门工作;对水利感兴趣,那就分配到水利部门;对治安状况感到担忧,就可以到都尉府。

类似袁绍、袁术、曹操等家中有人在朝中做官的学子们,当然知道这篇报告的作用。在长辈的教导下,按照未来就业方向、挑拣和能被重用的热门官职、所关注的行业写一篇考察报告。

袁绍和袁术先后选择了城防和国防方面论题,曹操选什么? 为这事,曹嵩伤透了脑筋,从过去总说的那句:"我怎么生了你这么个儿子",到现在的"官场上的事情,究竟是你懂还是我懂"。

壮游可是曹操一直以来的梦想,由于曹嵩阻拦,从未实现过。已经经历过冠礼,那就是成年人了。桥玄不是也要他少些孩童时期对长辈的依赖,多点自己的主张吗?

年轻气盛,有几分激情、几分天真的曹操,能冲破曹嵩束缚他的枷锁,去外面的世界吗?

## 挣脱束缚认死理

曹嵩不是"老母鸡"般故意将曹操揽在翅膀下护着,实在是深知太多的世道实情。各地小规模农民暴动此起彼伏,不是抢了富人的粮食,就是砸了商人的店铺。盗贼云集占山为王的事情已经屡见不鲜,就在去年冬天轩辕山阳人一带还发生过农民称帝的闹剧。这样的世道,曹嵩能放心让毫无自救经验和长途远行技巧的曹操出远门吗?真要万一遭到暗算,死在哪儿喂了野狗都有可能。好不容易喝了八大缸中草药才生了小儿子曹德,如今连"那活儿"全没了,统共两个儿子,真是看得比命还金贵。

太学要求学生上交"壮游报告"作为毕业论文,实乃一举多得。

古人认为,男子成年前后,应该出门远行,一是锻炼胆量;二是培养独立生活的能力;三是获得不同地域的风土人情的见闻;四是可以遍访私学,可以拜谒身处各地的不同名家,以便跟不同的学者、专家切磋技艺,丰富个人人生阅历;五是可以扬名，一个人学习好，知识渊博，多在几个私学和士大夫们的落脚点崭露头角，渐渐就会变得知名；六是结交新知，编织关系网；七为寻找"知名经纪人"，若在壮游途中，遇到赏识他的名嘴、名儒，并被这些人首肯和夸耀，他将很容易在士子、学子相互交流、串联的活动中显露名声。

古语云"行万里路，读万卷书"，几十所知名私学和几百所二三流私学、官学散落在全国各地，学子们为扬名、求学，壮游之风盛行。士、学阶层是一个相互通联的庞大体系，是人才交流和培养的管道，和官、民共为"三体"，成为人才输送的重要途径。

洛阳太学壮游报告的具体要求：需要学生关心某个社会领域的问题或现象，为某个政策和行业写调查报告，最好能陈述些"真知灼见"，给某地方或某领域的高官权贵歌功颂德，以便获得举荐的机会。

学生们一般先给自己拟定一个方向，然后确定去哪里、行程日期、路程远近、带上干粮钱财以及简易便携式文房四宝，及时记录下沿途见闻。回来再做总结，将誊写好的报告交到学院，可以拿到朝廷颁发的，有皇帝印章的绸缎质地的毕业证，也就是"从仕通行证"。

曹操特地去拜见桥玄，跟他说想要壮游。桥玄送他一句话：太学设立了超过三十门科目，无非就是想要从多方面培养你们，在将来从政的道路上得心应手，是男子汉就应该走出去，刷新你远行的纪录，会获得比旅途辛苦多得多的回报。

有了桥玄的鼓励，曹操信心倍增，一番折腾准备之后即将出门。曹嵩抱着年幼的曹德，问在后院马厩旁准备行装的曹操，语气明显不赞成：这么着急走，去哪想好了吗？天还很冷，要不再等等？

曹操正在检查马掌，马背上带了三天干粮，还有炒面、炒豆、盐粒什么的。有了上次野营的磨砺，显得从容很多。比起司马防的魔鬼训练，能骑马壮游，都幸福得快要飞起来了。

一听曹嵩这话就来气，每次远行的决心就是被他这样消灭掉的。他头也不抬，将马掌检查一下，厌烦地回话：没想好。

曹嵩一听来了气：没想好，你就敢出去？你不会想去东莱吧？泰山一带民情可不稳定啊。

泰山是去东莱的必经之路，曹操本还真想去那找郑玄的，可来回三千里，时间不够。旧都长安，历史上发生了无数的大事件，倒是他一直想去探看的地方。

曹嵩认为曹操真不懂，他当年的壮游报告的题目就是曹腾帮他选的"经学考遗"。他只抄抄写写，将经典论述变成自己的东西，不也同样以非常好的成绩毕业了吗？凭他是有权有势的曹大司农，还是个经验丰富的过来人，帮他弄个报告跟玩儿似的，没必要冒那个风险受那个累。

曹嵩将想法告诉曹操,满面领导者的姿态:你就别走了,我跟卫尉府打个招呼,你去那儿考察。报告嘛,我来弄。

"壮游",至少要去离家很远的地方,不能太舒适,条件要艰苦,这样才能锻炼出意志和生存能力。曹嵩说的在卫尉府"做考察",这还叫壮游,说出去不怕人笑话。

曹操直起身,检查所带之物是否齐备:壮游……去那儿干什么?

曹嵩解释:去荒天野地的就能看出什么道理来吗?你就先做城门防卫方面的调查,这对你将来从仕有好处。

曹操不以为然:简单的城门,供车马人畜进出而已,有什么好调查的。再说,皇城守卫就是个看门的,更没意思。

曹嵩进一步解释:我在卫尉府关系硬,那儿虽说单调些,但好提拔,不是是非之地。

曹操绝不领情,坚定地解开缰绳,牵着马往后院门走去。

曹嵩用身体拦住马头:你听见了没有?

曹操诚恳地对曹嵩说:父亲,儿子已经及冠了。您别再拿我当小孩子拴着。我要先壮游,完成报告,至于做什么,回来再说。

曹操牵着马闪开曹嵩,朝院外走去。

心中有数的曹嵩了解洛阳以外的情况,正如同被地狱放出的鬼魂统治着,已是一半人间一半地狱。而曹操想象中的人间,恰是柳芽初发,桃李芬芳。走到门口,曹操朝着满脸愤怒的曹嵩鞠躬:父亲,儿子出远门了,您多保重身体。

曹嵩问:你究竟打算走哪条路线?

曹操见曹嵩不再阻拦,便简明扼要地回答:先走河南,西到函谷,再走河北,东归洛阳。

曹嵩点头,黄河南北都有非常完整的官驿设施。只要让公差沿途关照他儿子,倒不至于出什么大事。

曹嵩抱着曹德追出院子叮嘱道:无论走到哪里,遇到困难就去找官驿,跟他们说起我就行,记得早点回来。

不知道曹操听见没听见,没答应一声就跃身上马。

曹嵩对曹德嘟囔着:那么多人都不出去,就他认死理,我看你兄长是疯了。哎,我怎么生了他那么个……

年幼的曹德根本听不懂,曹嵩只得把话吞了回去。

曹操没有疯,他想到广阔空间里探索未知。虽身在太学,对民间疾苦有所耳闻。各地状告太监党羽横征暴敛的贫民时常被堵在城外跪地喊冤。他很难理解,那些人为什么会千里迢迢赴京抗诉,百姓们的苦难究竟到了怎样的程度。他想了解民生,希望将那些贫苦无助的人们救出苦海,这才是他此趟行程的全部意义。

洛阳如同温室,将曹操庇护其中。较真儿认死理的他,非要去"壮游",俗话说"在家日日好,出门时时难"。放开沿途一定会有的困难不论,什么样的民间现状,让他如同看到了地狱?

## 壮游雄心遭打击

曹嵩看着空空的院门,听到大街上渐行渐远的马蹄声,抬抬眼皮,表情无奈,无比失落地抱着曹德进屋。每次都这样,走之前被他弄一肚子气,走之后又拼命地想念他、牵挂他,为他担心得睡不着。只有儿子待在身边,他这颗老去的心脏才能跳得踏实。父子俩真是好笑,父亲被儿子依赖了这么多年,不知不觉中,他却活成了依赖儿子的那个人。可此时的曹操怎么会让他依赖呢,想要甩开他像掸鸡毛似的。

本来可以约上志同道合的同学或朋友,但他们都有自己的考察方向,那些所谓的方向在他眼里根本不值一提,他就是要去正儿八经的壮游。曹操骑在马背上,走在洛阳城内的官道上,就要去拥抱无限广阔的世界了,且没"司马魔"跟着。油然而生的快意如轻风拂过水面,连口中呼出的白气也化作白云朵朵。

曹操单枪匹马一人,准备出洛阳西路前行,只需二三百里,就有老子曾经走过的函谷关,这里是历代争战之地,千古雄关,保护中原和皇都洛阳的安全。还有历代文人辈出的弘农郡,风光出奇俊秀,原始森林茂密,到处都是千年古树。然后向北,回程经过首阳山,那里曾经是伯夷、叔齐隐居让贤的地方。顺路可以拜访显名私学。正是春天到来时,可谓一路风景、一路春色。

安帝去世后,边疆战役倒是常常获胜,可内忧不断,"党人"遭禁,太监委任之人,不是关系就是派系。他们到任地方,征收税赋、吃拿卡要,老百姓被这群从地狱来到人间的魔鬼扒皮抽筋、吃肉喝血,穷得只剩下一条条苟延残喘的性命。加上地震、水灾、虫灾等自然灾害,百姓更是处于水深火热之中,一个地方受灾,周围四五个郡县都不得安宁,胆小的求亲靠友,胆大的烧杀抢掠。"贫穷生暴乱",此理万古不变。

公元173年春,洛阳周边地区发生一场大瘟疫,死难者多为无钱救治的贫民。很多人家在这场瘟疫中失去粮食、土地,人口买卖市场惨淡,一是怕传染,二是连官员家庭都要减少不必要的开支,省下钱来接济宗族亲友。

刚出洛阳西门二三十里,曹操便发现沿途两边有等待购买他们和乞讨的人群,行情惨淡,他们大多会在等待中饿死、病死。官方准备的装尸体的斗车里正放着几具尸体,还未来得及拉走。

穷人们绝望地朝他伸手乞讨,曹操从马背上拿出炒面袋子,递给伸过来的数十双瘦骨嶙峋的手。他们虽很想得到食物，却不敢靠近，要曹操放在脚下。曹操纳闷，有一个老者费力地喊道：好后生，赶紧走吧，我们身上有瘟气。

曹操脑袋一炸，什么，瘟疫？情况都这样危急了，百姓们还有良知，报以善意。曹操心生感动，回望高大的城头，旌旗林立戒备森严。住在洛阳城内的统治者们在干什么？忙于钩心斗角、相互倾轧、争夺利益，置万民困苦于不见？百姓没有吃、没有穿、没有住，依然安贫乐道，试问世间到哪里找这么好的子民。穷苦人只是在这里等死，眼看着被饥饿和疾病吞噬的百姓，他却无能为力。

曹操心潮起伏，再次回望洛阳，皇帝就在咫尺，不问民间疾苦。老子云"天地不仁，以万物为刍狗，圣人不仁，以万民为刍狗"。老子还说过"天地间百姓为重，社稷次之君为轻"。

可惜圣人已逝，真理被遗弃在了道边，像丢弃的垃圾。

圣贤道理谁都会说，但事实上呢？他们纳税供养的天子、百官这般失职，就没有一丝丝愧疚？

父亲不是说过，有困难找官驿吗？曹操把马背上的袋子解下来，将所有粮食都拿出来，连同袋子一起放在脚下的空地上。转身上马，穷人们蜂拥而至，哄抢袋子里的食物和钱财。

他跃马独自上路，前路有无数驿站，吃饭睡觉这等小事算什么。再说，实在不行，树叶、虫子、草根，都可以拿来充饥。人都有乐观过了头时，情况真的如曹嵩所说的那样容易吗？

出了洛阳奔渑池，春寒料峭。一株株柳树灰秃秃地站着，好像生命已经被严寒掳去。村庄死寂，田地荒芜。到了中午，曹操饥肠辘辘，走到一处水源边，饮马休息。突然发现不远处的水边躺着一位年迈老者，曹操上前看，老人并没死，他捧了些水放在老人干裂的唇上。老人断断续续地说出他的经历。他从遥远的永宁来找女儿，已经走了十八天，可女儿一家早在他来到之前逃难去了，老人无奈，没钱没粮又走不动，只有躺在这里等死。

曹操后悔没留点东西在身边，连印信和钱都送给洛阳城外的穷人们了。惜别老者后，曹操心情沉痛地上马，又赶了三个时辰的路，太阳都已偏西，才看到路边有"渑池东"驿站。喜出望外的他一分钟后就变得灰心丧气，拿不出能证明自己身份的印信，被当作无赖赶了出来。

太阳惨白着脸色，被吊在西天，一阵风轻轻摇晃，就能将它坠进黑暗。云彩也快收起最后的脂粉，像送走情人的女子，晦涩暗淡。

怎么办，前路漫漫，总不能现在回洛阳吧。朝东望望，摇摇头，这会儿回去，正好掉进曹嵩的怀抱，以后就别想自己做主。即使乞讨也要熬到时间再回去。主意已定，只好硬着头皮前行。

这是一条两米宽的郡道，田地里的麦苗都被挖起来吃掉，留下被翻遍的土地，徒劳地亮着伤疤。

近一千八百年前的东汉，气候寒冷，人口稀少，轻易就能看见路边长有一二百岁的古树。苁蓉树影下，低矮的村庄，错落参差的草房，远处悠然显现的山峦，一条溪水沿着村庄旖旎而过，越发显得古朴幽深。只是缺乏生气，百姓们都逃难去了远方。

大约走了十几里地，来到两个诸侯国的边界，村庄越来越稀少，两边封树有好几人高，沟渠干涸，等待春雨。曹操问附近哪里有私学。一位年轻人指给他一条乡间小道往西走，经过六个村庄，就可以碰见一所私学，在那教授的先生名叫梁衡。

曹操快马加鞭，直奔梁衡私学。三十里路程，天已黑透，来到私学所在地时天色已很晚，村头立有忠义牌坊，村内显然比别处繁荣，有几十所学子们盖的茅庐，甚至还有酒肆、茶馆，茶旗酒晃破旧不堪，倒挂在夜空下的屋檐上，无助地随风飘晃。

这里的情况似乎好一些，虽没有灯光，但仍旧能听到一串狗叫和几声鸡的梦呓。他敲开一户人家问谁家是梁先生家，一位老者披衣开门，指村东大梧桐树旁的独院。

他冻得全身都在颤抖，一是饥饿，二来赶路太远，在马上颠得屁股都快分家了，大腿内侧被马鞍磨破皮，火辣辣地生疼。曹操离开，老者转身嘟囔关门：都散的差不多了，怎么还有新来的。

曹操敲响梁衡家的门，还没等到有人来开门，眼前一黑便晕倒在地。本以为没了司马防的壮游有说不出的惬意，没想到像踏进地狱。他还一心憧憬着将来能出仕治世，可大汉天朝，已经民不聊生，到处都是凄凉景象，前路又该如何？

## 落难得遇有缘人

梁衡端着油灯前来开门，只有一匹马，再往地下一看，有个人晕倒，赶紧朝屋里叫道：卿儿他娘，快出来帮忙。

梁衡两口子慌忙架着曹操来到屋内，点起油灯，看见曹操面如死灰，全身汗水如雨，忙要夫人烧水调点稀汤面，不一会儿，面食端来，端碗喂他喝下。

过了一会儿，曹操缓过劲来，感谢救命之恩，梁衡安排他在灶台草堆里睡下。抱些草料给他的马，马的品质相当不错，不是平常人家之物。两口子猜疑他的来历，不知道这位官家子来此作何？

第二天一早，曹操见过梁衡，说明来历。梁衡叹息，到处闹饥荒、瘟疫，他的一二百个学生也只剩下十几个人。学生们即使留下来，也很难再买到粮食，只得暂先回故乡。

梁衡是商丘梁郡人，前几年在洛阳某私学任教，发生"党锢"之难后，被官府驱逐出洛阳，流落到此讲学授课聊以度日。
曹操问他是否认识桥玄，谁知梁衡不但认识，且年轻时跟桥玄
有交往，只是后来桥玄迁任边疆便断了联系。曹操问梁衡，洛
阳的情况看上去还好，为何民间荒废得这么厉害，官员难道不
管吗？

梁衡说地方官府保官而已，谁肯真正当官为民。忠臣遭排
挤，太监当道，皇帝虚位，再不整治，大乱难免。

曹操惊诧：难道那些官员不知道这样会产生不好的后
果吗？

梁衡叹气：怎么能不知道，谁又敢说真话。保住官位比皇
帝的江山和百姓的死活重要。

这些地方官就是这么为皇帝分忧，为百姓解难的？曹操紧
皱眉头：官员为何弄不明白，江山没了，他们还做什么官。百姓
活不下去要造反，哪里来的江山？

梁衡摇头叹气：大多官员都忙于用职位换金钱，哪里还顾
得上子民死活。这里靠近洛阳，不久将会成为战场。再过几
天，我也要迁走。

曹操大感惊讶：战场？边疆防务不是还很好吗？段将军早
几年还打了大胜仗。

曹操理解的是外敌入侵，梁衡指内乱。见曹操不明白，也
不便点破，摇头苦笑。

早晨，仅剩的十几个学生前来听课，他们的礼仪之正规、穿衣之简朴、面庞之清瘦、目光之坚定，以及对梁衡之尊敬，不亚于太学种种规矩，使曹操肃然起敬。

曹操前往学生们住的房子。矮小简陋的"学庐"，跟他在百工课上建造的"猪圈"差不多。但里面整洁干净，床铺整齐排列，简单的洗漱用品摆得有条有理。

朝廷的新生力量不仅在京城，更多在民间，然而这些学子绝大多数无缘仕途。曹操深感桥玄和蔡邕、何颙为何力主开放太学，是那样的意志坚定，尤其是桥玄，为此不惜丢掉官职。

第三天，曹操拜别梁衡和众子弟，要前去曹阳、郏、函谷关。梁衡的妻子准备一个布包给他。袋子里有三天的粮食和一点钱，够他游历一番，节俭着用，应该能平安回到洛阳。

曹操接过布包，梁衡家已经很困难，怎么还能带走这么多资用。跪地拜谢，梁衡扶他起来，语重心长：孟德，在家千番好，出门事事难。你能想到壮游，看看天下的状况，这很好。希望你回去能在壮游报告里反映民情，让天子觉醒。

曹操点头，梁衡要曹操见到桥玄一定要代他问好，他们将要迁往弘农山中，开辟山林，自耕自足，躲避即将到来的乱世。

告别梁衡，曹操的心情更加沉重。越往西走情况越糟，路边不断有倒地而死的穷苦人。

渑池、曹阳一带官府大户却粮仓满盈，商人乘机哄抬物价，哀鸿遍野,百姓携儿女当街叫卖。曹操经过,一片求卖之声。凄惨的哭声传来,有个十四五岁姑娘正俯在刚死去的老妇人身上悲伤哭泣。

这个叫"春"的女孩姓刘,家中七口只剩下老祖母和她艰难度日,等了几日,也没等到买主买她,祖母饿死在当街。

刘春蒙眬泪眼中给曹操下跪,求他买了她,将祖母埋葬。

曹操见刘春哭得可怜,便将她祖母用马驮到荒郊埋葬。曹操道别,谁知这个瘦弱不堪的女孩跪地苦苦哀求,若不带上她,她就自尽,好早日到那边跟家人团聚。

曹操见她似乎读过书,懂得称呼进退,心中有不忍,便勉强带着。

主仆二人艰难前行,向西奔曹阳、后经郏郡、弘农,盘缠有限,曹操不敢逗留,直奔函谷关。前路还有什么磨难等待着这对临时拼凑起来的主仆二人?

## 世间有爱比天高

曹操和刘春行至郏县以西,村落越来越少,好像还没有受到瘟疫和干旱等问题的困扰,民众的生活和买卖还能勉强维持。可看到劳作的百姓,没有一块土地是他们自己的,所有干活的人们，田埂上都坐着监工，悠闲地喝茶，鹰隼般盯着干活的人，生怕他们偷懒。

进入秦岭山脉北端，道路崎岖难行，有很多临绝壁开凿的小路就在悬崖之上，曹操不敢看脚下滔滔黄河，又觉得南边巍峨的秦岭把他压得喘不过气来。还是收容来的"跟班"常常给他打气，鼓励他、照顾他。

秦岭草木葱茏，山上岭下整齐分布着各种植物。前面到达函谷关，整个小路只能一人步行通过。时值三月，乍暖还寒，曹操走得汗流浃背，中衣被汗水浸湿得贴在身上，皮靴都快渗出水来了。

二人牵着马不知道在万丈千仞的悬崖绝壁上走了多久，顺着山势而下，渐入山谷低地，太阳西垂欲坠，才终于来到函谷关。

此关始建于周代，分秦函谷关和汉函谷关，是历史上建置最早的雄关要塞，是最著名、最使攻方兵家伤透脑筋的关隘。地势险峻，进可攻，退可守。东临弘农涧，西接衡岭塬，南依巍巍秦岭，北濒滔滔黄河，是东西两京交通咽喉。因深险如函，故名"函谷"。函谷关中驻扎着军队，可见锦旗飘扬。

曹操站在谷底，仰望函谷，心生敬畏。千古雄关巍峨矗立两山之间，别说攻克，就连看一眼也会头晕。

卢植在讲课时，曾经怀疑过老子的《道德经》不一定是在函谷关写的,也怀疑老子凭什么要受到一个叫"尹喜"的守关将领的"要挟",现在看来,东来之客无论是谁,要从此关经过关西,只能听凭摆布。

曹操来到关中,向守城将士打听老子当年是否经过这里。守关长祝杳说起来滔滔不绝,并带他参观老子当年住的那间石屋。

屋内石几案,石窗台,一切都为石头所造。曹操感慨,难道当年老子就是在这里写下《道德经》并从此西去?

祝杳告诉曹操,老子想要西行出关壮游西秦,但没有出关公文,只好用讲课的方式证明身份。尹喜崇拜老子,留他给守关将士讲了半个月课。"朝闻道,夕死可矣",顿悟的尹喜再也不想做个守关奴,执意挂印,随老子西去……

曹操很难想象八百年前的古人的思想为何那么高不可攀,这简直是个巨大的谜。东汉之于西周,思想学术是前进还是倒退?后人只有学习那个时代的圣贤们留下的学术的份,即使攀越探索,也很难再超过抛物线上的高点。上天以这样的方式给了那个时代恩赐。统治者做了什么,能让上天对他们的臣民如此眷顾?

追寻者仿佛与圣人同行,只可惜与老子擦肩而过的时光太久。若他是尹喜,也会坚定地跟随老子西去。曹操在函谷关住了两日,祝杳准备了些钱和干粮,叮嘱他河北地形复杂、盗贼蜂起,白天赶路,需要走人多的地方。

曹操带着刘春从函谷以西北渡黄河,沿官道经潼关、首阳山,直奔洛阳。过了潼关,前往首阳山,那里有伯夷、叔齐退隐让贤之地。可折回时天色已晚,从两边密林中蹿出十几个蒙面盗贼,抢走了他们的包裹和马匹,并将奋力反抗的曹操打伤,还划伤了为曹操挡刀的刘春的胳膊。

曹操伤势严重,这才知道父亲要他留在洛阳搞调查是那么地有道理。主仆俩相互搀扶,一瘸一拐地走到天光放亮,才看到规模不大的"大阳南驿站"。当差的听到曹操说话带有洛阳官腔,突然全身一紧,顿了顿,跑到后堂去叫驿长。

驿长出来,上下打量奄奄一息的曹操,问他是不是从洛阳来,是不是大司农的儿子曹孟德?

曹操一一对答。驿长慌得大叫一声:这就是了!

三四个当差的慌忙将他扶到里面的席子上躺下,端水的、烧面糊汤的、拿烧饼的、换衣服的、洗脸的,不一会儿曹操吃饱,脸上、身上的伤口和淤青也都抹上药膏。

一切都安顿好,驿长才说出,他们三天前接到通知,给大司农的儿子提供帮助。

历经劫难之后,曹操感觉泪眼酸涩,涌起一股暖流。父亲就像儿子头顶上的一片天。总想脱离他的掌控,却在危难时感觉到天罩着他,是那么安全、那么幸福。

曹操伤痛严重，必须在驿站养伤。想着曹嵩离别时的不舍，他应该也在盼望儿子早日归去，决意带伤上路。关长派一名当差跟随曹操，一路沿途驿站休息，快马加鞭，五天就赶到洛阳黄河大桥。

曹嵩盼呀盼，盼得柳芽成了柳叶，那个音讯全无的混账儿子，不知道现在何方，他担心他，担心得睡不着。当驿站车马在大门外停下，曹嵩用几乎十多年没用过的速度快速跑了出来，本来还惦记儿子，害怕他不能活着回来。当看到他身无分文，马和行李全丢失，还带回来个没一点美感和女人味的"丧门星"，气得肥脸变了形，指着他破口大骂。

## 想说真话何其难

曹嵩大骂：全家死绝了的女子，你也敢带回来？

曹嵩想不明白曹操为何这么做，只知道他如今正事不干，歪事一堆。想要婢女哪儿没有？一百钱买三个，脸盘、身板随便挑。非得从大老远带回来这么个"扫把星"，怎么做决定之前不先动动脑子？

不过，曹嵩绝不担心曹操会跟刘春有染。虽说她是个女的，但那都不叫女人，面色萎黄，眼眶深陷，嘴唇几乎包不住牙齿。像刘春这样的，如同一蓬野草，还是枯黄的那种，奴仆阿才都未必看得上，就更别说他家这未开化的"愣头青"了。

刘春一直俯在地上不敢出声。她不知道当今大司农意味着什么，更没想到曹操有这么大的家世。对于铁了心一辈子要做奴婢的人来说，主人家的富贵跟她能有多大关系。

曹操忍着伤痛，满含委屈地跪在地上，这一路什么坏事都碰上了，还差点丢了性命。终于回到家，却遭父亲一通数落。曹嵩责备得没完没了，跪地的曹操再也支撑不住，向前栽去。

曹嵩吓得赶紧喊人将曹操扶到席子上，给他灌蜜水。刘春更是照顾备至，小心翼翼。她那熟练劲儿，看来已经在旅途上跟曹操有了默契。这女子像花园中长出的杂草，若下手拔了她吧，只恐伤了旁边花木的根系。

曹操昏迷，身上多处有伤，曹嵩着急地问刘春怎么回事，刘春操着难懂的曹阳方言，边说话边打手势。曹嵩听不懂，叫刘春闭嘴。

曹操醒来，将遇到歹人和怎么帮刘春的过程细说。曹嵩免不了又责怪一番，但还是要赶走刘春。曹操哀求曹嵩，说刘春外柔内刚，再说她胳膊上的刀伤还是为救我造成的。若赶走了她，肯定会损了一条性命。

曹嵩无奈，只好答应让她留下当奴仆，记住，只能当奴仆。

一日晚饭后，天光还早，父子对席而坐，曹嵩对曹操说：等伤养得差不多了,好好写报告,为父争取给你谋个好差事。多写好话,上头爱听。

曹操摇头:儿子想照实写。

他曹大司农跟所有官员一样,整天泡在巨大的公文"浴缸"里,当然知道"多少度水温"最合适。实话没人爱听,可说服不了冥顽不化的曹操。硬碰只能一头撞在南墙上,弄得两败俱伤。来一手迂回战术,混小子吃这套。曹操不忘这一路所见,梁衡所托还在其次,重要的是,那些蒙蔽朝廷的地方官,他们才是真正要打击的奸人贼子!他想要辩解,曹嵩抬手:你先写,写完我看看,再交上去。

大半个月过后,伤势渐渐痊愈,曹操快笔书写,将早打好的腹稿一遍写成。壮游报告全文如下:今有太学生曹孟德,历时二十日,东至洛阳,西至函谷关,游历黄河南北沿线,将沿途所见,写成调查报告,现撰文如下:

吾所见沿途瘟疫流行,民生凋敝,少无所依、老无所养。富户大官,满盈粮仓,商贾居货,坐地涨钱。遍野饥荒,路有饿殍。百姓家无粒米,卖儿卖女偿还债务上缴税赋。致使人人争为盗,个个恨苍天。"极贫生暴民",如此下去,不堪忍受重负之劳苦大众定会揭竿而起。倘若暴乱将至,生灵涂炭,百姓处于苦海,万民如置地狱。圣人云"民之从有道者,如饥之先食,寒之先衣,暑之先阴"。若君有道,民归附,君无道,民逃离。学生希望皇帝陛下能以百姓为"子"民,让黎民有所养。开仓赈灾,减免税赋,留财于民,薄征徭役,民安耕织,整顿吏治,天下清平。吾愿所见宇内,还尧天舜日于万民,倡奉老恤孤于里闾,耕者有其田、居者有其屋,则老有所养,贫有所恤。彰我大汉巍巍,显我华夏煌煌。不出旬年,天下安定,人间太平,家家颂皇恩浩荡,户户庆盛世太平。

他以一个太学生,一个未来的"帝之辅弼,国之栋梁"前所未有的虔诚与悲愤,写成这样一篇报告。以为只要"皇帝总长"看到,制定利民法案,就能早日将民众解救于水火。曹操将报告认真地誊写在竹简上,拿给曹嵩看。

曹嵩只放开竹简撩了几眼:苦海、地狱、揭竿、暴乱……这些字眼化作利箭将他射中,猛地将竹简摔在几案上,痛心疾首地看着曹操:你这一路都看见了什么,什么"君无道,民逃离",你当是上古洪荒时期吗?你这是自毁前程知道吗,我要你怎么写,你难道没听见?难道强盗把你的脑子也打坏了?还是读书读成了"书呆子",真是气死我了!

对于谏言,曹嵩是过来人。大凡年轻学子们的论文多数是因为读书不多,但也不少,对官场和社会知道一点,却还未弄明白真相。掌握一点芝麻小计,便总以为发现了拯救朝野的"葵花宝典",想要卖弄一番,达到一鸣惊人的目的。实则满竹简上都是自大自狂,目中无人的梦话、废话。

　　曹嵩深谙为学、为官、为人之道。他是将学生、官员、家长三个身份扮演得合格的人，看来曹操没他有悟性。历朝历代都有人抱怨学校教得好学生，朝中没有好官员。这也难怪，从学校到社会，属于两个完全不同的环境。就像温室里的树苗移栽到室外，不再有恒温、无风、专人值守看护的好日子，而是一年四季交替上演着风霜雨雪。树苗想要存活下来就必须适应环境，若还保持着温室里的体质，不是被环境摧毁，就是自己变成废物。

　　令曹嵩愤恨的是，曹操这棵已经被移栽到室外的树苗，还不明白自己的境地，竟然没有半点惭色，反而异常冷静地跪坐在对面，一副认为他不可理喻的样子。在曹操这样的年龄，对事物已经形成了一定认识，需要多强大的争辩功夫才能扳回态势，曹嵩显然不具备这方面的能力。

　　曹操将目光从鸡毛掸子搬到曹嵩的脸上：父亲，儿子只是想说真话。那写些安慰人的陈词滥调有什么用？调查报告不是要发现问题、解决问题的吗？只要能让皇帝和官员们看到……

　　曹嵩愤恨地抬手打断：全天下难道只有你看到真实情况？早有八百里加急承情表快马送到京城，光送到我案头的陈情公文就能装满三间屋子。

　　曹操诧异地看着曹嵩，怪不得他那么坚定地阻挡自己壮游。简直难以相信，九卿之首的大司农能这般混沌。他感觉呼吸都快停止了：那……既然你们早就知道，为何还不着手解决？

于洛阳任职的京官而言，他们只知道头顶有皇帝。脚下的老百姓，除了可以向他们收取税赋以外靠天长地养，根本不需要过问。但实际情况，谁要是说了真话，不但皇帝听不到，还会被视为异类，更会被太监们打击，那样死得更惨，不如跟着僵化。就像所有知情者瞒着癌症病人，不但不告知实情，反而粉饰太平。

曹嵩有苦难言，挪了挪发酸的双腿，叹气：解决？怎么解决？就像一件衣服，破一个洞可以补，破三个洞还可以补，哪儿哪儿都是洞，怎么补？

全朝官员集体选择撒谎，欺瞒皇帝。他们掩盖真相，编织谎言，不觉得罪恶吗？曹操惊得睁大眼睛，好像看到炸药的引信已经被点燃，虽知道没人能安然无恙，却又都别过脸去假作看不见。当官当到这地步，也算无耻到可判死刑的级别了。可曹嵩有曹嵩的想法，若皇帝是个英明的君主，若他身边不成天围着些说好话巴结奉承的太监，百官们会辅佐他认真治理天下的。有什么样的孩子，父母就会采取什么样的教育方式。相反，有什么样的父母，孩子也会选择什么样的交流方式，这两者之间是相通的。

曹操像是恳求曹嵩：父亲，我认为不管洞有多少，也应该努力补，相信总有一天可以补好的。祖父不是说过为官者要力求"国之兴盛，民之福祉"吗，父亲只看到地方官府写的报告，百姓真实的生活猪狗不如。你们为何就不能为百姓解难，却只想站稳了脚下的位置。

曹嵩喘着粗气，闭上眼睛，又眯起眼睛，神情复杂。

曹操继续恳求曹嵩：父亲，你们总把官位看作权力，为何忽略该承担的责任？您官居九卿，应谏言皇帝革除弊政，为民造福。

被曹操这顿质问，曹嵩无言以对。但他以下犯上，缺少敬畏，在曹嵩看来是个致命的缺陷，猛拍几案：放肆！

难怪皇帝和太监讨厌学识渊博的士子大夫，他们学得知识能言善辩，大道理堆得高过喜马拉雅山，真要实施起来，多数成了门外汉，还一副咄咄逼人、揪住不放的死心眼。曹操和众多学子们身上散发着士大夫的文人酸臭气，想必便是令当权者厌烦的根由。

一直把儿子护在翅膀下养大的"老母鸡"，终于被他坚硬的喙啄痛。该如何整饬这个不谙世事、极不成熟、毫无半点政治情商，还整天自以为肩负拯救苍生重任的混沌小子？

## 心有双翼度云汉

父子俩谁更懂得民生，已不用评价。老谋深算颇有官场经验的曹嵩，该如何对决还是青春年少，一心牵挂民众疾苦的儿子？

曹操经过这趟壮游，跟曹嵩之间的矛盾不但没有缓解，反而进入白热化阶段，在驿站升起的感激早被不可调和的矛盾所覆盖。

曹嵩原以为曹操毕业，走上仕途后就能明白他当官的苦处。好乘他没退位，被提携照顾，早日攀上正道。现在看来，此子缺乏对官场的洞见，连最起码的防卫意识都没有，哪里还能当官，只配待在家里，当傻子养着。

曹嵩拍案断喝，指着竹简：为民造福？你才读了几本书就满口报国？这不能上缴，必须重写！

曹操恳求情切：不写真实情况，我这趟辛苦就白费了。

曹嵩满脸不屑：那有什么？就当你出去游玩了一番。挑好话写，不准提有关民生艰难半个字儿。你不是地方呈情官，你要的是前程。

曹嵩如同老马，字字良言，想要带他上路。但曹操依旧倔得像个不肯上套的驴,嘴里嘟囔:这样的前程来的心安吗? 全朝都合起伙来欺骗皇帝,大汉江山早晚都要败在你们这帮昏官手里。

曹嵩喝问:你说什么? 混账东西,越发糊涂了,回去重写。

曹操还是跪坐不动,表现出的意思是坚决不从。

曹嵩气得哼哼,手指着曹操的脸直颤:你不写,我替你写。

曹操退到房间,那副竹简被没收,好在大体内容都还记得。重新拿一卷空白竹简,很快将内容重新写下来,瞒着曹嵩刻成。

曹嵩挑灯夜战数日,在政坛摸爬滚打半辈子,超级能等、善忍、会贪的老官僚,亲自捉刀代笔,为儿子写了一篇看似完美、歌功颂德的绝妙好文。

今天就要上交,脸色煞白的曹嵩勉强睁着熬红的双眼,拿给曹操一卷刻好的竹简:若学院问字迹为何不是你的,你就说找人代刻的。记得背一下,以备先生抽查。

曹操假作谢状接过竹简,回到房里,换成自己的那卷。年轻的他敢作敢当,想要为普天之下的苦难苍生冒一次风险,万一他成功了,那些穷苦百姓就有指望了。想到这,他深深地点头,拿他的那卷竹简装进布套,在曹嵩眼皮子底下大摇大摆地去了太学。

所有毕业生都到齐,将竹简交给教务处何颙,回家等待壮游报告通过,好拿毕业证。

何颙一一审阅毕业生们送上来的报告,看到其他学生的内容,大多是官场套词,字里行间目标明显,并无大建树。当看到曹操的报告,把批阅的朱砂毛笔放下,并将茶碗等物移开,平放竹简细细阅读十来遍,面露喜色,不住点头,连声叹息。

喜的是终于看到真实可信的壮游报告,忧的是……

何颙来不及细想,非常佩服曹操的率直和勇气,看来桥玄的眼光果然不错。无论是现实还是报告中提到的问题,都说明朝廷已经到了生死存亡的关头。这篇报告,交不交到上头?何颙犹豫。要是如实上交,不但皇帝看不到,恐怕曹操会遭到打击,更可能连累他的父亲曹嵩。

何颙找来曹操,问他可否重写一篇,虽没说明实际理由,曹操也能感觉到何颙所担忧的跟父亲差不多,便坚定地说:我就是希望皇帝和更高位置的官员们能看到这篇报告。若有什么不好的后果,我甘愿承担。

曹操退出,何颙缓慢而沉重地点点头,遥望曹操的背影和远处的皇宫慨叹:汉家将亡,安天下者,必此人也。

若不交报告,曹操将不能毕业,也会伤害他的忧民之心。可这些报告首先要通过太监们初阅,没准就会被筛出来。

何颙决定回报曹操曾经的出手相救,想办法通过其他渠道绕过曹节等太监,直接交到皇帝手中。为了给曹操减轻责任,他想了想，重新坐下来，拿起朱砂笔写下：此报告情况属实，问题迫切。若陈情有误，本教务长愿与该生共同承担罪责。

交掉报告，曹操如释重负。前去拜见桥玄，桥玄向来不见客，唯独曹操去了，可以谈会儿。他已日渐衰老，不过精神状况还可以。每天跟家人下棋、练剑，倒还能静享退休后的安闲生活。曹操代梁衡向他问好，桥玄还记得同乡梁衡，听说他的境遇后，很是唏嘘，动情地说：世道乱，贤才隐，于深山老林隐匿蛰居的士子大夫们，是安邦定国的中坚力量，可惜白白浪费了他们的才华。

等待毕业分配期间，曹操除了和三五好友会会面，就在家安心阅读蔡邕开列的书目。相比其他典籍，他还是喜欢《孙子兵法》《管子》《汉书》等著作，边读边查阅资料，附上注释，加深了解。

刘春这蓬曹嵩眼里的枯黄野草，吃了一阵子饱饭，奇迹般地返了青，甚至还生出了可人的花苞，缀着晶莹的露水。头发乌得发亮，双眸似清晨明澈，面颊如莲花微开，见人微笑，低眉顾盼，浑身散发着爱与喜悦，这般可意的画中人，像小草深爱着大地般依恋着曹操。铺床叠被、洗衣穿鞋、解闷受过样样妥帖，织布裁剪无所不通。自从她到来后，曹家大小就没到外面买过一寸布，一件衣裳。平白多了个劳动力，令守财如命的曹嵩倒有几分喜爱。难得的是，竟然还认得不少字，口音已经变得有洛阳官腔。再细问其身世,她曾随开办私学的叔父生活数年。曹操读书时,很多内容她都能对得上来。

孤女刘春竟然开成了一朵含情脉脉的水中莲,使得少年曹操心中,升起恋人特有的敏感。像池塘中的水般,幻想能化作晨露一亲花瓣的芳泽,更想着有朝一日她能为他所有。以至于看书时会走神,走路吃饭都是她的踪影,有事没事喜欢看她欢喜惹她恼,以男人的豪爽与宽阔,呵护她的温柔与谦卑。三岁丧母的他,缺少用心到细致入微的关爱。刘春对他的照顾,使得他冰封已久的恋亲之情苏醒。就连刘春弯腰给他拔鞋时,发丝碰到他的脸颊,都会让他抑制不住地心潮激荡,呼吸困难……

曹嵩以为曹操送上去的是他写的那篇报告,满怀希望地周旋于主要部门之间,每日吃请送礼,希望能为曹操谋上好差事。

曹操也在等待,盼望朝廷的公车出现在他家门口,皇帝派使者来邀请他进宫,询问报告中所提是否属实。

苦苦等待的公车,何时会来到洛阳东街三十二号的门前?

## 究竟是谁犯了错

曹操没等到公车,却等到父子之间的又一波风暴。

何颙费尽心思想要直接送到皇帝手中的那篇"壮游报告"最终没打破不被皇帝看到的惯例。他买通的小太监王真,是王甫的同宗。王真看完曹操的壮游报告,哪儿敢直接送给皇帝,先送到王甫那儿。王甫又赶紧拿给曹节,曹节一看是曹操所写,心头一震,当着王甫夸了王真几句,说回头退给曹嵩,若无其事地放进袖子,下午便叫贴身小太监送给曹嵩。

曹嵩拆开布袋子,气得差点昏死过去。看来他这混账儿子既没禀赋,又没才能,确实不适合走仕途。倒真的适合去私学鬼混,做个仗剑天下的游侠,生死由他。

一回到家,曹操便被叫来。从门口就能嗅到曹嵩那张烧饼脸上发出的怒气,曹操便小心翼翼地跪在他面前,没听到一句话,就挨了一正一反两个嘴巴子。

曹操只觉得脑袋发晕,耳朵嗡嗡作响,腮帮子登时肿了。

曹嵩是真动气了,指着报告,声音颤抖:说,怎么回事?!

曹操看到被送回来的报告,谁干的? 他真是小鬼跳不出阎罗王手心,纳闷又丧气。

曹嵩气咻咻地喝问:我给你的那卷在哪?

曹操心虚地朝身后指指:在、在……我房里。

曹嵩气得拿起几案上的报告朝曹操砸去,不偏不倚,正砸在他脸上,顿时划出几条血印子。

曹操倔强地跪着,竹简掉落在身边。

曹嵩气得脸色发青,要不是曹节暗中相助,他曹家就会大祸临头,家破人亡。

曹嵩骂道:你个逆子,你懂什么叫"真话不能说""祸从口边生?"

曹操喊道,圣人有言:"当官不为民,不如化灰尘!"

曹嵩指着曹操恨恨地梗直了脖子:什么圣人言,我看你是学得满脑子糨糊。别人都知道那东西靠不住,怎么非你看不破?

曹操辩解:要是能按照圣人遗训,天下就不会成现在这样。

这句看似气话,又何尝不是真理。

曹嵩张嘴,不知道说什么,只觉心痛难忍,气闷淤塞,手指颤抖地指着曹操:好,好,你有理,从此以后你就给我在家待着,我情愿养你一辈子。

曹操盛气难消:好啊,我也不想当那种整天想着撒谎糊弄皇帝的狗官。真要哪天出了大乱子,我也不会问心有愧!

有儿子如曹操,泥塑也会被气出脾气来。"不倒翁"气得快炸成爆米花了,颤抖着大骂:好啊,我看你是壮游壮出本事来了。给我滚出去,滚!

曹操感觉,那张烧饼脸就像被手捏脚踩了几十下,变形得快要破裂开来。他仓皇退出,身后传来几案被掀翻和物件滚落之声。

　　曹嵩全身的肥肉都被气得抖动,死活没弄明白,他的混账儿子究竟想要成为什么样的人。可曹操自己知道,他想成为的,正是贤哲们理想中想要的人,在天下需要他的时候站出来,解百姓于水火,救朝廷于危难。

　　曹嵩嗤之以鼻,这简直就是笑话,他难道不知道那些典籍仅仅是被拿来学习的吗?据他这个资深典籍博士估计,要是后世能有人写出更有利于统治者的教材,早就替换那套"之乎者也"了。

　　曹操回到房里,面色铁青,一屁股差点把席子下面的木板坐断。对跪在地上,不知所措的刘春大吼:圣人遗训无罪,有罪的是那些虚伪、弄权的官员们,违背本意,扭曲灵魂,背叛为臣之道,欺瞒哄骗,自求安稳。其中包括父亲,明明知道有很多不合理,就是无人敢站出来说真话,我这说真话的却成了怪物,这世道究竟怎么了?!

　　刘春似懂非懂,只知道快乐着他的快乐,悲伤着他的悲伤,战战兢兢地膝行到他跟前,握住他不住颤抖的手,抚平他那猛烈起伏的胸口。曹操委屈得哽咽难言,刘春霎时泪流满面。

　　放了曹操等于帮了曹嵩,但何颙一行朱砂批阅,已经深深印入曹节脑海。好啊,太学竟然还隐藏着这么个失察僭越的教务长,看来他的好日子是该到头了。

　　皇帝不会每天都去看皇宫以外的地方,朝中群臣如此蒙蔽他，最无辜的是百姓，最苦的也是百姓。其中的道理曹操知道，曹嵩也知道。区别是，前者想要改变，后者跟着沉沦。

邹氏小心地收拾着被曹嵩摔坏的物件。曹嵩懊恼不已：为何阿瞒的脑子就那么轴，难道是我的教育方式出了问题？

邹氏赔着笑脸：怎么能怪你，要怪也该怪太学的先生。

曹嵩摇头，他不也出自那里吗，怎么就不一样。

地方官员人人为自保，不惜令大汉江山深埋隐患。然而，在京城皇帝身边，何尝不是如此？曹嵩也自认没有过错，都被时代所逼。一百个人当中，谁又敢站出来戳破那层窗户纸？不但得不到皇帝的认可，反而会死得很惨。囚徒有困境，看来官员面临的局面更复杂。苦恼归苦恼，事情还是要解决。曹嵩跟曹操要来他写的那篇报告交给曹节，混在所有报告中，等待皇帝审阅。

曹操的仕途，本来还想请曹节帮忙，这样一来，赔罪都不够，哪里还敢奢望去求他。

这场没有过错方的争执，已经切实影响到了曹操的前途。同学当中，有的很快做官，有的奔赴故乡或者供职各地。曹操的仕途仍如错过季节的石榴树，光秃着枝丫，羡慕他人长叶开花。

仕途受阻，曹嵩觉得还是给他成个家。只要他成家立业，有了负担，较真儿、认死理、不开化的脑子也许能得到改观。

　　没过几天，曹嵩"休克性"地忘记了儿子对他造成的打击，一如既往地担负起做父亲的责任，要为他完婚。官做不了，别把传宗接代的事情给耽误了，那可是曹腾四条遗言之一，他老人家肯定在地下盼着抱重孙子呢。

　　事业未成，谏言未果，竟然要结婚，向来烦透了被安排的曹操，会干出什么事来？